La memoria

575

Alicia Giménez-Bartlett

Serpenti nel Paradiso

Traduzione di
Maria Nicola

Sellerio editore
Palermo

2006 Sesta edizione

Giménez-Bartlett, Alicia <1951>

Serpenti nel Paradiso / Alicia Giménez-Bartlett ; traduzione di Maria Nicola. - Palermo : Sellerio, 2003.
(La memoria ; 575)
Tit. orig.: Serpientes en el paraíso.
ISBN 88-389-1872-4.
1. Nicola, Maria
863.64 CDD-20

CIP - *Biblioteca centrale della Regione siciliana*

Titolo originale: *Serpientes en el paraíso*

Serpenti nel Paradiso

1

La prima accoglienza fu uno schiaffo di calore, umido, adesivo. La seconda non ci fu affatto. Nessuno era venuto ad aspettarmi all'aeroporto di El Prat. Nessuno era stato avvisato del mio arrivo. Questo può bastare per spiegare il deserto umano che mi trovai di fronte. Eppure, contro ogni logica, rimane sempre la speranza che all'arrivo una piccola delegazione agiti un cartello col tuo nome e si lanci ad abbracciarti in segno di amicizia.

Sciocchezze, pensai, queste sono cose che non succedono mai, tanto meno a una come me, che ha fatto di se stessa il feroce guardiano della propria tranquillità. In fondo ero ben felice che nessuno desse spettacolo a mie spese facendomi fare figure ridicole davanti ai passeggeri dei voli internazionali.

Io stessa cerco sempre la solitudine. Stavo tornando da venti giorni di vacanza trascorsi in un punto recondito dell'atlante, sul lago Vaërn, nel cuore della Svezia. Avevo affittato una modesta casetta di legno dagli arredi rudimentali e avevo trascorso il mio tempo leggendo, dormendo e godendomi istante dopo istante la semplice realtà che lì non facesse caldo, che la lampada implacabile del sole mediterraneo fosse spenta. Il sole, pretesa benedizione delle terre meridionali, a quelle latitudini concede una tregua. Tutto quello che, a torto o a ragione, è considerato caratteristico del mio paese: case imbiancate a calce, cucina dai sapori decisi, brezza marina, ai miei occhi non è che mitologia da quattro soldi per attirare i turisti. Il mese di agosto in Spagna è disumano, assurdo, snervante. Il caldo uccide ogni possibilità di pensiero e di pace interiore, cancella ogni traccia di comportamento civile. Per questo avevo fatto le valigie e me l'ero filata al nord. E avevo visto giusto.

Se non fosse per gli svedesi, il concetto di «paradiso» non esisterebbe più in nessun luogo del mondo. Quelle vacanze erano state un periodo delizioso che non avrei mai dimenticato, con un unico neo: non avevo potuto assistere al passaggio delle anatre che solcano i cieli nella loro migrazione verso sud. Lo desideravo tanto. Da sempre, da quando nell'infanzia avevo letto il libro di Selma Lagerlöf, *Il viaggio meraviglioso di Nils Holgersson*, gli stormi di anatre selvatiche rappresentano per me gli spazi aperti e la libertà. L'autrice fa salire Nils, un bambino di pochi anni, sulla groppa di un'anatra. Mentre questa sorvola maestosamente la Svezia, Nils, fiducioso, osserva le meraviglie del panorama: fitti boschi, limpidi fiumi, casette di legno... Immagino che la mia mente inesperta sognasse di compiere un giorno lo stesso viaggio, sia pure in versione spagnoleggiante, un po' come contemplare le aride distese di Castiglia aggrappata al collo di una pernice. In ogni caso, quell'immagine mi era rimasta profondamente impressa, ed ero sorpresa io stessa di volerla rivivere durante il mio viaggio in Svezia, come se il tempo non fosse trascorso e la vita fosse ancora un gioco da bambini.

Non avevo ancora ricuperato i bagagli che già cominciavo a sudare. E tre quarti d'ora dopo, quando il taxi mi depositò davanti alla mia casa di Poblenou, mi vidi restituita alla più dura realtà che attende un viaggiatore: riaprire la porta di casa dopo un mese di assenza. L'aria sapeva di polvere concentrata, il pavimento dell'ingresso era coperto da un tappeto di posta, e la spia della segreteria telefonica lampeggiava all'impazzata come un allarme nucleare. L'ultima testimonianza di vita lì dentro era rappresentata da un cetriolo smunto che si stagliava nel frigorifero mostrando segni di putrefazione. Misi un sacchetto di plastica nel secchio della spazzatura e lo buttai. Ormai ero perduta, avevo compiuto la mia prima azione quotidiana e ragionevole. Il solo fatto di eliminare quel cetriolo marcescente segnava la fine del mio sogno di libertà. Adesso sì che non avrei più avvistato le anatre selvatiche, adesso sì che le vacanze erano davvero terminate. Tutti gli altri disastri sarebbero venuti da sé.

Dovevo approfittare a fondo del giorno libero che ancora mi restava per riorganizzarmi: portare gli abiti in lavanderia, comprare qualcosa per sostituire il cetriolo defunto e rintracciare la donna di servizio perché ricominciasse a venire regolarmente. Si trattava, in definitiva, di fare il possibile per restituire alla mia vita una parvenza di normalità, ammesso che questo significhi qualcosa.

Tuttavia, in nome di un sia pur minimo senso del dovere – altro concetto sul cui significato nutro seri dubbi – non potevo esimermi dall'ascoltare tutti i messaggi accumulati in segreteria. Guardai il display. Quattordici. Quattordici? Quattordici messaggi nel mese di agosto, periodo in cui per tradizione è lecito sparire? Il mondo non mi dimenticava, anche se io facevo di tutto per abbandonarlo. Il primo era della donna di servizio. Mi informava che era pronta a riprendere il lavoro. Bene, un passo avanti nella mia riorganizzazione. Poi passai al secondo, al terzo, al quarto, li ascoltai tutti, uno dopo l'altro, fino al numero quattordici. Non ci potevo credere: l'intero nastro era stato registrato da un'unica voce, quella mattina stessa. Il succo di quel messaggio universale era più o meno sempre lo stesso: «Petra, se non è ancora arrivata, sicuramente sta per arrivare. Mi chiami appena arriva. Subito. Ho urgente bisogno di lei in commissariato».

La voce non dichiarava la propria identità. Non era necessario. Chi altri avrebbe potuto avere urgente bisogno di me se non il commissario Coronas? Deplorai l'abituale sciattezza del suo stile, la spiacevole reiterazione del verbo «arrivare». Anche se, me ne rendevo conto, la gente spesso si lascia prendere dall'emozione quando parla alle segreterie telefoniche, manco dovesse incidere un'aria operistica per la BBC. Se non altro qualcuno attendeva il mio ritorno, sebbene non precisamente per riabbracciarmi. Mi domandai: dovevo chiamarlo? In fin dei conti stavo ancora godendo del mio periodo di ferie, che non si sarebbe concluso fino al giorno successivo. Quindi potevo non aver udito quell'appello disperato. Di sicuro si trattava di qualche problema irrilevante che si sarebbe risolto anche senza il mio intervento. Conoscevo bene le ansie gratuite del commissario. Ma mi fermai e feci marcia indietro. Davvero mi consideravo così poco importante? Dal momento che né l'amicizia né l'amore parevano reclamarmi a Barcellona, avevo bisogno di illudermi che la polizia non potesse fare a meno di me.

Chiamai. Trionfò il dovere o la stupidità o, forse, per essere più sincera, la vanità.

– Eccola qua, Petra, finalmente! – enfatizzò Coronas, come uno scienziato davanti a una scoperta di portata incalcolabile. – L'avrò chiamata cento volte. Si può sapere dov'era?

– In vacanza, signor commissario. Di fatto lo sono fino a domani.

– Mi rendo conto. Le dico io che cosa deve fare: appena arriva in commissariato, passi dall'Ufficio Personale e si faccia retribuire il giorno di ferie. Perché ho bisogno di lei, Petra, il prima possibile.

– È successo qualcosa di grave?

– Lei cosa crede? Tutto quel che succede in questa città è grave, Petra, lo sa benissimo. E di questi tempi va ancora peggio. Con la metà dell'organico in ferie, l'altra metà in piena sindrome da rientro... e, come se non bastasse, questa faccenda del Papa!

– Avete arrestato il Papa?

Fece una pausa più lunga del solito. La sostenni impassibile.

– Petra, le dico che ho bisogno di lei. Il suo sarcasmo può restarsene in vacanza vita natural durante.

– Ho paura che il sarcasmo sia compreso nel prezzo, commissario.

– La aspetto nel mio ufficio fra un'ora. Buongiorno.

Può anche darsi che le vacanze non avessero smussato gli spigoli del mio sarcasmo, ma nemmeno avevano placato l'autoritarismo di Coronas. I suoi argomenti non suonavano affatto nuovi: fretta, mancanza di personale, moltiplicarsi dei crimini... C'era una sola novità, e di difficile classificazione: cosa c'entrava il Papa con gli affanni del commissario? Si trattava senza dubbio di una stranezza, di un elemento anomalo che mi stimolava a raggiungere al più presto il luogo di lavoro.

Mi vestii, mi truccai e dissi addio ai miei progetti di gestione e organizzazione della casa. Fui sul punto di ricuperare il disprezzato cetriolo in vista di tempi peggiori.

Presi la macchina, cosa che si rivelò subito una pessima decisione. Dopo qualche minuto di intenso traffico mediterraneo tornai a sentire la mancanza della Svezia e del concetto nordico della vita. Ma la nostalgia non mi giovò di certo. Mezz'ora dopo, con i nervi a fior di pelle, sbarcai di fronte al magnifico edificio pubblico dove si combattono il delitto e le forze del male.

La mia prima visione, appena attraversato l'atrio, fu un piano ravvicinato del viceispettore Garzón alle prese con la macchina del caffè. Mi avvicinai inalberando il sorriso di chi è appena tornato dalle vacanze.

– Fermín, come sta?

Non so perché sprecai tanto entusiasmo, visto che lui si limitò a salutarmi come se niente fosse e a chiedermi degli spiccioli per estrarre qualcosa di bevibile da quell'esigente apparecchio.

Ci rimasi malissimo. Parti, te ne stai via per un mese, visiti luoghi remoti del pianeta e al tuo ritorno non ottieni altro che un saluto schematico come se mancassi soltanto dal giorno prima. Gli diedi una moneta con lo sdegno di chi consegna i trenta denari. Raccolse il bicchierino col caffè, bevve e mi guardò con gli occhi di un gufo stanco dopo la veglia notturna.

– Si è divertita? – si degnò di chiedermi.

– Moltissimo. E lei?

– Porca miseria, come faccio a ricordarmene? Sono arrivato tre giorni fa e non mi sono fermato un attimo. Ho un caso sulle spalle tutto da solo, a quanto pare devo aiutare lei a sbrigarne un altro e, come se non bastasse, c'è anche questa faccenda del Papa.

– Senta, ma cosa diavolo c'entra il Papa?

Senza darmi retta, infilò a tutta velocità il corridoio in direzione dell'ufficio di Coronas. Io gli tenni dietro saltellando per adeguare il mio passo al suo, come una giornalista alle calcagna di un politico, cercando di attirare la sua attenzione con domande brevi e puntuali.

– Che caso abbiamo da sbrigare? Che caso le hanno affidato? Cos'è questa storia del Papa?

Finalmente fece una brusca frenata.

– Davvero non sa niente del Papa? Ma dov'è stata negli ultimi giorni?

– In Svezia.

– Che è come dire in culo al mondo! Sfido io che non ha saputo! – esclamò, riprendendo la sua pazza corsa.

Gli avrei spiegato con piacere che la Svezia non è affatto il culo del mondo, ma un paese ideale dove non si commettono omicidi perché tutti si suicidano ordinatamente e dove non ci sono papi, bensì tormentati pastori protestanti nel più puro stile Ingmar Bergman, ma non mi diede il tempo di scendere in particolari, tanto più che lo scenario delle mie vacanze sembrava non importargli un fico secco. Cercai, nonostante tutto, di essere cordiale.

– E lei, dov'è stato, Fermín?

– Bah, un po' qua, un po' là! È meglio che le spieghi questa faccenda del Papa, prima di entrare, così si risparmierà le ire del commissario. È semplicissimo. Il Papa viene in visita a Barcellona fra un mese: un incontro con la gioventù o non so che altra menata. Bisogna organizzare un servizio d'ordine della Madonna. Per di più la messa si celebrerà proprio qui dietro, davanti alla cattedrale, quindi la responsabilità di tutto ricade sul nostro commissariato. Che gliene pare?

Ci pensai, sorrisi.

– Be', mi sembra che se il Papa vuole incontrare questi ragazzi potrebbe invitarli in Vaticano.

– Magari non ha abbastanza tazze da tè.

Prima di bussare alla porta del commissario, gli chiesi ancora una volta:

– Dove ha passato le vacanze, Fermín?

Lui non mi rispose. A rispondere fu il commissario con un assordante:

– Avanti!

Coronas sfoggiava un'abbronzatura quasi perfetta. Ne dedussi che anche lui era stato preso per il collo dalla cruda realtà del delitto proprio al rientro dalle vacanze. Insistetti nel pretendere uno scambio di saluti speciale dopo il mio periodo di assenza e andai incontro a un nuovo fallimento. Il nostro superiore aprì un fuoco di fila verbale senza neanche dire «buongiorno».

– Eccovi, finalmente ci siete! Vi aspettano a Sant Cugat. Complesso residenziale «El Paradís». Lì troverete l'ispettore Beltrán con la Scientifica. Il caso, se è da considerarsi tale, è stato aggiudicato a noi. Hanno trovato morto un giovane avvocato che abita nel quartiere. I primi indizi fanno pensare a un omicidio. Precipitatevi sul posto. Mi dicono che il giudice è già lì. Assisterete al sopralluogo del medico legale, vediamo cosa dice.

– Questo è tutto, commissario? – chiese Garzón, non so se con intenzioni ironiche.

– Sì – disse asciutto il commissario, ormai rivolto allo schermo del computer. Quando già avevamo un piede fuori dalla stanza, aggiunse: – Petra, si ricordi che il fatto di non essere credente non la esonera dalle riunioni sulla visita del Papa! Il viceispettore le spiegherà.

Garzón me lo spiegò in macchina, sulla strada per Sant Cugat. Affinché il piano di sicurezza che si stava mettendo a punto raggiungesse la massima operatività, quasi ogni giorno si tenevano riunioni di coordinamento fra i rappresentanti di vari commissariati.

– Meraviglioso, non le pare, ispettore? Come se non avessimo nient'altro da fare!

– Perché è così di cattivo umore, Fermín?

– Vuole che le dica che bel caso mi ha affibbiato Coronas con la pretesa che me la sbrogli tutto da solo?

Via via che me lo andava esponendo, o meglio, sputando fuori, capivo che il suo malumore non era del tutto ingiustificato. Quello era il tipico caso senza uscita per cui nessuno in commissariato si sarebbe offerto volontario. Un omicidio fra famiglie di etnia gitana o, per meglio dire, fra clan rivali. Un ragazzo di venticinque anni era stato ucciso con una pugnalata nel corso di una lite. C'erano dei testimoni, naturalmente, ma nessuno di loro era disposto a parlare, nemmeno i parenti del morto. La famiglia del presunto aggressore faceva di tutto per insabbiare la faccenda. Il ruolo della polizia in questo tipo di delitti non poteva essere meno ingrato: rimbalzare da un testimone muto all'altro, eseguire qualche fermo cautelare, lanciare palloni sonda con la speranza che saltasse fuori qualcosa, e incrociare le dita augurandosi che all'omicidio in questione non ne seguissero altri. Frustrazione, ecco tutto quel che se ne ricavava.

Cercai di incoraggiarlo a forza di frasi fatte sulla professionalità e il senso del dovere, ma non ottenni alcuna reazione positiva. Continuava a grugnire come un animale rinchiuso in una stia.

– Senta, Garzón, a parte il lavoro intensivo e la sindrome da rientro, c'è qualcos'altro che non va?

Mi guardò storto. Fece segno di no.

– Forse se mi raccontasse qualcosa delle sue vacanze respirerebbe un po' e il suo umore migliorerebbe.

– Ricordare il passato sarebbe ancora peggio! La realtà è che adesso sono nella merda fino al collo, non lo vede?

C'era qualcosa che non andava. Non era normale, ne ero convinta. Non aveva voluto far parola delle vacanze, e questo era insolito in lui. E poi l'esercizio della professione, per quanto duro, non lo sprofondava mai in simili abissi di pessimismo. Decisi che oltre a indagare sul caso di Sant Cugat sarei andata a fondo sulle vicissitudini del mio collega.

Quando arrivammo al complesso residenziale «El Paradís», il sole splendeva già più intenso. Garzón fece vari giri all'interno del lussuoso circondario fino a imbattersi nello schieramento di automezzi che suole segnare l'inizio di un caso: un'ambulanza, due auto di pattuglia e vari altri veicoli. Ci stavano aspettando con una certa impazienza. L'ispettore Beltrán e quelli della Scientifica avevano già esteso il loro campo d'azione. Mi fece piacere che il giudice fosse Joaquín García Mouriños, un gallego di una certa età, cordiale e tranquillo, con cui avevo già lavorato più volte in perfetto accordo.

– Ha visto, Petra? – Mi ricevette allargando le braccia con gesto patriarcale. – Venga, venga da questa parte.

Mi prese per un braccio e mi condusse verso la grande piscina che si vedeva in fondo. Rimasi senza parole nello scoprire, sull'acqua azzurra, un uomo che galleggiava a faccia in giù interamente vestito.

– Mi dica che cosa le ricorda. Su, svelta, me lo dica.

Non ero dell'umore giusto per gli indovinelli. Quel corpo senza vita si accaparrava tutta la mia attenzione. García Mouriños fremeva dall'impazienza:

– Insomma, Petra, non mi deluda! Ci arriva o non ci arriva?

– *Viale del tramonto* – mormorai.

Il gallego accolse la mia risposta con una pacca sulla spalla e una risata.

– Esatto! Come se il grande Billy Wilder avesse voluto replicare il suo straordinario film nella realtà. Non mi stupirei di veder comparire Gloria Swanson da un momento all'altro.

– Cos'è successo? – chiesi, senza lasciarmi catturare dai suoi entusiasmi di cinefilo impenitente, cui del resto ero già abituata.

– Si tratta di Juan Luis Espinet, un giovane avvocato, molto competente a quanto si dice. Ha trascorso la serata con la moglie e altre due coppie di amici che vivono nel quartiere. Davano una cena. Alle tre di notte è uscito a prendere qualcosa in macchina e non è più tornato. Venti minuti dopo, gli amici, preoccupati per il ritardo, sono andati a cercarlo. E l'hanno trovato qui. Sua moglie ha avuto una crisi di nervi spaventosa. L'hanno portata dai suoi genitori a Barcellona, insieme ai due bambini.

– Segni esterni di violenza? – chiese Garzón.

– Finché non tirano su il cadavere... adesso dovrebbe arrivare il medico legale. Lo spero, almeno. È un'ora che sono qui.

– Dov'è l'ispettore Beltrán?

– Con i suoi uomini, stanno ispezionando il quartiere. Se volete trovarli, seguite il viale centrale, li vedrete subito.

– Vado io – si offrì il viceispettore.

Lo vedemmo sparire a passo leggero. García Mouriños tornò ai suoi pensieri.

– Grande film, sissignori, non se ne fanno più di film così.

– Ha qualche idea di quel che potrebbe essere successo, giudice?

– Magari era ubriaco ed è caduto in piscina.

– Nessun *thriller* starebbe in piedi con un soggetto simile! Cos'hanno fatto finora gli uomini di Beltrán?

– È tutta la mattina che cercano impronte e indizi. A parte questo, cercano come pazzi la maniera di prendere un caffè. Li ho avvertiti che è impossibile trovare un bar nei dintorni; questo è un piccolo paradiso per giovani patrizi. Tanto lusso, più di quello che io o lei potremo mai permetterci in vita nostra, ma poi, quando ce n'è bisogno, non c'è verso di prendere un caffè.

– Dove sono gli amici del morto?

– Sono rimasti a casa di Espinet. Mi sono occupato personalmente di farli fermare lì nel caso lei volesse vederli tutti insieme.

Comparvero in quel momento un'altra auto e un'ambulanza.

– Ecco qui l'autorità sanitaria – annunciò con gioia il giudice.

Dopo qualche anno nel mestiere, conoscevo anche il medico legale. Alfredo Martínez, un tipo scontroso che non si faceva scrupolo di mostrare in pubblico il suo perenne malumore. Nemmeno la natura e il silenzio intorno a noi sembravano influire sul suo animo. Limitò i saluti all'indispensabile e si diresse con un taccuino e una macchina fotografica verso la piscina.

– Merda!... – esclamò. – I corpi trovati in acqua complicano sempre le cose.

Non avevo nessuna voglia di stare ad ascoltare le sue imprecazioni, quindi decisi di lasciarlo lavorare da solo, offrendo a García Mouriños la possibilità di fare altrettanto.

– Mi accompagna a cercare l'ispettore Beltrán? Saranno i suoi uomini a tirar su il cadavere dalla piscina.

Il giudice aderì subito alla mia proposta: anche lui conosceva bene il dottor Martínez. Ci avviammo insieme lungo il viale.

– Ha un caratteraccio quel Martínez – osservai.

– Difficile giudicare l'uomo dalle apparenze – filosofeggiò il mio compagno di passeggiata. – Nessuno è tutto d'un pezzo! Di sicuro anche Martínez ha le sue giornate buone. Solo al cinema ci sono personaggi e situazioni che si possono comprendere e godere fino in fondo.

Smisi di ascoltare la prevedibile divagazione del giudice sulla settima arte per concentrarmi sul panorama del piccolo «paradiso». A quell'ora cominciava a esserci un po' di movimento. Eppure nessuno usciva a vedere che cosa ci facesse tutta quella polizia lì intorno. Se provavano curiosità, la tenevano sotto controllo. Si vedevano luci accese e si sentiva odore di caffè. Quelli erano gli unici segni di vita dietro le pareti delle lussuose villette. In qualche giardino c'erano giocattoli abbandonati dal giorno prima: palloni, biciclettine a colori vivaci. Senza dubbio tutti quei giovani «patrizi», come li definiva giustamente il giudice, avevano figli piccoli ai quali avevano pensato scegliendo di vivere in un luogo del genere. Aiuole fiorite, alberi ben potati, cespugli uniformemente tosati... era uno scenario idilliaco e irreale. Ogni cosa era stata predisposta fin nei minimi particolari, niente vi cresceva per generazione spontanea. I muretti che separavano le case erano bassi, all'americana. Tutte avevano una targa sul cancello con nomi di fiori: «I Gerani», «I Gigli», «Le Violette»... Un inno al cattivo gusto. Immaginai che l'impresario si fosse sentito un genio il giorno che aveva partorito quell'idea.

Era scioccante pensare che a pochi chilometri si estendevano le città dormitorio della periferia di Barcellona. Eppure era naturale che chi poteva si concedesse una realtà artificiale del tutto estranea alla bruttezza, al rumore e all'inquinamento imperante. Tuttavia l'insieme era così accurato, così elaborato e asettico, da ricordare un orto botanico. Per me sarebbe stato terribile vivere in un posto simile, senza un negozio, senza un bar, senza un'edicola di giornali o una fermata dell'autobus. Il peggio, però, era la mancanza di varietà: famiglie tutte simili per età, tutte della stessa razza e della stessa classe sociale, che probabilmente condividevano le stesse idee e gli stessi principi. Pensai alle mie uscite mattutine dalla casa di Poblenou per andare al lavoro: le vecchiette che vanno a fare la spesa all'alba come se a loro la giornata non bastasse mai, la chiacchierata quotidiana col giornalaio, che mi forniva un primo approccio critico all'attualità nazionale... i bar affollati, gli operai in tuta... No, non mi sarei mai abituata ad alzarmi al mattino e a vedere i fiori che un giardiniere ha piantato per me, né i viali che un costruttore ha tracciato pensando a gente come me, né la casa che un architetto ha immaginato come ambiente ideale perché io ci viva dentro. Mi sarei sentita chiusa in un ghetto concepito per ottenere una felicità basata sulla negazione di altri mondi.

Quando tornai a prendere contatto con le divagazioni di García Mouriños, questi stava dissertando sui film di Tarantino. Fortunatamente avvistammo subito il gruppo di poliziotti che stavamo cercando. Sostavano presso la recinzione metallica che correva lungo l'intero perimetro del complesso. Beltrán parlava animatamente con Garzón, mentre diversi giovani agenti erano accovacciati a terra.

Ci fecero un resoconto preciso della situazione. Un intruso aveva reciso la rete e successivamente era penetrato nella proprietà. Nei pressi della piscina erano state rinvenute delle chiavi, quelle con cui il morto era uscito di casa.

– Senza dubbio l'intruso era attrezzato – disse Beltrán. – Non si riesce a tagliare un cavo metallico di questo diametro con qualunque cosa. Doveva avere con sé uno strumento adatto.

Avevano trovato un'unica impronta, di un piede destro, impressa in una piccola zona dove l'erba era più rada. Niente sul lato esterno del recinto, nemmeno segni di pneumatici. Come se l'ignoto malfattore fosse arrivato fin lì volando.

Gli agenti si affannavano a fare un calco dell'impronta.

– Non c'è un guardiano?

– Ce ne sono due, uno di giorno e uno di notte. Quello di notte gira sempre con un rottweiler.

– E non ha sentito niente?

– Dice di no.

Il fatto che un estraneo avesse violato i confini della città proibita dava un aspetto più concreto a tutta la storia. La possibilità di un omicidio diventava reale. Come sempre, quando mi trovavo ad affrontare le premesse di un caso, tutti gli elementi in gioco mi si affollavano nella mente in uno stato di disordine assoluto, lottando per ottenere la mia attenzione. Una serie di domande concatenate rivoltemi dai presenti finirono per esasperare questa sensazione:

– Vuole interrogare il guardiano?

– Andiamo a vedere la casa della vittima?

– È il caso di cercare subito dei testimoni?

– La prima cosa da fare è tirare su il morto dall'acqua – disse con fermezza il giudice in mancanza di risposte da parte mia.

– Immagino di sì – mormorai, rivelando il mio turbamento. García Mouriños si rese conto dello stato in cui mi trovavo e decretò:

– Il responsabile di un'indagine è come il regista di un film, e ha il compito di mettere ordine nel caos.

Aveva ragione, ma in quel momento il caos regnava indiscusso sui miei neuroni. Misi fine alla baraonda dei dubbi e diedi il segnale del ciack si gira: azione!

Tirare fuori il cadavere dalla piscina non era un'operazione semplice. Il dottor Martínez proibì di trascinarlo fino al bordo con qualche arnese per paura che potesse subire colpi o alterazioni. Gli uomini di Beltrán si misero ad agitare l'acqua con le mani per sospingerlo verso la zona meno profonda della piscina. Ci riuscirono con destrezza dopo pochissimi tentativi. Poi, scusandosi con me, si tolsero le scarpe e i pantaloni. Si calarono nell'acqua in mutande per tirarlo su. Poiché erano giovani e allegri, l'aspetto macabro di quel compito non gli impedì di ridere e di scambiarsi battute a bassa voce come nel bel mezzo di un gioco acquatico.

Finalmente la salma dell'avvocato fu distesa sul bordo della piscina. Volli vederla prima che il medico iniziasse la sua ispezione. Mi avvicinai timorosa, era pur sempre un morto. Solo quando fosse stato stabilito che si trattava di omicidio, sarebbe diventato «la vittima», un'entità astratta su cui avrei lavorato con freddezza professionale. Per il momento non potevo fare a meno di osservare il terribile e al tempo stesso affascinante involucro umano che la vita aveva abbandonato soltanto poche ore prima.

Lo osservai bene, faccia a faccia, alla luce pallida del mattino. Asciutto, ossuto, ma atletico, tratti regolari e nobili, capelli biondi, naso perfetto. Dai suoi occhi aperti, azzurri come acquemarine, la morte aveva cancellato ogni espressione. Glieli chiusi, sicura di attirarmi una lavata di capo da parte del medico. Sentii sotto le dita le palpebre fredde, la pelle umida e delicata. Le ciglia lunghe e bionde brillarono al sole. Un uomo bellissimo. Mi venne voglia di piangere. È sempre la bellezza di una vittima a suscitare pietà, più della miseria o della sofferenza.

Il dottor Martínez, che nel frattempo si era messo a bestemmiare per l'impossibilità di prendere un caffè, si avvicinò con la sua valigetta e io mi feci da parte. Garzón si accorse che ero un po' scossa. Gli sorrisi e dissi, come per scusarmi:

– Un uomo così giovane. Assurdo, vero?

– La morte è sempre assurda. Anche la morte di un vecchio, anche quando è morte naturale.

Annuii con tristezza. Indifferenti alla tragedia, García Mouriños, Beltrán, Martínez e gli agenti sarebbero stati pronti a uccidere per un caffè. Anch'io cominciavo ad aver voglia di mandar giù qualcosa di amaro e di caldo, oltre a quella mia improvvisa angoscia.

Dopo una mezz'ora il medico si avvicinò con l'aria di chi ha sbrigato una formalità.

– Ma questo è un deserto! Dev'essere l'unico posto in tutta la Spagna dove non esiste nemmeno uno schifo di bar! Bene, ispettore Delicado, se per caso la sfiorasse ancora l'idea della morte accidentale, adesso la può tranquillamente scartare. Quell'uomo ha una ferita all'occipite, una contusione molto violenta che deve avergli provocato una commozione cerebrale immediata. È evidente che qualcuno l'ha colpito con un oggetto contundente. Ma dubito che il colpo sia stato sufficientemente forte per ucciderlo. È caduto nell'acqua svenuto ed è annegato. Credo sia questa la vera causa della morte.

– E l'ora?

– Fra le due e le tre. Ad ogni modo, adesso lo portiamo a Medicina Legale. Ma per i risultati dell'autopsia dovrà aspettare almeno una settimana, siamo sovraccarichi di lavoro di questi tempi. Ci sono più morti che vivi lì dentro. Insomma, signori, io qui ho finito.

Ci strinse la mano e se ne andò con aria scocciata mentre i barellieri si disponevano a portar via la salma. Lasciava dietro di sé, se non una certezza, almeno una risposta chiara. Omicidio.

Rimanemmo a osservare in silenzio mentre l'avvocato veniva caricato sull'ambulanza, un corpo principesco destinato a giacere in un frigorifero. Rabbrividimmo tutti un poco. Garzón strappò i presenti a quella rispettosa *impasse*.

– Furto, ispettore?

– Non gli hanno portato via neppure l'orologio d'oro. Gliel'ho visto al polso.

– Magari qualcuno è entrato con l'intenzione di rubare nelle case e lui l'ha sorpreso.

– Sì, e poi quello l'ha portato fin sull'orlo della piscina per aggredirlo?

– Magari sono arrivati fin lì parlando.

– Non quadra.

García Mouriños interruppe le prime deduzioni.

– Signori, io ho certificato tutto quello che dovevo certificare. Ormai non ho più niente da fare qui, e visto che non si può prendere neppure un caffè... A meno che il caso non venga affidato a me, non mi resta che augurarvi buona fortuna. Mi sa che ne avrete bisogno. Questa storia non mi piace affatto, se devo essere sincero.

– Grazie per le parole di incoraggiamento, giudice – sospirai, vittima del mio senso d'impotenza. Il magistrato mi prese affettuosamente per il gomito.

– Su, Petra! Le vacanze sono finite. Il mondo del crimine ha bisogno dei suoi servigi. Cambiando discorso, quando si deciderà a sposarmi? Sarebbe meraviglioso, avremmo tutto in comune: delitti e cinema. Che cosa si può desiderare di più? Non sono un uomo esigente, le lascerei scegliere il film due volte su tre.

Guardai con simpatia il suo faccione da pagnotta gallega.

– Un giorno, giudice, se non sta attento, finirò per accettare una delle sue proposte matrimoniali. Al suo posto, lascerei perdere gli scherzi di questo genere. Sono pericolosi per un vedovo abituato a far quel che gli pare.

Rise sonoramente come un diavolaccio da *grand-guignol.* Poi lo vidi allontanarsi fra le aiuole fiorite. Mi domandai come facesse ad avere sempre un'aria così felice in un mondo così duro. Le finzioni del cinema lo preservavano dalla realtà?

– I miei rispetti a Gloria Swanson! – gridò da lontano, confermando la mia supposizione.

Garzón mi riscosse dallo stato di inebetimento in cui stavo cadendo con ricorrenza allarmante.

– Non trovo affatto divertenti certe battute. Ogni volta quel vecchiaccio si permette di fare il galante con lei.

– E cosa c'è di male?

– Niente, solo che lei ha sempre detto che detesta quelli che si sentono in dovere di dire sciocchezze ogni volta che vedono una donna.

I giorni di vacanza mi avevano fatto dimenticare di avere al fianco la mia coscienza critica. Davvero le mie rivendicazioni femministe erano penetrate così a fondo nel viceispettore?

– Lasci perdere le frivolezze, Garzón, e vada a interrogare quel guardiano col rottweiler!

In condizioni normali il mio sottoposto mi avrebbe onorata di qualche risposta succulenta, ma essendo ancora di un umore tremendo, si limitò a stringersi nelle spalle e a dileguarsi. Cosa diavolo gli era successo durante le vacanze? Come mai aveva perso il suo fare bonaccione e scherzoso?

Beltrán e i suoi ragazzi, ormai rivestiti, si davano da fare intorno alla piscina cercando ancora una volta tracce o indizi. Io non potevo rimandare oltre l'esecuzione del mio compito. Benché il contatto umano che segue un delitto non mi piacesse affatto, dovevo entrare in casa della vittima e parlare con i suoi amici. Il momento in cui ero costretta a presentarmi davanti ai parenti del morto era sempre quello che temevo di più, come se mi sentissi io stessa colpevole del delitto, responsabile di un destino terribile, complice della fatalità.

La casa degli Espinet si chiamava «Le Margherite». Anche lì vi erano giocattoli sparsi nel giardino, che in quel frangente mi apparvero tragici. Entrai senza suonare il campanello, la porta era socchiusa. Attraversai un piccolo ingresso e davanti ai miei occhi si aprì il salone. Due uomini e due donne mi lanciarono un identico sguardo sorpreso, come se non si aspettassero che qualcuno venisse a occuparsi di loro. Le signore erano sedute sul divano, una stringeva l'altra fra le braccia, entrambe avevano gli occhi rossi di pianto. Uno degli uomini era in piedi accanto alla vetrata, con un bicchiere in mano. L'altro, accovacciato davanti al televisore, sembrava seguire le immagini sullo schermo senza sonoro. Scelsi di presentarmi in modo diretto.

– Buongiorno, signori. Sono l'ispettore Petra Delicado e ho il compito di far luce sulla morte di Juan Luis Espinet.

– È stato assassinato? – chiese con voce strozzata l'uomo davanti al televisore.

– Così crediamo.

La donna che sembrava più sconvolta si coprì la faccia e si mise a singhiozzare. La sua compagna la cullava.

– Rosa, per favore, calmati.

– Può spiegarci cos'è successo? – chiese ancora l'uomo.

– È ancora presto per dirlo. Sappiamo solo che qualcuno l'ha colpito alla nuca, è caduto nella piscina ed è annegato.

Un fremito visibile percorse il gruppo. Un gesto dovette tradire la mia stanchezza, perché la donna che consolava l'amica mi indicò una poltrona e disse:

– Si accomodi, ispettore. Vuole che le faccia un caffè?

– Dice che è possibile?

– Ma certo! Conosco bene la casa. Se lo desidera, posso prepararne anche per i suoi colleghi.

– Le assicuro che farebbe una vera e propria opera di bene.

Si alzò e uscì a passi decisi. Era castano chiaro, non molto alta, dalla linea morbida e con la pelle fine. Sprigionava un'aura piacevole e cordiale. Mi rivolsi agli altri e aprii il taccuino.

– Avrò bisogno delle generalità di tutti voi.

L'uomo col bicchiere in mano prese l'iniziativa. Doveva avere poco più di trent'anni, come gli altri. Era alto, bruno, molto abbronzato. Indossava abiti sportivi firmati e mocassini italiani senza calzini. Il tipico bell'uomo, sarebbe potuto passare per un gigolo di lusso.

– Bene, comincio io. Mi chiamo Marco Mateo Salvia. Lei, Rosa, è mia moglie – indicò la giovane dolente seduta sul divano.

– Dove abitate?

– Qui dietro, alle «Tuberose». Abitiamo tutti qui. Siamo amici da anni. Abbiamo comprato casa insieme.

Dopo aver preso qualche appunto, girai lo sguardo verso il secondo uomo. Era grassoccio, non molto attraente, con una lieve calvizie e un nasetto all'insù che gli dava un'aria da scolaro secchione. Sembrava un bambino cresciuto di colpo senza perdere le caratteristiche dell'infanzia.

– Io mi chiamo Jordi Puig, e Malena, che è appena andata di là, sì, María Elena, noi la chiamiamo Malena, è mia moglie. Abitiamo agli «Ibischi». Anch'io sono avvocato, socio di Juan Luis Espinet. Abbiamo tre figli piccoli.

Quell'autopresentazione l'aveva estremamente agitato. Tremava quasi. Gli erano comparsi due aloni di sudore sotto le maniche della camicia.

– Voi invece non avete figli? – Feci marcia indietro verso il bellone.

– No – rispose.

– Lei lavora, signora Salvia?

Rosa, una stangona castana molto bella malgrado i segni del pianto, fece uno sforzo per parlare ma non ci riuscì. Al primo tentativo le si spezzò la voce e scoppiò a piangere. Proprio in quel momento tornò Malena con un vassoio odoroso di caffè. Benedissi mentalmente la sua presenza. Lei sorrise.

– Ne ho già portato fuori una caffettiera piena e i suoi colleghi mi hanno quasi applaudita. Non avevo mai visto nessuno così ansioso di prendere un caffè.

– Noi poliziotti viviamo di caffè, non è un luogo comune. Ma da queste parti è impossibile trovare un bar, è un posto così tranquillo!

Mateo Salvia esplose:

– Era tranquillo! Per questo l'abbiamo scelto, per questo e per la sicurezza, e mi dica lei se poi doveva succedere una cosa simile!

Cercai di moderare la tensione, senza però frenare una reazione che poteva spingerli a parlare e a raccontarmi qualcosa indipendentemente dalle mie domande.

– Capisco bene che cosa intende. Il sistema di sicurezza non è carente, eppure stanotte qualcuno ha tagliato la recinzione e si è introdotto nella proprietà.

Ci fu un momento di stupore generale, di confusione. Salvia montò in collera.

– Santo Dio! E dov'era quello stronzo di una guardia giurata? Ve lo dicevo io che quello era capace solo di far scena. Come se bastasse passeggiare con quel maledetto cane al guinzaglio!

Malena gli si avvicinò e gli porse una tazzina di caffè.

– Calma, Mateo, gridare ormai non serve a niente.

– Ma dovrà pur darci delle spiegazioni, vero, ispettore?

– Le darà. Il mio collega lo sta interrogando.

Mi rivolsi a Malena, che era l'unica a conservare una certa lucidità.

– Mi dica, signora Puig, lei lavora?

– No, di noi tre amiche, sono l'unica casalinga a tempo pieno. Sono avvocato anch'io, ma mio marito ed io abbiamo deciso che sarei rimasta a casa finché i nostri figli non saranno più indipendenti. Inés, la moglie di

Juan Luis, ha un negozio di abbigliamento per bambini e Rosa, gliel'hai detto, Rosa?

Rosa fece tristemente di no con la testa. Malena sorrise e disse con affetto:

– Rosa è una vera donna di successo. Ha una sua azienda. Una donna molto importante.

La donna di successo mormorò con voce abbattuta:

– Malena, per favore, lascia stare.

Guardai suo marito, che aveva rifiutato il caffè e si stava versando un altro whisky con aria seccata.

– E lei, di cosa si occupa?

– Sono responsabile amministrativo nell'azienda di mio fratello. Facciamo pezzi di ricambio per auto.

– Bene – dissi, prendendo nota come una sondaggista scrupolosa. E aggiunsi, sorbendo con piacere il mio caffè: – Chi l'ha trovato?

Jordi Puig si tese visibilmente. Aveva gli occhiali appannati per effetto del sudore.

– Io, l'ho trovato io.

– Com'è successo?

– Avevamo cenato qui. Poi avevamo bevuto qualcosa. Allora Juan Luis si è ricordato di aver lasciato in macchina una bottiglia di bourbon comprata per l'occasione. Mi sono alzato io, ma Juan Luis ha insistito, voleva andarci lui per fare due passi. Ha preso le chiavi ed è uscito. Dopo venti minuti non era ancora tornato. Abbiamo scherzato sul fatto che forse non riusciva a trovare la bottiglia perché era già troppo ubriaco.

– Era impossibile che non la trovasse – puntualizzò Malena Puig.

– Be', sta di fatto che, fra una battuta e l'altra, ho deciso di andare a vedere. Nel parcheggio non c'era, non lo trovavo da nessuna parte... finché non ho sentito un rumore nella zona della piscina e mi sono avvicinato per vedere se fosse lì–. La voce gli tremò per l'emozione. Sua moglie gli andò vicino e gli passò un braccio sulle spalle. – Ed eccolo lì che galleggiava a faccia in giù. È stato spaventoso. Non potrò mai dimenticare quell'immagine finché vivo. Io...

Si tolse gli occhiali e si massaggiò gli occhi con le dita per impedirsi di piangere.

– A che ora è successo?

– Verso le tre.

– Più o meno l'ora in cui è morto. Che genere di rumore ha sentito?

– Non saprei, come di rami spezzati, ma può essere stato qualunque cosa. Ci ho pensato e ripensato, ma quanto più ci penso tanto meno ho le idee chiare.

– Di sicuro la persona che ha ucciso il suo amico in quel momento stava fuggendo.

Mateo Salvia esplose in un nuovo raptus di furia:

– Sì, probabilmente il ladro era ancora lì, avrebbe potuto ammazzarti mentre quel cretino se la dormiva col cane accucciato ai piedi!

– Lei crede si sia trattato di un ladro? – domandai, inarcando le sopracciglia per sottolineare la mia curiosità.

Mi guardò pieno di indignazione.

– Sarà stato qualche figlio di puttana che è entrato per rubare. E chi, se no, ispettore? Il vicino di casa che si diverte ad ammazzare la gente nel tempo libero?

– Controllati, Mateo – lo ammonì sua moglie con una certa asprezza.

– Ma cazzo! Qui non siamo nei bassifondi, e nemmeno in una zona industriale isolata! – rincarò lui.

– Di chi sono queste chiavi? – chiesi, mostrando quelle trovate da Beltrán, ora in un sacchettino di plastica.

– Sono della macchina di Juan Luis – rispose Jordi Puig, dopo una semplice occhiata. Ebbe un brivido.

Li osservai senza averne l'aria, tutti quanti. I segni della tensione e della notte in bianco cominciavano a essere evidenti.

– Adesso potete andare a riposare o fare quello che volete. Naturalmente dovrò parlare con voi altre volte, e verrete chiamati a deporre davanti al giudice, ma per il momento può bastare. La casa rimarrà chiusa per qualche giorno. Vi lascio il mio numero di cellulare e quello del commissariato. Per qualunque cosa, chiamatemi.

– Ma, e Lali? – chiese Malena Puig con stupore.

– Lali?

– Juan Luis e Inés hanno una donna di servizio filippina. È di sopra, nella sua stanza. Si è spaventata tantissimo, poveretta, sta molto male.

– Nessuno mi aveva informata. Dovremo parlare con lei.

– Sia comprensiva, ispettore, la ragazza è molto scossa – mi raccomandò Malena.

– Non si preoccupi. Come tutti i miei colleghi, sono sempre comprensiva.

Mi parve un buon commiato, abbastanza impertinente per un membro delle forze dell'ordine.

Uscimmo in buon ordine e me ne andai in cerca di Garzón. Lo trovai impegnato a prendere appunti sul suo block-notes.

– E allora, viceispettore, com'è andata col guardiano?

– Un perfetto idiota. Tipico. Ha passato mezzo interrogatorio dicendo che aveva sempre sognato di diventare poliziotto per aiutare gli altri, ma che non ha superato gli esami di ammissione, una vera tragedia. Mi è parso un poveretto senza un grammo di cervello.

– Dov'era ieri notte?

– A quanto dice, ha fatto un giro completo di tutto il complesso senza vedere niente di anormale. Di sicuro non si è guardato allo specchio. Poi è tornato nella guardiola dove è rimasto ad ascoltare la radio. Non ha più fatto ispezioni fino alle cinque.

– Le è parso un tipo sospetto?

– Chissà. Visto così, no. E a lei come sono parsi gli amici di Espinet?

– Lo leggerà nel rapporto. Direi che è gente abbastanza normale. Rimane da interrogare soltanto la filippina che vive dagli Espinet. Venga con me, sono stufa di prendere appunti come una studentessa.

Mi seguì, obbediente e silenzioso. Salimmo al primo piano della bella casa degli Espinet. La stanza di servizio era enorme, con tanto di bagno. Era arredata in uno stile fra il country e il naïf, come se fosse destinata a un bambino. C'era un televisore gigantesco. La ragazza se ne stava seduta su una poltrona, rattrappita su se stessa come un pollo spaventato. La prima cosa che fece, quando ci vide, fu mettersi a piangere. Ebbi la tentazione di non essere così comprensiva, le lacrime mi danno sui nervi.

– Si calmi, Lali, per favore.

– Il signore è morto.

– Sì, lo sappiamo, siamo i poliziotti incaricati delle indagini.

I suoi occhi obliqui rimpicciolirono ancora di più e l'intensità del pianto raddoppiò.

– Lali, ti prego, dobbiamo farti qualche domanda.

L'unica cosa che ottenni con la mia dichiarazione di intenti fu che il pianto, fino a quel momento silenzioso, si trasformò nel vagito di un bebè. Garzón ed io ci guardammo scoraggiati. Lui prese le redini della situazione.

– Insomma, Lali, non puoi smetterla di piangere?

La voce del mio collega ebbe il potere di spingerla definitivamente nel vortice dell'isteria, fuori di ogni controllo. Ululava come un lupo sperduto nella steppa. Il mio cellulare suonò. Mi allontanai di qualche passo da quella fontana.

– Ispettore Delicado? Sono Malena Puig, la moglie di Jordi Puig. Va tutto bene con Lali?

– Be', per dire la verità, non siamo riusciti a calmarla a sufficienza perché possa parlare.

– Lo immaginavo, per questo l'ho chiamata. Sappiamo tutti com'è fatta, è una ragazza semplice e un po' infantile. Vuole che venga io? Magari vedendomi si tranquillizzerà.

– La ringrazio, se per lei non è un disturbo...

Benedissi perfino l'ombra di quella donna meravigliosa, capace di dare una mano nei momenti critici e, soprattutto, di fare del caffè caldo. Cinque minuti dopo era già lì. Lali le si gettò al collo non appena la vide. Lei la prese fra le braccia, la consolò, le asciugò le lacrime come a una bambina piccola.

– Lali ed io siamo buone amiche, vero? Mi racconta sempre le storie della sua famiglia a Manila, non è vero, Lali?

La filippina annuì, decisamente più serena. Malena sapeva come trattarla. Dopo un istante, era già pronta a parlare. La nostra salvatrice fece per andarsene, ma fui io a chiederle di rimanere per evitare nuovi fiumi di lacrime.

– Puoi dirci che cosa hai fatto ieri sera?

– Servire la cena, mettere a posto in cucina, guardare la tele, andare a dormire.

Attribuii tanta concisione al suo scarso dominio della lingua.

– A che ora sei andata a letto?

– A mezzanotte.

– Hai sentito qualche rumore particolare stanotte?

– Sì, mi sono svegliata e ho sentito delle cose.

Garzón ed io ci guardammo con un lampo di complicità negli occhi. Non era del tutto corretto che Malena rimanesse presente durante l'interrogatorio, soprattutto se la testimonianza avesse dato esiti significativi. La ringraziai per la collaborazione e la invitai a uscire. Lei si assicurò che Lali stesse bene, le raccomandò di rispondere a tutte le nostre domande e le diede un bacio affettuoso sulla guancia. Prima ancora che avesse messo il secondo piede fuori dalla stanza, Garzón sparò a bruciapelo, senza paura di ferire la sensibilità della ragazza:

– Che cos'hai sentito?

– La signora pazza di fronte. Ieri ha gridato con la testa fuori dalla finestra. Non è strano.

Lo spagnolo rudimentale di Lali formava una nebbia intorno alle sue parole.

– Puoi spiegarti meglio? C'è una signora pazza che abita qui di fronte? Perché dici che non è strano?

– Non è strano. Dice sempre cose dalla finestra dove dorme. Tante volte, anche stanotte.

Garzón prese una sedia e si sedette davanti a lei, guardandola intensamente negli occhi.

– Insomma, vuoi dire che nella casa di fronte abita una signora pazza?

La ragazza, un po' intimidita, rispose:

– Sì, agli «Oleandri». Una signora vecchia con un signore vecchio che non è pazzo.

– E che cos'ha detto ieri notte, te lo ricordi?

– Dice sempre cose stupide: «Come ti chiami?», «Oggi piove acqua». Ieri ha detto: «Dove vai, uccellino, chi sei tu?».

– Hai visto qualcuno, qualche estraneo?

– No, ho guardato, ma non c'era un uccellino.

– Ricordi che ora era?

– No. Dormivo e mi sono alzata. Ma non ho guardato l'orologio.

Guardai dalla finestra. Dava su un lato della casa. Una siepe e una recinzione metallica separavano il giardino da quello dei vicini. Le finestre della casa a fianco erano molto vicine.

– La signora pazza sta molto alla finestra.

– Sai come si chiama questa signora?

– Signora Domènech.

– Brava, Lali, sei stata bravissima. Dove pensi di abitare finché non tornerà la signora Espinet?

– La signora Espinet dice che di notte posso dormire da Tahita, che lavora ai «Girasoli». Qui da sola ho paura.

– È una buona idea.

Facemmo un giro nel giardino prima di andarcene. Sul lato posteriore della casa c'era una porta che dava nella cucina. Gli uomini di Beltrán avevano già ispezionato il terreno senza trovare niente, né orme, né oggetti dimenticati, né tracce. Il folto tappeto erboso che cresceva dappertutto rendeva difficile il rinvenimento di impronte. Garzón si grattò un orecchio a mo' di cane.

– «Dove vai, uccellino, chi sei tu?». Fino a che punto è pazza quella signora, Petra?

– Bisognerà verificarlo. È stato fatto l'interrogatorio di routine a tutti i vicini?

– Sì, quello di routine, senza approfondire. Coronas ha dato ordine di non creare allarmismi inutili. Abbiamo parlato anche con l'amministratore del complesso. Risultati negativi, tutti dormivano. Abbiamo distribuito biglietti da visita col nostro numero di telefono.

– Ci mancava anche questa, il nostro capo che non vuole disturbare dei tranquilli cittadini. Non si può certo dire che non mostri sensibilità verso le classi privilegiate!

– Così va il mondo.

– Bisogna che parliamo col signore vecchio che non è pazzo.

– Andiamo.

– Aspetti, voglio informarmi meglio, prima. Non possiamo mica bussare alla porta e chiedere: «abita qui una vecchia pazza?».

– L'amministratore del complesso se ne è già andato. Lui è l'unico che potrebbe informarci.

– Andremo a trovare Malena Puig. Servizievole com'è, non avrà problemi a collaborare ancora un po'.

Facemmo rotta verso gli «Ibischi», camminando fra giardini fioriti.

– Non male queste catapecchie, no?

– Le piacerebbe abitare qui?

– Non so, magari. Se mettessero su un bar…

– Si annoierebbe a morte, Fermín.

– Potrei piantare un orto e mangiare pomodori freschi tutto l'anno.

– I signori condomini non glielo permetterebbero. Penserebbero che i pomodori non sono abbastanza chic e la costringerebbero a ripiegare sulle piante ornamentali.

– Ha ragione. Io mi trovo a meraviglia dove sono. A pensarci bene, non potrei star meglio da nessuna altra parte. Da solo nel mio appartamentino, tranquillo, con un po' di musica, una partitina di calcio in televisione e il frigo ben provvisto di birra e pizza surgelata. Non me ne andrei di lì nemmeno se mi offrissero Buckingham Palace!

Non mi aspettavo una simile tirata sulle gioie casalinghe da parte di Garzón. Da quando ci eravamo rivisti al ritorno dalle vacanze, quell'inusitato panegirico era stato il suo primo commento positivo. Era decisamente strano.

Giunti al cancello degli «Ibischi», suonammo il campanello. Un labrador giocherellone comparve abbaiando in tono scarsamente minaccioso. Un secondo dopo venne fuori una domestica in uniforme. L'accento con cui ci disse: «Entrate pure, avviso subito la signora Puig» la indicò come originaria di qualche paese del Sudamerica, forse ecuadoriana.

Non appena entrammo nel vasto ingresso, arrivò Malena Puig. Teneva per mano due bambini, due maschietti. Calcolai che avessero sette e cinque anni, non di più. Vedendoci, sorrise. Aveva fatto una doccia e si era cambiata. Adesso pareva molto più giovane, in jeans e maglietta celeste. Mi sentii in dovere di scusarmi.

– Ci perdoni, siamo di nuovo qui. Non vorremmo disturbare, ma...

– Non disturbate affatto. Sono subito da voi. Dovrete aspettarmi un istante, non vorrei che questi due perdessero il pulmino della scuola. Dite buongiorno, bambini.

I due bambini obbedirono insonnoliti.

– Salve, ragazzotti! – disse Garzón con una detestabile giovialità da parroco di campagna.

Malena infilò due golfini ai ragazzotti, li aiutò a caricarsi in spalla due zainetti spropositatamente grandi e li baciò. Compiva tutte queste manovre con la grazia ammirevole di un balletto. I suoi gesti denotavano affetto e fermezza.

– È già cominciata la scuola? – chiese il mio collega, ostinato nel voler socializzare con i piccoli.

– Non ancora. A settembre passano la mattinata in un centro dove fanno sport e imparano l'inglese.

Il viceispettore annuì convinto, come se quelle due attività gli sembrassero il colmo della lungimiranza educativa.

– Sissignore, bisogna fare così, prepararsi per il futuro, che sarà sempre più competitivo – osservò, ormai completamente vittima del luogo comune.

La madre spinse fuori i bambini, mettendo loro una mano sulla schiena.

– Forza, andate con Azucena, vi accompagnerà lei al pulmino.

Uscirono come due piccoli automi perfettamente programmati. Malena Puig tornò a sorridere.

– Ci mettono un po' a svegliarsi. Entrate e accomodatevi.

– Vorremmo solo farle una domanda.

– Perché non venite in cucina a far colazione come Dio comanda? Con questa storia terribile non ho ancora mandato giù un boccone.

Opponemmo il minimo di resistenza dettato dalla cortesia e poi entrammo con lei in cucina, felici di poter mangiare qualcosa. Era una cucina allegra e piena di luce. Su un ampio tavolo c'erano ancora le tazze della colazione dei bambini. Malena le ritirò in due secondi e distese una tovaglia colorata. Dopo altri due secondi un servizio completo da caffè e una grande torta margherita occuparono lo spazio vuoto.

– L'ho fatta io, spero che vi piaccia.

– Una torta fatta in casa, non ci posso credere. Allora queste cose esistono ancora! – esclamai.

– È terribile, vero, ispettore? Perdere tempo facendo torte.

– Non volevo dire questo.

– Lo so, però è terribile lo stesso. Qualche giorno fa ho letto che molte casalinghe americane fanno il pane in casa per assicurare una migliore qualità di vita alle loro famiglie. Io spero di non arrivarci mai. Credo che quando i bambini saranno cresciuti tornerò a lavorare.

– Lei ha lavorato come avvocato?

– Sì, ho svolto diverse attività in campo legale. Poi sono entrata nello studio di Adolfo Espinet, il padre del povero Juan Luis. Immagino abbiate già sentito parlare di lui, era uno degli avvocati più prestigiosi di Barcellona. Adesso è in pensione, ma il suo nome apre ancora tutte le porte. Che colpo questa morte assurda per lui e per la moglie. Non credo che potranno mai più riprendersi da una cosa simile.

– Ha conosciuto suo marito nello studio degli Espinet?

– In un certo senso, sì. Io ero amica di Juan Luis e lui mi ha proposto di entrare nello studio. È stato sempre lui, in seguito, a presentarmi Jordi. Ci siamo innamorati e ci siamo sposati. Tutto andava bene, finché stanotte…

Si incupì all'improvviso, il suo volto si contrasse in una smorfia di disperazione. Il viceispettore, che stava già facendo onore alla torta, intervenne per la prima volta nel discorso.

– Lei sembra l'unica a conservare un certo equilibrio dopo quello che è successo.

– Sì, la mia specialità è mantenere la calma, avere i piedi ben piantati per terra. Ho questo ruolo nel gruppo.

– Quale gruppo?

– Siamo sempre stati tre coppie molto unite. I nostri bambini vanno alle stesse scuole, festeggiamo insieme ogni occasione importante, abbiamo comprato casa tutti insieme… Siamo come una piccola banda… o, per meglio dire, lo eravamo. Adesso non so cosa succederà. Spero solo che Inés non decida di lasciare «Le Margherite» per andare a vivere dai suoi. Sarebbe un errore terribile. Qui potremo aiutarla, farle coraggio.

Mi accesi una sigaretta. La nostra cortese ospite andò subito a prendere un posacenere.

– Non le ho nemmeno chiesto se potevo fumare.

– Ma certo. La nostra famiglia non è molto scrupolosa con le regole. Il cane, e anche i nostri due gatti, sono liberi di girare in tutta la casa, tranne in cucina. Non c'è una sola stanza dove i bambini non possano entrare, e gli amici possono venirci a trovare senza avvertire. Magari non è bene essere così permissivi, ma a me piace vivere in un ambiente dove si respira una certa aria di libertà. E poi, non mi va di essere continuamente in collera, e il modo migliore per riuscirci è non stabilire troppe regole.

Risi. Il dominio che quella donna forte dall'aspetto fragile esercitava sul suo piccolo regno mi affascinava. Garzón non sembrava altrettanto colpito. La nostra doveva sembrargli una tipica chiacchierata fra donne, e forse lo era.

– Ispettore – disse, scuotendosi di dosso le briciole, – siamo venuti per fare una domanda alla signora Puig, ricorda?

– Certo, mi scusi. È stata così gentile che mi sono dimenticata del nostro dovere. Mi dica, signora, è vero che accanto alla casa degli Espinet vive una signora pazza? È quel che ci ha detto Lali.

Sbatté le palpebre più volte, riflettendo, poi, dandosi un colpetto sulla fronte, esclamò:

– Una signora pazza, Dio santo, la povera signora Domènech! Quella Lali esagera sempre, ve l'ho detto che era un po' strana. I Domènech abitano agli «Oleandri», proprio accanto agli Espinet. Lui aveva un'azienda tessile, adesso è in pensione, e sua moglie soffre del morbo di Alzheimer. Poveretta, e poveretto anche lui! Di giorno ha un'infermiera che lo aiuta, ma dev'essere terribile vedere una persona cara consumarsi a quel modo. Immagino che abbia deciso di venire a stare qui proprio per questo: vivono tranquilli e possono uscire a prendere un po' di sole.

Annuii più volte. Ecco spiegata la strana dichiarazione della filippina. La domanda che non avrebbe tardato a porsi era questa: un malato di Alzheimer è attendibile quando dice: «Dove vai, uccellino, chi sei tu?»? Significa che ha visto qualcosa di reale? Un vero uccellino, forse, o un intruso? Oppure si tratta di una frase detta a caso, o provocata da un'allucinazione?

Ci alzammo da tavola esprimendo la nostra sincera gratitudine. Mentre raggiungevamo l'ingresso, qualcosa sulle scale attirò la mia attenzione. Un fagottino vacillante veniva verso di noi fermandosi a ogni scalino. Rimasi immobile, vedendo scendere una bambina di appena due anni, attentissima a tenersi al corrimano. Era bionda, con la pelle bianca, aveva due enormi occhi nocciola e portava un pigiamino costellato di orsetti. Malena si voltò verso di lei e la attese con le braccia aperte.

– Ana! Ti sei già svegliata piccolina mia?

Strinse in un abbraccio la piccola che ci guardava con aria curiosa.

– Questi signori sono venuti a parlare con la mamma.

– Ciao – dissi, senza capire bene cosa potesse significare quel tipo di presentazione. – È bellissima – aggiunsi, rivolta alla madre.

– Sì, è la nostra stellina. Dài un bacio alla signora, Ana.

Mi avvicinai e, con mia sorpresa, la bambina tese le braccine verso di me e mi si strinse al collo con slancio spontaneo. La abbracciai. Soffice come il cotone appena raccolto, aveva un buon odore di acqua di colonia e di sonno. Un gradevole tepore mi si diffuse in tutto il corpo. Mi sentii turbata, muta di piacere.

– Dài un bacio anche a questo signore.

Ana guardò di sottecchi Garzón, senza mostrarsi troppo espansiva. La sua aria da rivoluzionario messicano non doveva sembrarle tranquillizzante. Tuttavia, già dotata in così tenera età dell'istinto seduttivo adeguato, avvicinò la bocca a quella del viceispettore e gli stampò un bacio sonoro proprio vicino al baffo. Garzón scoppiò a ridere. – Grazie, carina, è stato un bacio stupendo – disse, mentre le dava un buffetto sulla guancia forse con troppa energia.

Depositai a terra il mio tiepido fardello, che partì di corsa verso la cucina, certamente in cerca della tata. Sentivo ancora il calore del contatto con lei. Era stata un'esperienza molto piacevole, come quando un gattino si accoccola a farti le fusa vicino all'orecchio.

Davanti alla porta degli «Oleandri», mentre aspettavamo che qualcuno venisse ad aprirci, mi sentivo ancora turbata dalla tenerezza che mi aveva comunicato quella bambina. Ma se fin lì mi ero lasciata trasportare dagli aspetti più rosei del quotidiano, un contrasto decisivo mi avrebbe presto riportata a un'immagine della vita nella sua globalità. I preamboli della visita ai Domènech furono succinti, non ci fu quasi bisogno di parlare. Il marito ci ricevette subito, anche se di malavoglia. Trovarsi la polizia in casa per due volte nella stessa mattinata è una prova cui nessun cittadino per bene si sottopone senza protestare. E protestò, caspita se protestò. Pensavamo che fosse lecito disturbare gli abitanti più anziani e più bisognosi di tranquillità di tutto il quartiere? Garzón cadde nella funesta tentazione di ricordargli i suoi doveri di cittadino e il pensionato perse le staffe:

– Senta, ho lavorato tutta la vita come un mulo per tirar su un'azienda florida. Il mio dovere adesso è vivere in pace, e il suo fare in modo che io ci riesca.

Non avremmo potuto cominciare peggio, la situazione era compromessa ancor prima che formulassimo la prima domanda. Di sicuro le voci e le notizie avevano messo in subbuglio gli abitanti di quel luogo idilliaco, anche se non si notava. Cercai di ricondurre la conversazione entro limiti normali e di evitare il peggio.

– Signor Domènech, non siamo venuti qui per divertimento o per il piacere di disturbarla, ma per ragioni di servizio. Siamo stati informati che sua moglie potrebbe aver visto l'assassino di Juan Luis Espinet. Non possiamo fare a meno di interrogarla.

L'espressione dell'imprenditore si scompose per la sorpresa, e quando tornò alla normalità il suo cattivo umore si era trasformato in collera aperta:

– Signore Iddio, non ci posso credere! Chi ha potuto informarvi di una simile scempiaggine? Mia moglie è molto malata, e se voi aveste un minimo di cervello non vi presentereste qui con la pretesa di...

Nemmeno la veneranda età di Matusalemme gli avrebbe risparmiato il colpo che mollai sul tavolo.

– Basta! Non ha nessun diritto di trattarci così! Se non vuole collaborare con noi, le farò mandare una convocazione dal giudice perché sua moglie venga sentita in una sede appropriata.

– Mia moglie non è in grado di intendere e di volere, quindi non può deporre!

– Per stabilire se sua moglie è o non è in grado di intendere e di volere bisognerà sottoporla a perizia psichiatrica! È questo che vuole?

A volte fare la voce grossa serve. Domènech tacque. Si guardò i piedi, forse contando fino a dieci, e sospirò profondamente.

– Va bene. Ditemi cosa volete.

– Un testimone ha sentito sua moglie dire testualmente da una finestra di casa sua: «Dove vai, uccellino, chi sei tu?». Ciò è avvenuto poco prima che Juan Espinet fosse assassinato, e potrebbe trattarsi di una frase significativa. Vorremmo parlare con la signora.

Non reagì. Annuì tristemente.

– Va bene, venite. Mia moglie non sa niente di questo orribile assassinio, sarebbe stato inutile dirglielo.

La casa, costruita in modo simile alle altre, era arredata in modo molto diverso da quelle degli Espinet o dei Puig. Mobili antichi e quadri antichi dai colori cupi riflettevano l'appartenenza dei proprietari a un'altra generazione. La leggerezza dei legni chiari e dei divani colorati era sostituita da una pomposità un po' oppressiva.

Nel salone, al tavolo rotondo accanto alla finestra, sedeva la signora Domènech. Aveva un aspetto ordinato, elegante, perfettamente normale. I capelli bianchi erano ben tagliati, pettinati all'indietro. Indossava una gonna nera e una bella camicetta di seta bianca. Qualunque fantasioso parallelismo col mito della «pazza che abita nella casa di fronte» sfumava nell'improbabilità. Solo i suoi occhi azzurri davano adito a un interrogativo. Era come se fossero vuoti, come se non li animasse alcuna intenzione riconoscibile.

Domènech si sedette accanto a lei e le prese la mano con affetto. Il suo atteggiamento, il tono che adottò per parlarle non potevano essere più lontani da quelli usati nei nostri confronti. Era come trasformato.

– Lolita, cara, sono venuti dei signori per sapere come stai.

L'anziana signora ci guardò senza cambiare espressione.

– Non andiamo a passeggio oggi?

– Ma certo, come si può non andare a passeggio in una bella giornata come questa? Ma prima dobbiamo occuparci dei nostri ospiti. Loro vogliono chiederti una cosa e forse tu puoi rispondergli.

Il marito mi fece un cenno con la testa per dirmi che potevo cominciare. Non sapendo bene che tono usare, sorrisi.

– Signora Domènech, sono Petra Delicado, e questo è Fermín Garzón.

– Molto piacere – disse gentilmente, come una bambina beneducata.

Era la prima volta che, durante un interrogatorio, mi sentivo rispondere in quel modo.

– Ieri notte lei si trovava in camera sua come ogni notte, vero?

– Sì, ho una camera tutta per me.

Il tono deciso e la lucidità che dimostrava mi fecero concepire delle speranze.

– Dopo mezzanotte, ha visto qualcuno nel giardino dei vicini, un estraneo, qualcuno che passava di lì o si nascondeva?

Guardò con una certa preoccupazione suo marito, che le fece l'occhiolino per trasmetterle tranquillità.

– Non avevo sonno. Certe notti guardo dalla finestra.

– Infatti; allora potrà dirci che cosa ha visto.

– I fiori, che si chiudono perché è buio.

– Certo, i fiori; ma ha visto qualcos'altro?

– A volte esco in giardino.

Guardò di nuovo suo marito, come se avesse commesso qualche marachella. Lui fece per parlare, ma lo bloccai con un'altra domanda.

– È uscita, ieri sera?

– Forse sì, però non devo uscire, perché mi perderei e non saprei più dove sono.

– Signora, per favore, ci pensi bene, ieri notte ha visto qualcuno dalla finestra, o nel giardino, se è uscita? Ha detto a qualcuno: «Dove vai, uccellino, chi sei tu?»?

Nell'udire questa frase parve assentarsi di colpo, completamente. Sarebbe stato impossibile dire se ricordasse l'accaduto o se si fosse perduta in qualche meandro della sua mente. Spostò lo sguardo dal mio volto alla finestra, lo lasciò vagare nel giardino. Di colpo, si rianimò.

– Guardi lì! – esclamò. Guardai senza capire a cosa si riferisse. – Lì, lì! – Indicava il ramo di un salice che quasi sfiorava il vetro.

In effetti, un cardellino si era posato sull'albero e si muoveva con l'irrequietezza tipica degli uccelli.

– Un uccellino vero!

– E quello che ha visto ieri notte non lo era, signora Domènech? Era un uomo, forse?

Mi guardò di nuovo. La sua espressione era cambiata. Sembrava che non mi riconoscesse più. Quasi spaventata, si rivolse a suo marito.

– Ho sete.

– Ti faccio portare subito dell'acqua.

– Ho sete, ho sete, ho sete...

Continuò a ripetere la stessa frase con angoscia ed esasperazione crescente. Poi si abbandonò a un pianto sconsolato che nemmeno il marito poté calmare. Capii che era giunto il momento di andare. Uscimmo senza nemmeno tentare un commiato, che sarebbe stato inutile. Domènech chiamò la domestica perché rimanesse accanto a sua moglie e ci accompagnò alla porta. Era cupo e nervoso.

– Avete visto cos'è successo. Siamo riusciti soltanto a mandarla fuori di sé.

– Non percepisce mai la realtà così com'è? L'Alzheimer annulla completamente la sua attendibilità?

– Ispettore, io vi ho permesso di parlare con mia moglie. Se vuole sapere qualcosa di più sul morbo di Alzheimer, dovrà documentarsi per suo conto. Non impartisco corsi accelerati.

Aveva perfettamente ragione. La porta si chiuse alle nostre spalle separandoci da quella tragedia quotidiana. Ci incamminammo verso la macchina. Garzón scosse la testa.

– Sono abituato a farmi trattare a pesci in faccia dai delinquenti, ma che adesso nemmeno gli industriali in pensione si mettano dalla parte dell'ordine ha dell'incredibile! Di questo passo non so dove andremo a finire.

– È normale. Si tratta di un uomo amareggiato dalla vita. Lei, al posto suo, reagirebbe allo stesso modo.

– Anche peggio. Non avrei nemmeno bisogno di avere una moglie malata, mi basterebbe abitare in un posto orrendo come questo.

Mentre guidavo verso la città, spezzai una lancia in favore del «Paradís».

– Non riesco a capire come possa sembrarle tanto orrendo. A me ha fatto venire una certa nostalgia.

– Nostalgia di cosa?

– Nostalgia di quello che non ho.

– E che cosa può esserci al «Paradís» che lei non ha?

– Non so, bambini piccoli, una famiglia... il genere di cose che ha la gente normale.

Si agitò inquieto sul sedile.

– Porca miseria! – sbottò con disprezzo.

– Può imprecare finché vuole, ma non può negare che la famiglia presenti aspetti piacevoli. Ha visto quella bimbetta in pigiama? Non era un'autentica meraviglia della natura, come un fiume o una montagna?

– Col suo permesso le dirò, capo, che l'ultima cosa che mi aspettavo in vita mia era sentirle tessere le lodi della famiglia.

Rischiai di uscire di strada per colpa dell'occhiataccia che gli lanciai.

– Che cosa le è preso, Fermín? Lei è sempre stato un paladino della famiglia!

– E lei è sempre stata una senza Dio! Solo che vede per cinque minuti una bambinetta e le salta fuori uno strano istinto materno.

– Strano? Che cos'ha di strano? Le ricordo che sono una donna esattamente come le altre. Se l'istinto materno esiste, perché io non dovrei averlo?

– Credevo che, almeno lei, non si lasciasse liquefare il cervello da queste stronzate.

Incredibile, un'inversione di ruoli in piena regola! Garzón nella parte del «ribelle senza una causa», mentre io difendevo a spada tratta le gioie della maternità. Diedi un taglio netto alla conversazione. Era assurda e ridicola, come tutto quel che non conosce mediazioni. E non ero in vena di mettermi a mediare con un Garzón inselvatichito che sembrava passato dalla parte di Erode. Come potevo spiegargli i dubbi e le contraddizioni affiorati dentro di me nel corso di quella visita a Malena Puig? Come poteva capire che io apprezzassi alcune delle cose che avevo visto quella mattina? Per esempio: che cosa c'era di male nel riconoscere che è piacevole sbaciucchiare un bambino piccolo appena sveglio? O, all'estremo opposto, non è forse confortante che un vecchio marito continui a parlare con affetto alla sua vecchia moglie perfino quando ormai lei non può nemmeno essergliene grata? Sarebbe stato troppo per quell'animale del mio collega!

Mangiammo in una bettola immonda che figurava fra le predilette di Garzón. Lui ordinò un piatto di fagioli con salamino piccante e lo aggredì come il suo peggior nemico. Mangiava con appetito ed energia, quasi con sensualità, e beveva il suo vino a lunghe sorsate meditabonde.

Io ero ancora assorta, stordita, come se fossi stata bruscamente svegliata da un sonno profondo. Nemmeno ventiquattro ore prima ero ancora una donna libera, con una vita spirituale, un essere che si interessava alla lettura, che si estasiava dinanzi a paesaggi nordici pieni di bellezza, mentre ora mi ritrovavo catapultata nel bel mezzo di un crimine in cui non riuscivo a orientarmi.

– Questa sì che è vita! – esclamò il viceispettore, facendomi trasalire. – Un bar animato, un sano piatto di fagioli, un bel bicchiere di Rioja e al diavolo le preoccupazioni. Per me le famiglie possono starsene per i fatti loro, non ci penso nemmeno a unirmi al gregge come un pecorone.

Ero sempre più incuriosita. A cosa si doveva quell'improvvisa fobia di Garzón per le istituzioni fondamentali della società? Si era improvvisamente convertito all'anarchia radicale o aveva subito qualche esperienza traumatica con una famiglia durante quelle vacanze di cui si rifiutava di parlare? Lanciai un dardo esplorativo:

– Dove ha passato le ferie?

Inchiodò lo sguardo sul piatto con aria risentita.

– A Maiorca – biascicò.

– Ma Fermín, è un posto bellissimo! Ha affittato un appartamento o è andato in albergo?

– Sono stato al Club Méditerranée.

– Un club di vacanze, che bella idea! Sport, feste, attività organizzate... e poi si conosce molta gente, no?

Rispose con un laconico «sì» e si inabissò nei suoi fagioli. Era inutile, non era disposto a concedermi la minima confidenza, anche se dal suo malumore dedussi che il nocciolo della questione risiedeva effettivamente nelle vacanze. Senza sperarci più, aggiunsi due o tre luoghi comuni sulla bellezza delle isole e, quando lo ebbi annoiato abbastanza, lui mi inchiodò con una domanda diretta:

– Che gliene pare di questa storia?

– Quale storia?

– Ispettore, stiamo lavorando a un caso, se ne ricorda?

– Vagamente.

– Perché non si concentra, una volta tanto?

– Mi trova un po' distratta, vero? Cerchi di capire. Questo ritorno al lavoro è stato una specie di sequestro. Non ho ancora fatto mente locale.

Mi osservò con occhi carichi di biasimo. Non si aspettava da me simili cedimenti. È proprio vero che mostrarsi deboli di fronte a un subordinato è un errore, per quanto piccola sia la debolezza e per quanto grande la simpatia reciproca.

– Quella signora avrà visto un uccellino con le piume o un volatile ben più consistente? – Insisteva nel volermi riportare al dovere.

– Non lo so, ma se ha visto qualcuno aggirarsi intorno alla casa, è probabile che quel qualcuno stesse aspettando che ne uscisse un membro della famiglia o, in particolare, Juan Luis Espinet.

– O forse no. L'intruso sente il rumore proveniente dalla festa, si avvicina, sta in agguato, vede uscire l'avvocato, lo segue e…

– E… cosa? Non ha senso.

– Niente di tutto questo ha senso. Un uomo giovane, brillante, di successo, appartenente a un'ottima famiglia, felicemente sposato…, perché qualcuno avrebbe dovuto farlo fuori?

– Scartiamo l'ipotesi del ladro?

Nessuno di noi due si sentiva di scartare niente. Era prematuro come lanciare ipotesi a casaccio. Eppure, la possibilità di un ladro colto in flagrante, capace di condurre Espinet fino alla piscina per ucciderlo, sembrava da escludere per puro buon senso.

– Abbiamo mangiato bene – disse Garzón, passandosi ripetutamente il tovagliolo sulle labbra. – Bah! – aggiunse. – Non so come faccia la gente ad abitare in un posto dove non c'è nemmeno un bar. I bar sono la casa della gente semplice, ispettore!

Forse ciò si doveva al mio soggiorno di quasi un mese in un luogo sperduto in mezzo alla natura, o forse al brusco tuffo nel mondo del delitto, ma sta di fatto che trovavo il viceispettore particolarmente pesante. Una transizione più graduale fra il lago svedese e la piscina mortuaria di Sant Cugat mi avrebbe aiutata a sopportare meglio il tutto.

Solo verso sera, riordinando le mie carte in ufficio, mi resi pienamente conto che era morto un uomo. Cercai di ricordarmi la sua faccia ma non ci riuscii. Mi invase un fortissimo senso di malessere. Uscii dal commissariato decisa a rivedere immediatamente Juan Luis Espinet. Forse la morte aveva già cancellato da quel volto tutto quel che restava della sua autentica fisionomia o espressione, non di meno speravo di poter trovare ancora nel cadavere qualche traccia della sua personalità da vivo.

Non avevo un permesso specifico del medico legale o del giudice per accedere all'obitorio, ma l'inserviente mi conosceva e mi fece entrare. Mi aprì il cassetto frigorifero e mi permise perfino di rimanere da sola col morto.

Espinet riposava in attesa dell'autopsia. Lo guardai attentamente, escludendo dal mio animo ogni emozione. Il *rigor mortis* gli aveva teso i tratti. Il labbro inferiore gli si torceva lievemente. Eppure, era ancora bello. Nemmeno il pallore cereo della pelle, né l'opacità dei capelli riuscivano ad attenuarne il fascino. Era bello.

Era stato un uomo onesto, paziente, curioso, fedele? Era uscito qualche volta dal copione previsto per una vita di successo? Si poteva forse leggere sul suo volto qualche traccia di follia, di impetuosità, di passione? Niente, solo la quiete raggelante della morte. Un secondo prima di ricevere il colpo fatale, quel corpo respirava, quella testa inerte era piena di idee, di percezioni, di ricordi. Un secondo dopo non era più nulla, un peso inutile che poteva essere infilato in un cassetto in attesa di essere accolto dalla terra. Rabbrividii. Era stato un impulso assurdo quello che mi aveva spinta a rivedere il suo volto senza vita.

Uscii in corridoio, piena di ribrezzo e inquietudine. Il mio più fermo proposito era mandar giù un whisky nel primo bar che avessi trovato, ma il caso mise sul mio cammino il giudice García Mouriños.

– Petra Delicado, non ci posso credere! Che cosa ci fa nella dimora della morte?

– E lei, giudice?

– Semplici formalità! Di sicuro ciò che la conduce qui è più interessante.

Decisi di essere sincera con lui, visto che l'angoscia mi impediva di mascherare il disagio.

– Mi invita a bere un cicchetto, giudice? Ne ho proprio bisogno.

– Ma certo! Qualcosa non va?

– Ho commesso un errore. Sono venuta a rivedere questo avvocato di Sant Cugat, per entrare più a fondo nel caso... insomma, non credevo che mi impressionasse ancora così tanto vedere un cadavere, e invece...

– Venga, andiamocene di qui! Prenderemo un grappino in un posto che conosco.

Quando fummo seduti nel chiasso di un bar gallego, García Mouriños mi guardò con preoccupazione paterna.

– In genere sono una donna molto dura, ma stasera... quell'uomo senza vita, quel silenzio...

– La morte è una cosa seria, Petra. Pochi scherzi! Anche quando credi di averci fatto il callo, un bel giorno ti accorgi che l'angoscia ti prende alla gola e non ti molla. Finché non ti toglie il fiato. Lei conosce la mia storia, vero?

Annuii. Tutti, in commissariato e in tribunale, conoscevano la storia del giudice García Mouriños. Si era sposato molto giovane, appena superato il concorso. Lui e sua moglie erano partiti in viaggio di nozze per Santiago. Avevano noleggiato una moto ed erano finiti contro un camion in una curva. Lei era morta. Lui non si era più risposato.

– Sono passati più di trent'anni da allora. Me ne ricordo ancora con dolore? No, se devo dire la verità. Vivo la mia vita, e di rado penso alla tragedia. Eppure, certe notti, mi viene da pensarci e mi invade un'ondata di terrore. Mia moglie non c'è più, la morte l'ha cancellata per sempre, e quando io morirò sparirà anche il suo ricordo. È assurdo, Petra.

Mandò giù il suo bicchierino di grappa in un sorso e mi accorsi che la serietà si era impadronita delle ossa del suo volto, di colpo segnate e asciutte, spigolose. Poi esplose in una risata e mi diede una pacca sulla spalla.

– Fantastico! Lei se ne esce depressa dall'obitorio e io rincaro la dose con una storia funebre. Sa che cosa potremmo fare per uscire da questo momento di afflizione? Andarcene al cinema!

– No giudice, è tardissimo.

– Su, non faccia la noiosa, venga con me. Alla Filmoteca danno *Pulp Fiction*, fa parte di un ciclo su violenza e finzione. L'altro giorno mi ha detto che Tarantino le piaceva.

– Mi piace, ma…

Non mi fu concesso rifiutare. Andai al cinema con García Mouriños e rivedemmo il celebre film per l'ennesima volta. All'uscita ci tenne a illuminarmi con una teoria sul perché il ritmo jazzistico dell'azione si condenserebbe nel dialogo del «massaggio ai piedi» fra John Travolta e Samuel L. Jackson. Sapeva un mucchio di cose, era un esperto. Mi guardò con simpatia.

– La vita è più complessa del cinema, Petra, e anche più noiosa. Ha tutto quello che un buon regista tende a eliminare: tempi morti, digressioni, ripetizioni, marce indietro...

– Proprio come un'indagine.

– È preoccupata per il caso che le hanno appena affidato?

– Un po' sì. Ho tanta paura che andrà per le lunghe.

– Per questo ha voluto rivedere la vittima, perché non le si cancellasse dalla mente?

– Forse. Anche se nessuna vittima muore del tutto finché il caso non è risolto.

– Lei ce la farà.

Sorrise mostrando i grossi denti un po' separati e mi salutò facendo risuonare cordialmente il suo stentoreo vocione.

Quando arrivai a casa ero così stanca che andai subito in camera e mi buttai sul letto. Di lì vedevo la valigia, ancora da disfare. Non avevo neppure la forza di provarci. Avevo bisogno di dormire e di svegliarmi ben insediata nella vita di tutti i giorni. Perché facevo così fatica a ritrovare il mio posto nel mondo poliziesco?

Fuori, in strada, una motocicletta passò a tutta velocità con un rumore assordante. In quel momento capii che le vacanze erano davvero finite e che avrei dovuto attendere un altro anno per vedere le anatre selvatiche che solcano il cielo verso le calde terre del sud.

2

E così ripresi il mio posto nella vita. Il commissario Coronas provvide a restituirmi alla realtà col procedimento della lavata di capo sommaria. Mi ero completamente scordata della riunione per il servizio di sicurezza del Papa e, semplicemente, non ci ero andata. Coronas ruggiva contro la mia negligenza professionale. Obiettai che la mia assenza non era stata determinante, dato che la riunione si era potuta tenere senza di me, e la lavata di capo riprese a tutta forza. Mi disse che la sicurezza del Papa era importante come qualunque caso di omicidio. Aggiunse che se mai fosse successo qualcosa al Pontefice durante il suo passaggio nel nostro distretto, la carriera di tutti noi poteva considerarsi conclusa.

Di sicuro aveva ragione, eppure non mi riusciva di prendere sul serio la cosa. E poi non mi sembrava giusto che per il Papa la polizia fosse stata mobilitata fino all'ultima unità, mentre a combattere in nome del cadavere di Juan Luis Espinet ci fossimo solo io e Garzón. D'ogni buon conto, tacqui, accettando il principio tante volte trasgredito che un ordine non si discute mai. Mi appuntai sull'agenda la nuova riunione per quello stesso pomeriggio. Petra Delicado avrebbe messo a disposizione tutto il suo talento di detective per evitare che si attentasse alla vita del capo della Cristianità.

Per prepararmi a tanto, andai a far colazione alla Jarra de Oro. Non avevo ancora messo piede in strada, che vidi il viceispettore Garzón in compagnia di due belle gitane. Dai gesti che faceva avrei giurato che cercasse di sbarazzarsi di loro. Avvicinandomi, constatai che era proprio così.

– Basta, basta! – diceva. – Se avete qualcosa da dire, rivolgetevi al giudice.

Il mio arrivo sconcertò le donne e le dissuase dall'assedio al mio collega. Se la svignarono in direzione del porto.

– Cosa volevano? – domandai a un Garzón sudato e alterato.

– Fra tutti quanti mi fanno diventare pazzo. False deposizioni, testimonianze tenute su con gli spilli... il fatto è che nessuno vuole che si sappia la verità.

– E io, potrei esserle d'aiuto?

– Non me la immagino in questo casino, ispettore. È meglio che lo lasci a me.

– È tutto suo. Mi accompagna a far colazione?

Prendemmo un caffè con *churros*. Io, pur avendo sempre l'impressione che il viceispettore non fosse di umore del tutto normale, decisi di far finta di niente.

– Qualche novità riguardo al caso Espinet?

– La vedova non è ancora in condizioni di parlare. Il medico dice che domani o dopodomani starà meglio, meno sedata. A proposito, ispettore, ha telefonato il dottor Martínez. Oggi a mezzogiorno farà l'autopsia, dice che se vuole essere presente...

Non era la prassi che un investigatore venisse invitato a un'autopsia. Mi domandai quale ne fosse la ragione. Il mio collega dominava più di me i meandri delle procedure, per cui glielo domandai. Aggrottò la fronte, per riflettere meglio.

– Lei gli ha mica telefonato?

– No, però ieri sono stata all'obitorio per rivedere il cadavere. Ma lui non c'era.

– Ecco, sicuramente qualcuno gliel'avrà riferito e adesso pensa che lei non si fidi, che magari possa presentare un esposto sul suo operato o qualcosa del genere. Per questo vuole che sia presente.

Assistere a un'autopsia non mi attirava particolarmente, ma declinando l'invito avrei dato soddisfazione a quel disgraziato di Martínez. Come sempre era provvidenziale poter contare su Garzón come esperto in attriti professionali.

Alle dieci in punto dovevamo interrogare José Olivera, guardiano di giorno del «Paradís». Aveva quasi sessant'anni, era vedovo. Era un ometto piccolo e grassoccio, dall'aspetto tranquillizzante. Portava un paio di baffi da messicano zapatista e una camicia da boscaiolo a grandi quadri rossi. Era molto impressionato dall'accaduto e difendeva a spada tratta l'agenzia per cui lavorava e il suo collega, che definiva come «un bravo ragazzo». La notte del crimine era a casa, aveva cenato e guardato la televisione come ogni sera. La sua ipotesi sull'assassinio di Espinet era chiara: qualcuno aveva tagliato la recinzione per rubare, doveva essere accaduto subito dopo il giro del guardiano notturno. L'intruso stava vagando per il complesso quando Espinet aveva avuto la sfortuna di incontrarlo. Vistosi scoperto, l'uomo aveva deciso di liquidarlo perché non desse l'allarme e, non avendo il coraggio di ucciderlo direttamente, l'aveva portato fin sul bordo della piscina dove l'aveva colpito con la speranza che annegasse.

L'ipotesi di quell'uomo non era soddisfacente. Perché un semplice ladro avrebbe dovuto uccidere? La storia della paura di uccidere direttamente aveva già più fondamento, io non ci avevo nemmeno pensato, eppure era così logica che avrebbe dovuto venirmi in mente. Certo, in ogni guardia giurata si nasconde un poliziotto mancato. Lo guardai con curiosità: occhi acquosi, mani ruvide... uno dei tanti lavoratori che si sudano la giornata in silenzio, senza che nessuno si accorga della loro esistenza. Sebbene la cosa non lo toccasse molto da vicino, aveva un'aria sinceramente dispiaciuta. Dall'ultima cosa che disse, capii perché:

– Ancora un po' e sarei andato in pensione senza un solo incidente per l'agenzia!

– Quando va in pensione?

– Fra un mese.

Orgoglio professionale, come se l'agenzia di sicurezza fosse sua. Ah, i padroni non sapranno mai fino a che punto si spinga la fedeltà dei loro dipendenti! Anche se in questo caso furono abbastanza coscienziosi. Le informazioni che ci fornirono su entrambi i guardiani non potevano essere migliori. Matías Marín, il subnormale notturno, era descritto come un lavoratore che aveva sempre svolto le sue mansioni in modo irreprensibile, e José Olivera, tredici anni alle dipendenze dell'azienda, era considerato uomo integerrimo ed efficiente. Naturalmente, il direttore dell'agenzia non desiderava vedersi coinvolto nel caso, ma proprio per questo, se avesse ritenuto che uno dei due fosse un elemento instabile o problematico, non avrebbe esitato a farcelo sapere come argomento a sua discolpa.

Soli nel mio ufficio, Garzón ed io ci guardammo. Lui allargò le braccia e inarcò le sopracciglia, a indicare la sua scarsa fiducia nelle scoperte cui avrebbe potuto portarci la pista dei guardiani. Nessuno dei due dava adito al minimo sospetto. In preda allo scoraggiamento, dissi:

– Lo vede come si presenta questo maledetto caso! È tutto così semplice che non si sa da che parte cominciare.

– Lei sa bene che per quanto solida sia una rete, c'è sempre un punto debole da cui comincia a smagliarsi.

– Mi fa piacere vederla così ottimista. Soltanto ieri le ho detto che la trovavo strano.

– Bah, non ci faccia caso, è lo stress!

Non riusciva a convincermi del tutto. Lo conoscevo bene e sapevo che qualcosa stava andando storto in quel suo cervello monolitico, ma lo lasciai in pace. Mi infilai l'impermeabile e lo salutai.

– Non dimentichi la riunione del Papa! – mi gridò.

– Non si preoccupi – dissi a bassa voce. Ero sicura che Coronas gli aveva dato l'incarico di farmi da agenda vivente.

Presi un taxi in direzione dell'obitorio. La visione della folla che si muoveva tranquilla per la città, estranea a questioni di delitti o di morte, non mi tranquillizzò come altre volte. Nella mia mente si ripeteva una domanda: perché avevo accettato di assistere a quell'autopsia? Per fare a braccio di ferro con quel cretino di Martínez? No, la verità era che il corpo senza vita di Juan Luis Espinet esercitava su di me una strana fascinazione. I tratti fini, la bocca serrata, le mani lunghe e virili... soffrivo perché tanta bellezza maschile era stata cancellata dalla faccia della terra. Avrei voluto conoscerlo vivo, conoscere il suo modo di muoversi, le espressioni del suo volto, il suono della sua voce.

Garzón era una vecchia volpe. In effetti Martínez sapeva che ero andata a vedere il corpo la notte prima e cercava di sondare le mie intenzioni, ma io lo lasciai navigare nel dubbio e mi comportai come il più professionale dei poliziotti, vale a dire: rimasi in silenzio e feci finta di sapere più cose di quelle che in realtà sapevo.

Rivedere Espinet mi catturò completamente. Era sempre bellissimo e ieratico, come una statua giacente in una cattedrale. Mi venne voglia di piangere per lui e per tutto ciò che di bello muore a questo mondo. Fu necessario che quel bestione di Martínez gli aprisse le costole e gli tirasse fuori tutti gli organi perché capissi fino in fondo che ormai era solo una triste spoglia.

Tenni duro. Mi sforzai di pensare che quella carne morta non c'entrava niente con me, che era estranea a qualunque uomo o personalità mai esistiti. Giunsi a immaginarla come la carcassa di un animale annegato in un'inondazione.

Il medico declamava le sue conclusioni in un registratore tascabile. Tutto sembrava normale. Juan Luis Espinet godeva dell'ottimo stato di salute che ci si può aspettare in un uomo giovane. Era morto per annegamento e il colpo alla testa gli era stato inferto con un oggetto privo di spigoli. Aveva l'occipite leso, dal che si deduceva che l'impatto era stato molto forte. Quando il lavoro di bassa macelleria fu ormai concluso, il dottor Martínez diede un'occhiata ai segni esterni sulla pelle. Così avvenne la prima scoperta inaspettata.

– Guardi, ispettore – disse il medico. – Un segno recente sulla scapola destra.

Osservai la schiena di Espinet e vidi una striatura appena accennata sulla sua pelle liscia e bianca.

– Sembra un graffio – dissi.

– Lo è. Il graffio di un'unghia lunga e appuntita. Direi che ha più di una settimana. Il suo uomo ha fatto a botte con qualcuno, oppure si è dato al sesso sfrenato. Non posso concluderne nient'altro, è passato troppo tempo, ma dalla forma della lesione sono quasi sicuro che sia stata prodotta da un'unghia umana.

Finalmente quel morto senza macchia, perfetto, lontano da ogni conflitto o bruttura, mostrava un piccolo tallone d'Achille attraverso cui si era fatta strada la violenza o l'amore meno spirituale.

Il medico, accanendosi sulla sua preda come un rapace, prelevava campioni da quello che ormai non era che un ammasso sanguinolento. Non fu necessario attendere le analisi di laboratorio per ottenere i primi risultati: in una piega profonda della mucosa nasale Martínez trovò tracce di una polvere bianca, che subito identificò come cocaina.

– Cocainomane? – domandò, come se quella fosse l'unica possibilità.

– Stavano dando una festa – dissi, a mo' di spiegazione.

Quello scassinatore di viscere ignorava probabilmente le abitudini ludiche della borghesia illuminata. Mi guardò con faccia impenetrabile e brontolò:

– Be', la festa è finita male.

Tornai in commissariato con le idee leggermente più chiare. Quel bellissimo angelo caduto, di cui mi ero quasi innamorata, quell'uomo giovane, ricco, distinto, brillante, padre e marito esemplare, nascondeva debolezze sufficienti perché qualcuno avesse scorticato la sua tersa spalla. E poi era proclive ai piaceri artificiali della polvere bianca. Quello poteva già essere un punto di partenza, non c'è niente di più sterile della perfezione. Lacerare l'apparenza liscia e comoda di una vita pacifica è il primo passo per ricostruire la realtà. L'istinto mi diceva che ci trovavamo di fronte a un fatto che aveva a che fare con la sua persona, e che quindi potevamo tranquillamente dimenticare i ladri capitati lì per caso e gli aggressori anonimi.

Come al solito, Garzón non fu d'accordo con me quando gli riferii le mie impressioni sull'autopsia. Seguire gli istinti polizieschi, o forse tutti gli istinti senza eccezione, gli pareva azzardato. Lui era incline a pensare che il graffio alla spalla di Espinet si dovesse a un incidente fortuito o a un banale incontro amoroso con la legittima sposa.

– Le mogli non piantano le unghie nella schiena del marito ogni sabato sera, Fermín. Questo tipo di passione si manifesta solo nell'adulterio.

– Su questo non posso dire niente. Finché mia moglie era viva, le sono sempre stato fedele.

Mi parve di cattivo gusto chiedergli quante volte sua moglie gli avesse lacerato la pelle nel corso delle loro tenzoni erotiche, quindi mi limitai a dire:

– Allora dovrà fidarsi della mia esperienza.

Mi beccai uno sguardo di rimprovero. In fondo, Garzón si ostinava a volermi considerare una brava ragazza, e qualunque accenno alle mie avventure erotiche lo imbarazzava. Per di più il suo umore non era migliorato, quindi si lanciò in una prolissa enunciazione di teorie più o meno peregrine sulle infinite occasioni della vita quotidiana in cui uno può graffiarsi una scapola.

– Tutte le sue ipotesi sono assurde – dichiarai.

– Ormai si è ficcata in testa un'idea e nessuno può più toglierglela dalla mente, vero, ispettore?

– Vero.

– Avere idee preconcette è la cosa peggiore che possa accadere in un'indagine. Lo sa?

– Sì, ma non me ne importa. Intendo fare a pezzi la personalità di Espinet allo stesso modo in cui Martínez ha fatto a pezzi il suo corpo.

Ci mettemmo in marcia. Il primo passo obbligato era esplorare l'ambiente lavorativo dell'avvocato. Uscimmo a razzo verso il suo studio. All'improvviso tutto correva a gran velocità. Adesso avevamo un obiettivo delimitato con chiarezza. E poi, ero riuscita a superare la fase di stordimento post-vacanziero e potevo contare su un fattore di accelerazione pari a nessun altro: provavo una gran curiosità. Quell'essere statico che mi aveva soggiogata come una statua funebre si animava all'improvviso e mostrava di voler raccontare qualcosa sul suo assassino.

In macchina, mi sentivo quasi euforica.

– Apra bene gli occhi, Fermín! Voglio che osservi fin nel minimo dettaglio questo famoso studio. Esamini bene le segretarie, gli impiegati, l'arredamento, i clienti in sala d'attesa. Registri tutto sulla sua retina. Capito?

Non disse niente. Di tutte le cose che non si possono condividere, l'euforia è la peggiore, perché genera risentimento nei confronti di chi la prova. Bisogna ammettere però che la mia euforia non era autentica al cento per cento. La esageravo apposta perché facesse da traino e mi aiutasse a tirar fuori il mio collega dal suo stato di crisi. Con scarsi risultati.

Jordi Puig non si stupì minimamente di vederci. L'avevamo colto nel bel mezzo di una riunione e ci chiese un attimo di tempo prima di riceverci.

– Possiamo ispezionare nel frattempo l'ufficio di Espinet?

L'idea non lo riempì di entusiasmo, ma non poté fare a meno di acconsentire. Ci chiese soltanto di non interferire con l'andamento generale del lavoro. Era un professionista molto coscienzioso. Perfino il suo aspetto appariva diverso nella cornice dell'ambiente lavorativo. Non si poteva dire che nelle vesti dell'avvocato si fosse trasformato in un uomo attraente, ma di certo somigliava meno a un porcellino di quanto non mi fosse sembrato al «Paradís». Era in perfetto costume da giovane rampante: un'orrenda camicia a righe con il colletto bianco, e bretelle firmate a reggere un paio di impeccabili pantaloni di vigogna. Tutti i giovani rampanti di oggi si adeguano al modello Wall Street. Solo loro sanno perché.

Constatai che le mie disposizioni del giorno prima erano state scrupolosamente eseguite.

– Tutte le carte di Juan Luis sono state portate via stamattina dai suoi uomini.

– Lo so. La nostra è solo un'ispezione oculare. Vorremmo capire con quale spirito lavorava.

Un simile concetto dovette sembrargli un'assoluta scempiaggine, ma non mostrò perplessità. Doveva essere abituato a maneggiare astrazioni molto più strampalate. Si offrì di metterci a disposizione, e alle calcagna, una gentile segretaria. Io rifiutai qualunque aiuto. Pur non avendo particolari speranze di trovare niente, volevo guardarmi intorno a mio piacimento.

– Non le pare che Puig sia stato un po' restio a lasciarci entrare? – chiesi a Garzón.

– A nessun uomo piace che si ficchi il naso nel suo posto di lavoro.

Dubitavo che si trattasse di una caratteristica tipicamente maschile, ma non mi andava di discutere. Mi limitai a esaminare l'ufficio di Espinet cercando di farmi un'idea della sua personalità. La scrivania era ordinatissima e tutto l'arredamento era improntato a uno stile eclettico e funzionale. In una cornice campeggiava la fotografia di una giovane donna. Era facile dedurre che si trattasse della moglie. La presi in mano per vederla da vicino. Inés Espinet era bella, con un volto infantile e un'espressione angelica. Un'altra foto mostrava i bambini, biondi, sorridenti, in abiti sportivi. Garzón apriva cassetti e sportelli.

– Si rilassi, Fermín, l'ispettore Sangüesa ha già portato via tutti i documenti. Se dovesse esserci qualche irregolarità di tipo finanziario o professionale, il suo dipartimento la troverà. Noi possiamo fare ben poco in queste cose.

– Allora, lei mi scuserà, ispettore, ma non so perché siamo venuti. Se non c'è niente da controllare e non abbiamo niente da chiedere ai dipendenti….

– L'unica domanda che avrei voglia di fare sarebbe inutile.

– Quale domanda?

– Se Juan Luis Espinet avesse una relazione con qualcuno che lavora in questo ufficio.

– E se l'avessero ucciso per invidia professionale? Lui e Puig erano soci, ma senza dubbio Espinet aveva dalla sua il prestigio e il pedigree.

– Ora vedremo com'era costituita la società, ma a prima vista un movente del genere mi sembra troppo debole. E poi, Puig non mi sembra un assassino.

– Lo sa come vanno queste cose. I vicini del *serial killer* più sanguinario dicono sempre che era una persona amabilissima quando scendeva a comprare il pane.

– E per mezzo di chi l'avrebbe assassinato?

– Di un professionista.

– Che gli dà una botta in testa perché muoia annegato in piscina? Non credo proprio. Non sarò certo io a negare che gli uomini sono ferocemente competitivi sul lavoro, ma fino a questo punto...

Un'occhiata torva di Garzón mi fece capire che non era ancora in vena di scherzi. Me lo confermò dicendo:

– È uno dei milioni di difetti di noi uomini.

– Senta, Garzón, così non si può lavorare. Da quando siamo tornati dalle vacanze lei è antipatico, permaloso, suscettibile. Mi dica in cosa l'ho offesa e le chiederò umilmente scusa, ma non continuiamo su questo tono.

– Mi perdoni, ispettore, ha ragione. Sono di cattivo umore per motivi personali di cui non le parlerò, ma farò il possibile perché questo non interferisca con i nostri rapporti di lavoro.

– Bene – dissi, mandando giù quintali di curiosità. – L'unica cosa che volevo sottolineare è che secondo me Espinet peccava più in faccende di letto che di lavoro.

– Questa è una semplice supposizione.

– Sì, ma non dimentichi il graffio sulla spalla.

– Non conosciamo nemmeno sua moglie.

– La ragazza della foto le sembra capace di un'unghiata felina?

Si strinse nelle spalle, mostrando qualcosa di molto simile al pudore. Fra le righe della nostra conversazione si nascondevano interrogativi spinosi. Essere belli e ricchi comporta di per sé il rischio di macchiarsi d'infedeltà? Si può essere infedeli anche con il coniuge perfetto? Garzón aveva ragione, bisognava interrogare la vedova, il più presto possibile. Se è vero che conoscere una moglie dice molte cose sulla personalità del marito, Inés, per depressa che fosse, doveva trovare un momento di tranquillità e dedicarcelo.

Dopo la nostra infruttuosa ispezione interrogammo tutti quanti, più per senso del dovere che seguendo un piano determinato: segretarie, impiegate, giovani avvocati... un praticante ci informò sull'organizzazione dello studio. Tutte le testimonianze aggiunsero normalità a quello che già si presentava come un mare liscio come l'olio. Il compito di mettere la ciliegina finale su quella torta troppo zuccherata spettò a Jordi Puig. Ciascuno dei tratti da lui attribuiti al carattere del socio contribuì a nobilitarne la figura. A sentir lui, Espinet era l'uomo perfetto. Ne approfittai per insinuare il dubbio che mi stava a cuore:

– Lei sa se fosse fedele alla moglie?

Puig non batté ciglio.

– Sì, certo, certo che lo era. Era molto innamorato di Inés.

– Il suo amico consumava cocaina abitualmente?

Lì sì che rimase un po' turbato, ma dopo un secondo rispose con naturalezza.

– No. Poteva capitare in qualche occasione particolare, alle feste o alle cene. La notte in cui è morto ne avevamo inalato una linea o due, ma in minima quantità. Ce la procurava un amico comune, avvocato anche lui, se volete posso darvi il suo indirizzo.

– Non è necessario.

Quell'uomo era sincero, e un buon amico, per di più. Ebbi l'impressione che quanto diceva riflettesse davvero la sua opinione su Juan Luis. Uscii dallo studio sicura che di lì non sarebbe mai venuto fuori niente di nuovo o di interessante per le indagini.

Per tutta la settimana seguente i dati forniti dai controlli dell'ispettore Sangüesa diedero un saldo negativo quanto a indizi sul delitto. Espinet e il suo studio erano puliti. Non c'erano pagamenti insoluti, né i soci avevano contratto debiti per l'impresa, e neppure vi erano segni di malversazione. I conti personali della vittima erano immacolati, aveva perfino liquidato il mutuo della casa. I clienti dello studio erano scevri di ogni sospetto, e Espinet non si era mai occupato di casi controversi di indole penale. Un quadro di completa rispettabilità. Troppa? No, non si può negare per partito preso che a questo mondo ci sia gente rispettabile.

Giunsero anche i risultati delle analisi eseguite sul cadavere di Espinet. Niente di interessante e di sostanziale. Il graffio sulla spalla era troppo vecchio per conservare tracce di tessuti o di sangue. Impossibile determinare il DNA di chi glielo aveva inflitto.

Nemmeno l'accurata perlustrazione del giardino e dei dintorni effettuata nei due giorni successivi al crimine apportò nuove informazioni. L'impronta del piede corrispondeva a un numero quarantadue. Dalla profondità si deduceva che doveva essersi trattato di un uomo corpulento. La suola apparteneva con ogni probabilità a un tipo di scarpa da lavoro diffusissimo sul mercato.

Per colmo di sfortuna, Inés Espinet era sempre sotto osservazione medica e il giudice ci negava l'autorizzazione per interrogarla.

Né la medicina, né la tecnica criminologica, né le scienze economiche erano disposte a darci una mano.

– Possiamo contare soltanto sulla nostra abilità e acume professionale – dissi, piuttosto acida.

– Allora siamo fottuti! – sentenziò il viceispettore senza un briciolo di autostima o di rispetto verso la mia persona.

– Io continuo a pensare a un crimine passionale.

– Faccia pure. Le andrebbe una birra?

Accettai. Attraversammo la strada diretti alla Jarra de Oro con l'animo non precisamente disposto a una celebrazione. A due passi dal bar, una voce squillante suonò alle nostre spalle:

– Fermín, che combinazione!

Mi voltai come una trottola e rimasi a bocca aperta nel vedere due signore di una certa età. Entrambe ultracinquantenni, d'aspetto giovanile, vistose, eleganti, due veri figurini. Sbaciucchiarono uno ieratico Garzón con schiocchi sonori e dimostrazioni di affetto.

– Ma cosa fai da queste parti? – lo interpellò una delle signore in tono civettuolo.

– Be', lavoro al commissariato qui di fronte. L'avevi dimenticato?

– Caspita, non me ne ero accorta! Perché non ci presenti?

Entrambe mi guardavano attraverso l'eccesso di rimmel come se non vedessero l'ora di gettarsi su di me e appiopparmi uno sbaciucchiamento analogo a quello toccato a Garzón.

– Il mio capo, l'ispettore Petra Delicado.

Se ne uscirono in gridolini come se si fossero imbattute in una rockstar.

– Signora Delicado, Fermín ci ha parlato tanto di lei!

– Le presento le sorelle Enárquez: Emilia e Concepción – disse Garzón con lo sguardo agonizzante di un agnello al mattatoio, e si sentì in dovere di aggiungere: – Ci siamo conosciuti a Maiorca quest'estate, al Club Méditerranée.

Fui sul punto di lasciarmi andare a qualche luogo comune malizioso, sul tipo di «vedo che lei ha i suoi segretucci!», se non peggio; ma il mio sesto senso mi disse che un pericolo indeterminato aleggiava nell'aria. Lo sostituii con un più innocuo:

– Immagino siano stati giorni molto piacevoli, no?

– Piacevoli è dir poco, ispettore! Sono stati giorni indimenticabili, pazzi, meravigliosi, vero, Fermín?

Fermín annuì con aria supplice di fronte alla rotonda Concepción, che era un po' più matura e più formosa della sorella, con riflessi rosso sangue nei capelli.

– E sa a chi va il merito di tanto divertimento? Ma all'incredibile Fermín Garzón, viceispettore della Polizia Nazionale! Che ne dice, Petra? Lei magari non lo conosce in questa veste!

Osservai con occhio compiaciuto il mio collega, che diventava di tutti i colori.

– Be', non me lo aspettavo, a dir la verità. Sapevo che era un uomo vivace e mondano, ma fino a questo punto...

Lessi nello sguardo che mi lanciò Garzón un desiderio di ribellione e di attacco diretto. Prese la parola Emilia, una bionda dai riflessi albini in camicetta a fiori:

– Fermín è un fuoriclasse. Abbiamo partecipato tutti e tre insieme a tutte le attività del club, nessuna esclusa, e per di più, la sera, continuavamo a divertirci per conto nostro: ballo, bingo, locali notturni... Non siamo mai andati a letto prima delle cinque.

Era venuto il momento del vieto luogo comune che prima avevo scartato:

– Vedo che lei ha i suoi segretucci, Fermín!

Biascicò qualcosa che nessuno riuscì a capire, mentre io gli leggevo in faccia un franco: «Non dica fesserie, ispettore!».

– Credo che a questo punto si imponga una bevuta per commemorare i tempi felici. Ci fate compagnia?

Accettarono entusiaste il mio invito, e ordinai birra per tutti. Le Enárquez gorgheggiavano di gioia e assediavano Garzón dimostrando che l'età non inibiva per nulla la loro civetteria. Conoscendo il mio collega, e conoscendo gli uomini in generale, avrei dato per scontato che fosse orgoglioso di un trattamento così lusinghiero. Eppure, contro ogni pronostico, il viceispettore si mostrava schivo e distante. Loro sembravano non accorgersene e perseveravano nelle chiacchiere con crescente esaltazione. Le osservai bene tutte e due cercando di capire che cosa potesse non piacere a Garzón. Erano bellocce, vestivano con grazia, dimostravano cultura e umorismo. Quali difetti vedeva in loro, se non il fatto che svelassero i suoi segreti davanti a me? Ma qualcosa certamente lo infastidiva, perché non appena ebbe vuotato il suo boccale, saltò giù dallo sgabello e mi disse:

– Ispettore, dobbiamo andare. Il dovere ci chiama.

– State lavorando a un caso complicato? – chiese Emilia.

– A due – rispose Garzón, per la prima volta più vivace. – Quello dell'avvocato trovato morto a Sant Cugat e quello del ragazzo gitano assassinato.

– Oh, ma è terribile! – esclamarono in coro, cambiando completamente espressione.

– Sì, è così. Il crimine non dà tregua – concluse il viceispettore, mettendosi al mio livello quanto a luoghi comuni. Mi tirò per la manica e uscì con poco dissimulata precipitazione.

Fu un vero e proprio sequestro, interrotto da Concepción. – Ispettore, prenda il nostro biglietto da visita. Ci rivedremo, no?

– Quando vorrete! – dissi al volo, mentre venivo trascinata via di peso.

Attraversammo la strada al galoppo e soltanto quando fummo in commissariato riuscii a liberare il braccio dalle grinfie di Garzón.

– Fermín! Vuole mollarmi e dirmi cosa cavolo succede?

– Niente, Petra, ci vediamo dopo, vado a lavorare.
– Lei non va da nessuna parte! Entri nel mio ufficio!

Mi sedetti e lo fissai.

– Non ero mai stata trascinata fuori a viva forza da un locale!

Mancava solo che scalciasse per sembrare un mulo poco disposto a collaborare.

– Mi scusi, ma ho molto lavoro. Desidera qualcosa da me?

– Sì. Può spiegarmi perché abbiamo piantato in asso quelle due incantevoli signore?

Non aveva via di scampo. Capitolò.

– Ispettore, sono vittima di una persecuzione a scopo sessuale.

La risposta era così inaspettata che fui sul punto di mettermi a ridere, ma mi contenni.

– Può spiegarsi meglio?

– Quelle due non mi lasciano in pace. Ha sentito cos'hanno detto quando ci hanno incontrati per strada?

– Cosa?

– Che combinazione! hanno detto. Che combinazione! Quando sanno benissimo dove lavoro e aspettano solo di vedermi uscire dal portone. E non basta: mi telefonano, mi invitano a cena, fanno finta di incontrarmi per caso nei dintorni di casa mia… una vera e propria persecuzione, glielo assicuro.

– Be', visto e considerato che lei è un uomo incredibilmente divertente, un viveur inarrestabile…

– Sapevo che mi avrebbe preso in giro!

– Voglio dire che non molto tempo fa lei ha passato momenti molto piacevoli con loro. È normale che vogliano prolungare l'amicizia, uscire di tanto in tanto...

– È più di questo.

– Lei gli ha dato modo di aspettarsi qualcosa di più di una normale amicizia?

– Eravamo in vacanza, ispettore, in terreno neutrale! Be', sì, ho flirtato, ho fatto un po' il cretino...

– Con quale delle due?

– Con tutte e due, era un gioco innocente!

– Allora vuol dire che una delle due ha voglia di dare inizio a una semplice avventura con lei. Non è il caso di scappare così!

– Ma lei ha visto quanti anni hanno?

Lo aggredii senza dargli il tempo di reagire:

– Mi scusi, dimenticavo che lei è un giovanotto impulsivo che di solito esce con ragazze di vent'anni.

– La smetta, Petra, non è questo il problema! Voglio dire che due donne di quell'età non la pensano come lei sulle avventure, non sono così moderne.

– E cosa vogliono da lei, allora?

– Io credo che abbiano aspirazioni matrimoniali.

– Dispone di prove sicure per dirlo?

– Indizi, accenni, insinuazioni indirette...

– Non sarà che in un momento di particolare entusiasmo lei ha avanzato una proposta di matrimonio?

Si alzò in piedi con un balzo.

– Adesso sì che me ne vado!

– Cosa c'è, non vuole che glielo chieda?

– Lei può chiedermi quello che vuole, ma ha la strana abilità di sottopormi a un terzo grado e di farmi sentire colpevole anche quando non ho niente da nascondere.

– È pura deformazione professionalc.

Per quanto possa sembrare impossibile, a quel punto della conversazione, Garzón scoppiò a ridere.

– Lei è forte, ispettore, devo ammetterlo. Davvero divertente.

Meno male! Ero riuscita a divertirlo, si era messo a ridere con una di quelle sue risate molli, mute, che gli facevano fremere la ciccia e sussultare le spalle.

– Petra, potrebbe darmi una mano? Non voglio essere scortese con loro, sono ragazze molto simpatiche e carine, ma non mi va che continuino a rompermi le scatole. Sono convinto che lei saprebbe risolvere la situazione.

– Be', Garzón, lei mi conosce abbastanza per capire che detesto interferire nella vita altrui, soprattutto quando si tratta di questioni sentimentali, ma se aiutandola a liberarsi delle ragazze posso restituirle il suo buonumore, e se dopo lei riuscirà a comportarsi come un poliziotto ligio al dovere, e se…

– Basta, ispettore, non approfitti della situazione.

– D'accordo, ideerò una strategia per allontanarle.

– Benissimo!

Sembrava più tranquillo, ora, libero, quasi felice. Il solo fatto di avermi comunicato i suoi timori aveva avuto su di lui un effetto terapeutico. Avrei dovuto pensarci prima, dal momento che questo avrebbe certamente aiutato le indagini.

– E adesso, Petra, diamoci dentro! Abbiamo un mucchio di cose da fare – esclamò, dissipando tutte le mie remore, se ancora ne avessi avute.

Darci dentro significava per noi fare una cosa da tempo desiderata: interrogare la vedova di Juan Luis Espinet. Le sottili pressioni da noi esercitate sui medici per ottenere l'autorizzazione erano servite soltanto a peggiorare le cose. Il tempo passava senza quella testimonianza cruciale. Per questo, quando ci fu comunicato che lo stato di salute emozionale di Inés poteva considerarsi quasi normale, demmo priorità assoluta alla faccenda.

Perché non fosse costretta a venire in commissariato, andammo noi a casa dei suoi genitori, dove si trovava con i bambini dal giorno del delitto. Era un grande appartamento di calle Balmes, in un palazzo di fine ottocento, elegante e borghese.

La giovane vedova ci ricevette seduta in poltrona, nel salone. Non era truccata ed era pallida come una principessa delle favole. Sempre come una principessa, portava i capelli biondi sciolti sulle spalle. Seria, immobile, ripiegata su se stessa, era l'immagine stessa della sventura e dello smarrimento. Sembrava ancora sotto l'effetto di qualche sedativo. I suoi rari gesti apparivano incerti, rallentati, e le pupille erano dilatate. L'impulso pratico e incalzante che mi aveva spinta a desiderare di incontrarla e sottoporla a un fuoco di fila di domande svanì di colpo. Non sapevo da dove cominciare. Mi assalì l'intuizione che non avrei ricavato nulla da lei. Tuttavia, il solo fatto di vederla, di osservarla, di averla davanti a me, mi forniva gli elementi per capire come funzionasse il matrimonio degli Espinet.

– Sappiamo che parlare di suo marito rappresenta un grosso sforzo per lei – esordii con titubanza.

Bastò questa frase perché aprisse la bocca come per parlare, senza dir nulla. Cercava l'aria come un pesce tirato fuori dall'acqua. Si coprì gli occhi con le mani e cominciò a piangere silenziosamente. Garzón mi guardò preoccupato. «Ma non doveva stare meglio?» diceva il suo sguardo. Cercai di rimediare prima che le cose degenerassero.

– Signora Espinet, per favore, noi la capiamo, comprendiamo il suo dolore, ma deve reagire. La sua testimonianza può esserci d'aiuto. È già trascorso del tempo dalla morte di suo marito, e ogni giorno che passa ci allontana sempre più dalla soluzione.

Si soffiò il naso con un fazzolettino di carta. Le tremava il mento. Sembrava una bambina disorientata e fragile.

– Lo so – sussurrò finalmente. – Le assicuro che ci sto provando, mi sono preparata a ricevervi, ma non ce la faccio, non ce la faccio...

Non la smetteva di piangere, lentamente, lasciando scorrere le lacrime e i minuti.

– Vuole che chiamiamo sua madre perché stia qui con lei?

– Sì, grazie – disse, emergendo da una specie di deliquio.

La madre di Inés era alta, di bell'aspetto, più energica e sicura della figlia. Immagino che già gravasse su di lei l'esperienza della vita, e che per questo vi fosse nel suo sguardo una certa serenità disincantata. Era decisa ad aiutare la figlia a superare la crisi, in modo che riuscisse a dirmi tutto quello che poteva servire a gettare luce sull'assassinio di Juan Luis. Grazie alla sua presenza mi fu più facile fare domande, mentre Garzón prendeva appunti sul suo taccuino.

– Com'era suo marito, signora Espinet?

– Era molto allegro, un gran lavoratore, affettuoso con i bambini.

L'emozione la fece ricadere nel pianto.

Sua madre compì la prima incursione nel colloquio:

– Era un uomo di valore, ispettore. Se non fosse stato per questa atrocità, sarebbe diventato ancora più importante di suo padre.

– E in privato?

– Formavano una famiglia molto felice.

Cercai di valutare rapidamente fino a che punto risposte così convenzionali fossero dettate dalle regole sociali. Era difficile dirlo. Il padre di Inés era un noto uomo d'affari di Barcellona e doveva muoversi in circoli molto benpensanti. Tutto, nella vita di quelle persone, doveva attenersi a un copione meticolosamente studiato.

Mi diffusi in domande sugli interessi e sulle abitudini di Juan Luis Espinet. La vedova sembrava aver messo da parte la disperazione e rispondeva con calma. Era un uomo ordinato e metodico che amava la lettura e la musica. Andava due volte alla settimana a giocare a golf in un circolo fuori città, dove spesso si fermava a pranzo. C'era poco altro da dire, il resto della sua vita si svolgeva in famiglia e nell'ambiente di lavoro.

Pregai la madre di Inés di lasciarci di nuovo sole. La ragazza si tese, ma l'inerzia che la spingeva a un pianto inarrestabile era scomparsa.

– Signora Espinet, mi dispiace rivolgerle questa domanda, ma non posso farne a meno. Lei e suo marito andavate d'accordo?

– Sì, certo che andavamo d'accordo – rispose con naturalezza.

– Sa se lui... o ha mai sospettato, in qualche occasione, che avesse avuto un'avventura o che potesse tradirla?

– Che cosa le fa supporre una cosa simile?

– È una domanda di routine.

– No, non ho mai pensato che potesse tradirmi. Non me ne ha mai dato motivo. Aveva molta fiducia in me, e io in lui.

– Il medico legale che ha condotto l'autopsia sul corpo di suo marito gli ha riscontrato un graffio sulla schiena, all'altezza delle scapole. Doveva risalire a una settimana prima del delitto. Ricorda di aver mai visto quel segno?

Rimase perplessa.

– No, non ricordo, voglio dire, sono sicura di non averlo visto.

– Lui le ha mai detto di essersi fatto un graffio?

– No.

– E non ricorda una circostanza in cui potrebbe averlo graffiato lei accidentalmente?

– No, è importante?

– Per niente, mi sto solo preoccupando di non trascurare alcun elemento.

Continuava a non rendersi conto delle possibili implicazioni.

– Bene, in questo caso non la disturberemo oltre. Che cosa pensa di fare ora? Tornare al «Paradís»?

– Non lo so. Per il momento rimango qui con i miei genitori. Non me la sento di tornare a casa, adesso. Più avanti prenderò una decisione.

– E la donna di servizio?

– Lali? Be', rimarrà lì finché non avrò deciso. Se venderò la casa, dovrò licenziarla.

Il mare calmo del suo sguardo si perse nell'aria del salone.

Il viceispettore chiuse il taccuino con un colpo secco, facendola trasalire. Pensai che doveva capitarle spesso di rimanere assorta così, a domandarsi che ne sarebbe stato della sua vita, destinata a non essere mai più la stessa.

Ci toccò parcheggiare a due isolati dal commissariato. Non c'era posto. Stavano costruendo il palco gigante per la messa del Papa e dalla piazza continuavano a entrare e uscire enormi camion che bloccavano il traffico. Mentre raggiungevamo il portone a piedi, le idee mi ribollivano nella mente in modo disordinato. Garzón mi tirò fuori dal mio stato di trance.

– Cosa mi dice della bella vedova, ispettore?

– Stavo cercando di elaborare i dati per farmene un'opinione, e credo di essermela già fatta.

– Si può sapere qual è?

– Se dovessi vivere con lei, le mollerei un paio di ceffoni. È debole e immatura, troppo infantile per la sua età.

Il viceispettore si fermò sui suoi passi. Si aspettava che anch'io mi fermassi, ma non lo feci, e così gli toccò raggiungermi con due saltelli da rospo.

– Vedo che la ventata di tenerezza materna dell'altro giorno si è già esaurita.

– Sì, è stata una debolezza passeggera.

– Però mi sembra un po' ingiusta con quella ragazza. Ha appena perso il marito in modo orribile, ha visto crollare un'intera esistenza che sembrava già pianificata e i suoi figli sono rimasti senza un padre. Sono esperienze molto dure.

– Mio caro avvocato delle belle sventurate, proprio nel saper superare le esperienze più dure consiste la maturità, e nel farlo senza rifugiarsi fra le braccia di papà e mamma. E poi, non sto facendo il processo morale a quella ragazza. Di come sia fatta quella lì non me ne importa un fico secco. Quel che volevo sapere ormai lo so.

Gli occhi sporgenti del mio collega mi guardavano di sbieco.

– E cosa voleva sapere? – chiese, da immaturo che era anche lui.

– Che non mi pare per niente assurda l'idea che suo marito la cornificasse. Una fanciulletta angelica può andare molto bene come fidanzatina secondo il modello convenzionale della buona società, ma le assicuro che viverci accanto per anni dev'essere una rottura insopportabile.

– Vivere per anni con qualcuno, angelico o no, è sempre una rottura insopportabile.

– Mi ricorderò che questo l'ha detto lei, Fermín.

Sorrise, soddisfatto della sua asserzione, mentre approdavamo al nostro luogo di lavoro.

– Si è segnato il nome del circolo di golf di Espinet?

– Sì, ispettore.

– Bene, dovrà farci una capatina.

– Non viene con me?

– L'ultima volta che ho messo piede in un circolo di golf è stato col mio primo marito, e preferisco non ripetere l'esperienza.

– D'accordo, ci vado al più presto. Ma le ricordo che adesso abbiamo un appuntamento col Papa.

– Cristo santo, me ne ero completamente dimenticata! Sono stufa di sciropparmi tutti i santi giorni quelle riunioni. A cosa diavolo crede che servano?

– Perché ogni volta che salta fuori il Papa deve bestemmiare?

– Diciamo che ormai non temo la dannazione.

Alla riunione per la sicurezza della visita pontificale ci attendeva una novità. Per la prima volta era presente un prelato espressamente venuto da Roma per supervisionare l'organizzazione dell'evento. Ci gettò uno sguardo di riprovazione non appena ci vide entrare. Forse aveva annusato lo zolfo della nostra mancanza di fede, o forse biasimava il nostro ritardo, dal momento che lo sguardo riservatoci da Coronas fu esattamente identico.

Come ogni giorno, ispettori e viceispettori dei diversi commissariati occupavano le file di sedie come scolaretti mentre Coronas illustrava su una grande mappa della città il percorso del Papa e del suo seguito fino alla piazza dove si sarebbe celebrata la messa. Trovavo incredibile che un simile dispiegamento di polizia dovesse rimanere impegnato per tante ore in una manifestazione come quella, ma si trattava di un ordine diretto del questore. Nessuno domandò che cosa ne sarebbe stato della sicurezza dei cittadini nel corso di quella lunga dimostrazione di fervore popolare.

Assistevo alle prolisse spiegazioni quotidiane senza il minimo interesse. Tutti dovevamo essere informati, ma sapevo che, al momento buono, alcuni di noi sarebbero stati esclusi dall'operazione per garantire la continuità del servizio. E davo per scontato che Coronas, conoscendo la mia scarsa motivazione al riguardo, quel giorno non mi avrebbe mai reclutata. Quindi non ascoltavo con troppa attenzione, mi limitavo a seguire sulla cartina le evoluzioni di una calamita, facente le veci della *papamobile*, che il commissario spingeva su e giù come un bambino impegnato nel suo gioco preferito.

I miei occhi caddero sul cardinale. Era un uomo sui cinquantacinque anni, alto, ascetico, vestito con un elegante *clergyman* sul quale brillava la croce distintiva della gerarchia. Quale altro mestiere avrebbe potuto fare un uomo come quello? Tempie argentate, tratti armoniosi, mani delicate che non avevano mai conosciuto il lavoro... Troppo sereno per essere un dirigente d'azienda. Troppo distante per essere un professionista. Troppo altero per essere un docente universitario. Forse un artista. Il ruolo di direttore d'orchestra sarebbe stato forse il più confacente alla sua figura: vestito per il pubblico, esecutore di un rito, investito di un comando, serio e consapevole di portare su di sé una grande responsabilità. Sì, come direttore d'orchestra sarebbe stato perfetto.

Evidentemente si era reso conto di quel mio esame troppo intenso, perché quando la riunione finì mi si avvicinò. Mi guardai intorno, ero sola. Garzón era fuggito come il diavolo dall'acqua santa.

– Poche donne in questa professione – disse, in uno spagnolo perfetto.

– In Italia ce ne sono di più? – domandai.

– In Vaticano no.

Sorrisi.

– Sono l'ispettore Petra Delicado.

– Mi chiamo Pietro Delli Martiri.

– Una coincidenza nel nome.

– E anche nel compito: vegliare per la sicurezza del Santo Padre.

– Entrambi lo facciamo per dovere, una coincidenza in più.

Non se lo aspettava. Eppure, l'abilità diplomatica cancellava dal suo viso ogni turbamento. Disse, inclinando lievemente la testa e in tono di voce più basso:

– Nel mio caso posso assicurarle che vi è anche della devozione.

– Allora qui finiscono le coincidenze.

– Il lavoro del poliziotto deve essere ingrato per una donna, richiede molta durezza.

Incassai bene il diretto vaticano e ribattei:

– Le metto a disposizione tutta quella di cui dispongo. A beneficio della sicurezza del Papa, naturalmente.

– Grazie, ispettore.

Si allontanò, con un sorrisetto sulle labbra sottili.

Credo che fosse divertito di quella breve schermaglia verbale. Garzón osservò il nostro commiato dall'angolo della macchina del caffè, cercando vanamente di non farsi notare. Venne verso di me non appena l'ecclesiastico sparì.

– Cos'aveva da dire a quel pretone?

– Ho l'impressione che finché ronzerà qui intorno sarà garantita un po' di conversazione intelligente.

– Bella roba! Un giorno mi tesse le lodi della famiglia, e adesso viene fuori che se la intende con i preti. La capisco sempre meno, ispettore!

– Per questo mi trova così affascinante, vero, Fermín?

– Sì, dev'essere proprio per questo – rispose con una faccia da schiaffi.

Poi mi allungò uno di quei minuscoli bicchierini di caffè e bevemmo in silenzio.

3

Garzón era stato istruito in modo molto preciso per la sua ispezione al circolo di golf. Sentivo ancora risuonare la mia voce: «Le donne, Fermín, le donne. Le osservi bene, tutte quelle che vede in giro, soprattutto le impiegate dalle unghie lunghe. Si informi sulle abitudini di Espinet: chi incontrava e a chi dava appuntamento al circolo, con chi giocava, se mangiava con qualcuno al ristorante. Ma, soprattutto, occhio alle donne». Mi vedevo costretta a insistere perché ero convinta che Garzón continuasse a sottovalutare l'ipotesi passionale. Lui sperava ancora nella scoperta di qualche gioco sporco nell'ambiente lavorativo del morto. Pensasse pure quel che voleva, ma dall'ufficio di Sangüesa non era arrivato nessun dato sospetto e l'indagine finanziaria si sarebbe presto conclusa.

Quanto a me, mi diressi al «Paradís» sicura di doverci passare parecchio tempo. Partii equipaggiata con un thermos di caffè. Non ero disposta a vagare per quel maledetto quartiere paradisiaco con la sensazione di trovarmi in pieno deserto.

Superai il controllo di sicurezza e salutai il guardiano di giorno. Lui non mi riconobbe finché non gli dissi chi ero. Si mise immediatamente a mia disposizione per qualunque cosa. Lo osservai con occhio critico. Sembrava un tipo a posto. Tuttavia, per poter escludere qualunque dubbio di colpevolezza, avevo ordinato un'indagine parallela nell'ambiente dei due guardiani. I primi dati di cui disponevo rientravano nella più assoluta normalità.

Una volta varcati i cancelli, respirai con piacere. Erano le undici del mattino e il sole ormai autunnale creava un'atmosfera gradevole. Le belle case e i giardini ben curati completavano il quadro idilliaco. Si respirava una quiete avvolgente. Feci un giro lungo i viali. Le bambinaie, quasi tutte straniere, spingevano le carrozzine o sedevano a chiacchierare sulle panchine mentre i bambini giocavano in gruppo. La sensazione che avevo provato la mattina del crimine era falsa. Non si poteva certo dire che quello fosse un luogo paralizzato e morto dove la gente tornava soltanto la sera a dormire. Anzi, era pieno di attività, solo che qui la vita rappresentava il rovescio di quella che agita ogni giorno le vie e gli uffici della città. Vi trascorrevano il loro tempo coloro che non erano ancora entrati a far parte del mondo produttivo, coloro che non erano impegnati nella battaglia urbana d'ogni giorno. Casalinghe, giovani mamme, bambinaie, domestiche, bambini che giocavano e crescevano.

Mi sedetti anch'io su una delle panchine che orlavano il viale principale. Mi avvolsi bene nell'impermeabile e misi la faccia al sole, chiudendo gli occhi. Ah, avrei potuto addormentarmi in quello stesso istante! Una brezza leggera mi disordinava la frangia. Giungeva fino a me il fruscio del fogliame, il rumore indistinto e allegro dei giochi. Pensai che non c'era alcuna vera ragione di affannarsi. Ogni mattina, mentre tutti noi a Barcellona ci davamo da fare come inseguiti dalle Furie, lassù, a pochi chilometri di distanza, i bambini si lanciavano la palla ridendo e le signore meditavano sul menu per la cena. Vidi una bambinaia di colore correre dietro a un minuscolo ribelle che, strillando di gioia, era partito a corsa pazza giù per il sentiero.

Bene, quel momento di relax doveva essere giustificato da un po' di lavoro. Ripensai alle ragioni che mi avevano spinta fino al «Paradís». Eravamo bloccati, questo era un fatto. Se l'insieme del delitto sfuggiva alla nostra comprensione, bisognava isolarne i vari elementi e cercare di chiarirli a poco a poco. Da quale di questi elementi cominciare? Con chi bisognava parlare? Dovevamo elaborare diverse ipotesi e confrontarle? Mi trovavo immersa nel più fenomenale disorientamento quando ormai la fase preliminare delle indagini, in cui si scartano le prime supposizioni, avrebbe dovuto essere da tempo conclusa. Fui assalita da un'ondata di scoraggiamento. Chiusi di nuovo gli occhi e mi lasciai andare. Avevo sonno.

Un sussulto repentino mi fece tornare su come una molla. Mi ero addormentata. Lo capii quando mi resi conto che una donna, china su di me, mi toccava il ginocchio, mi parlava.

– Ispettore Delicado! Si sente male?

Malena Puig di fronte a me, mi guardava con aria preoccupata. Balzai in piedi, come se fossi stata sorpresa nel mancato adempimento del dovere.

– Mi dispiacc, ispcttore! Si è spaventata?

– No, no, va tutto bene. Mi ero assopita un attimo. Che cosa assurda!

– Immagino che abbia sempre del sonno arretrato.

– Non proprio, in questi giorni. Probabilmente sto invecchiando.

– Posso offrirle un caffè?

Mi ricordai del thermos di caffè che avevo lasciato in macchina. Stavo davvero invecchiando. A chi mai può venire in mente di portarsi dietro le provviste durante un'indagine?

– Mi offra pure il suo caffè perché credo che lo accetterò.

Seguimmo il viale fino agli «Ibischi». Malena, sollecita, aprì la porta e mi invitò a entrare.

– E la sua piccolina?

– È fuori con la tata.

– È una bambina bellissima.

Sorrise, arrossendo come se avessi lodato la sua bellezza personale. Andammo nel salone, già in perfetto ordine a quell'ora. Il sole entrava a fiotti dalle vetrate a riquadri bianchi. Mi piaceva l'arredamento, lo trovavo allegro e armonioso, con poche pretese. Vi erano vasi di fiori freschi sparsi qua e là.

– Lei ha una casa molto piacevole.

– Be', è il mio unico regno. Non mi muovo molto di qui.

– Immagino che lei conduca una vita molto tranquilla.
– Davvero lo pensa?
Dopo quella enigmatica domanda si allontanò, diretta in cucina. Mi guardai intorno con attenzione. Su un comò erano allineate diverse fotografie di famiglia. Mi alzai per osservarle da vicino. Erano ritratti di varie dimensioni incorniciati in argento. Vi comparivano i tre bambini, in gruppo e separati. I due maschietti, bruni e robusti, con la deliziosa biondina seduta fra loro. Malena sorrideva da un'altra foto, accanto al marito. Un viaggio in Egitto della coppia, un bebè irriconoscibile nella culla, la famiglia al completo davanti a un albero di Natale...
– Che gliene pare dei miei trofei?
Era già di ritorno, con un gran vassoio.
– Non ho resistito alla tentazione di ficcare un po' il naso.
– Be', non credo abbia trovato niente di interessante. Lei, che è una donna poliziotto, con una vita fatta di rischio e di avventura!
– Di sicuro qualcuno le avrà già detto che la nostra vita non è esattamente come si vede al cinema.
– In ogni caso sarà meno convenzionale di quella di una famiglia come la mia.
– La sua famiglia farebbe l'invidia di chiunque.
Assaggiai una delle stupende paste che aveva portato e bevvi il buon caffè con panna che aveva deposto sul tavolino accanto a me.
– Il caffè è abbastanza forte?
– Sì, è molto buono. Ora le rivelerò una cosa che la

farà ridere. Sa che cosa ho fatto stamattina prima di venire qui? Mi sono preparata un thermos pieno di caffè. Ce l'ho in macchina.

Scoppiò in una risata. Con il suo caschetto di capelli castani, senza trucco, in jeans e scarpe da ginnastica, sembrava una liceale.

– Un'idea geniale. Non dimenticherò mai la disperazione dei suoi colleghi il giorno del delitto! Una reazione davvero rappresentativa dell'alienazione urbana. Uno arriva in un posto tranquillo e teoricamente idilliaco come questo, respira aria pura, si lascia andare a lodi sperticate della natura e della tranquillità, e cinque minuti dopo si mette a bestemmiare perché non può prendere un comunissimo caffè.

Scoppiai a ridere anch'io. Malena aveva spirito, senso dell'ironia e umorismo. Meglio così, forse avevo trovato la fonte di informazioni ideale per calarmi nelle profondità del caso.

– Avete già interrogato Inés? – mi chiese, come se mi leggesse nel pensiero.

– Sì, finalmente ieri ho potuto incontrarla.

– E come sta?

– Non molto bene. Non sembra intenzionata a tornare a casa.

– Questo non mi sorprende.

– Perché?

– Inés è una ragazza... come definirla?... un po' infantile.

– Io l'ho catalogata come immatura.

– È una parola più severa, ma la definisce meglio. Diciamo che è il tipo che annega in un bicchier d'acqua. Non è mai stata in grado di reggere la minima contrarietà. Non riesco nemmeno a immaginare cosa succederà ora che Juan Luis non c'è più. Dipendeva da lui in tutto e per tutto, lo consultava per le minime cose, perfino riguardo al negozio. Immagino che ora dipenderà dai suoi genitori. Se solo potessi convincerla a tornare a casa...! Ma non credo che mi darà retta.

– Le ha parlato?

– Solo per telefono, ma lei rifiuta qualunque consiglio. Se continua su questa strada, prima che se ne renda conto non resterà più niente della sua vita. Licenzierà quella stupida filippina e metterà in vendita «Le Margherite». Poi rimarrà per sempre sotto l'ala di papà e mamma.

– A proposito, dov'è la filippina?

– Ah! Inés ha voluto che rimanesse qui perché si occupasse della casa, ma lei non fa altro che andarsene in giro tutto il giorno pur di non restare sola. È terrorizzata! Crede che l'assassino possa tornare in qualunque momento per dare un paio di pugnalate proprio a lei.

– Sa che è l'unica testimone ad aver sentito qualcosa di anormale la notte del delitto?

– Ma certo che lo so! È venuta a raccontarmelo personalmente. Quella ragazza pensa che la povera signora Domènech abbia visto l'assassino o abbia ucciso lei stessa Juan Luis. «Uccellino, dove vai?». Ma è ridicolo!

– Le ha detto anche questo?

– Lo dice a me come a chiunque sia disposto ad ascoltarla. Lali non è mai stata un modello di discrezione.

– Sa dove posso trovarla adesso?

– Sarà fuori a spettegolare con le altre ragazze, spaventandole a morte con le sue storie di assassini che si aggirano indisturbati alla ricerca di vittime.

– Capisco cosa intende.

Mi alzai e la ringraziai per il caffè. Ci stringemmo la mano cordialmente.

– Tornerà da queste parti qualche volta?

– Temo che capiterà più di una volta.

– In questo caso, non c'è bisogno che si porti dietro il thermos. Glielo offro io, il caffè, se viene a trovarmi.

Quando già stava per chiudere la porta, la fermai con un cenno:

– Malena, dimenticavo di chiederle una cosa. Inés e Luis andavano d'accordo?

Inarcò le sopracciglia in un'espressione di lievissima sorpresa. Si stirò la maglietta facendo risaltare i piccoli seni ben fatti.

– Vuol dire come coppia? Sì, certo, hanno due bambini bellissimi. Che cosa le fa pensare che non fosse così?

– Niente, un'ipotesi di lavoro.

La salutai con la mano e mi allontanai verso la zona delle bambinaie e dei bambini. Come classificare la risposta di Malena Puig? Come interpretarla? La breve esitazione prima di cominciare a parlare, il movimento quasi impercettibile delle sopracciglia, il luogo comune dei figli bellissimi che di per sé non significava niente. Ma non volevo forzarla con nuove domande: mi serviva prima di tutto la sua fiducia, era l'interlocutrice ideale per parlare del mondo chiuso del «Paradís». E poi mi era simpatica, non sarebbe stato uno sforzo interrogarla.

Imposi un ritmo leggero al mio passo senza smettere di pensare. La matassa delle personalità che ci serviva come canovaccio cominciava a sbrogliarsi. Inés Espinet era una donna graziosa, immatura, dipendente e incapace di gestire la sua vita. Jordi Puig era lavoratore, efficiente, combattivo e poco brillante in società. Malena sembrava ragionevolmente felice, estroversa e amabile. La coppia composta dai Salvia era ancora poco definita. In ogni caso, quando avessimo avuto le idee chiare su tutte le persone vicine alla vittima, saremmo stati in grado di capire meglio chi fosse Juan Luis Espinet in realtà.

Avvistai le bambinaie e i bambini. Un gruppo chiacchierava, l'altro giocava. Stavo per arrivare allo spiazzo in cui erano riuniti, quando passò accanto a me la bambina dei Puig con la sua tata. L'avrei riconosciuta fra mille: occhi grandi, riccioli biondi e spettinati, un modo graziosissimo di camminare. Mi avvicinai e sorrisi, rendendomi conto che non avevo la minima idea di come avvicinare un bambino.

– Ciao, bellissima! – dissi, con una goffaggine e un cattivo gusto che fecero inorridire perfino me.

La bambinaia capì subito chi ero e diede una spintarella alla piccola, incoraggiandola ad avvicinarsi.

– Non ti ricordi di questa signora?

Gli occhi della piccola mi misero a fuoco con scetticismo, ma all'improvviso si spalancarono e la boccuccia si aprì in un sorriso timido. Non riuscivo a crederci, davvero si ricordava di me?

– Dài un bacio alla signora.

Non esitò né si fece pregare. Con un saltino, tese le braccia verso di me. Mi chinai e lasciai che mi baciasse. Aveva il naso gelato. La strinsi forte, in preda a un attacco di irrimediabile imbecillità.

– Sei la bambina più bella che abbia mai visto in vita mia!

Mi pentii subito di quello slancio passionale. Tutta quell'enfasi poteva spaventare la bambina. Ma la bambina non si spaventò. Come se fosse lei a dominare la situazione, distolse lo sguardo e mi indicò qualcosa. Era un cane, che si avvicinava camminando col suo padrone.

– Guarda – disse, con voce curiosamente energica.

– Ah, sì, un cane. Un bellissimo cane! Va a passeggio col suo padrone. Ai cani piace molto andare a passeggio. Anche tu vai a passeggio con la mamma, non è vero?

La bimba annuiva con attenzione e serietà. A non capire il motivo di quel discorso estemporaneo era la domestica, che mi guardava con aria perplessa. Di sicuro stavo facendo una figura penosa.

– Bene, carina, adesso devo andare. Ci rivedremo ancora?

– Sì – rispose in tutta semplicità quella deliziosa creatura.

Mi salutò agitando nell'aria una mano minuscola. Ah, mi trovavo in stato di levitazione e non sapevo perché!

Quella bambina così piccola, quell'essere così insignificante andava a toccare qualche corda sconosciuta che palpitava dentro di me. Era così carina, camminava con tanta grazia... e non sembrava per niente viziata, per di più. No, Malena Puig non solo eccelleva nella preparazione di dolci e caffè, ma era anche un'ottima educatrice. Curiosa la mia reazione: fino a quel momento i bambini mi erano sempre sembrati uno stadio preliminare alla condizione propriamente umana, non avevo mai provato il minimo interesse per loro. E ora mi vedevo costretta ad ammettere che in alcuni casi non erano niente male.

Ero così assorta in queste sciocchezze che avevo superato la piazzetta senza fermarmi. Mi rimproverai per la mia distrazione, non era il caso di lasciarsi trasportare dai sentimentalismi. Feci marcia indietro e chiesi di Lali a una delle ragazze. Mi indicò una delle panchine più discoste, dove sedevano diverse filippine, fra le quali, in effetti, si trovava Lali. La vidi ripiegarsi come se volesse sparire sottoterra.

– Ciao, Lali, come va? Possiamo parlare?

Le sue amiche si alzarono con aria spaventata e se la filarono senza dire nemmeno buongiorno. Lali rimase sola sulla panchina, impaurita come un animaletto in trappola.

– Voglio solo che tu mi racconti di nuovo quel che è successo l'altra notte. Finiremo presto.

– Gliel'ho già detto. L'ho detto anche in un ufficio e ho firmato un foglio.

– Sei andata in commissariato e hai rilasciato la tua dichiarazione. E poi hai deposto davanti al giudice. Non è così?

– Sì, un signore grasso con un odore forte di acqua di colonia.

García Mouriños. Avevano affidato l'istruttoria delle indagini preliminari a García Mouriños? Non poteva essere che lui. La descrizione della filippina non era certo dettagliata, ma l'odore di acqua di colonia era significativo. Il giudice odorava sempre di acqua di colonia come un bebè dopo il bagnetto.

– Era un signore con la barba?

– Sì – rispose la ragazza con diffidenza più che naturale, data la domanda.

– So chi vuoi dire, è una brava persona e un buon giudice. Raccontami le stesse cose che hai detto a lui.

– Tutto?

– Tutto.

– A lei non voglio.

– Perché?

– Perché lei ha raccontato la storia dell'uccellino al marito della signora pazza e adesso lui mi guarda male. La signora pazza ucciderà anche me, adesso.

Scoppiò a piangere come una bambina davanti a un mostro. Per poco non gridava. La osservai senza saper cosa fare. Stavo perdendo tempo. Malena Puig aveva ragione, nella testa di quella ragazza non abbondava la materia grigia. I suoi singhiozzi attirarono due o tre domestiche. Mi guardavano con antipatia. Perché la polizia non lasciava in pace le brave ragazze? Accarezzarono la povera Lali, la consolarono con affetto solidale maledicendomi con gli occhi. Decisi di andarmene di lì prima che una di loro lanciasse la prima pietra senza indagare sulla mia colpevolezza. Voltandomi, scoprii che Azucena, la bambinaia dei Puig, seguiva la scena da lontano. Mi sorrise e io gliene fui grata, in fondo qualcuno capiva che non ero un'arpia.

– Quella ragazza è riuscita a farmi sentire malissimo – dissi.

– Lali si è messa a piangere? Non ci faccia caso, Lali piange sempre!

– Vi conoscete?

– Ci conosciamo tutte.

Dunque le domestiche avevano un loro mondo parallelo al «Paradís». Erano amiche, si parlavano, si disputavano la supremazia e il potere in base alla nazionalità e si scambiavano confidenze sulle famiglie per cui lavoravano. Mi sarebbe piaciuto mettere il naso lì dentro.

– Che cosa le ha raccontato Lali? – mi chiese l'ecuadoriana, avida di pettegolezzi.

– È convinta che la signora Domènech sia un'assassina.

– Non mi stupisce, ispettore, la signora Domènech fa un po' paura. A volte se ne sta seduta in giardino e quando vede passare qualcuno dice cose strane. Sembra indemoniata.

– Sciocchezze. La signora Domènech è malata.

– Ci sono pazzi che uccidono, anche senza volerlo.

Scrutai i begli occhi scuri della donna. La sua era semplice superstizione o stava cercando di dirmi qualcosa?

– Tu hai visto qualcosa quella notte?

Si spaventò.

– No, le assicuro di no.

– Avevi mai sentito dire alla signora Domènech frasi come: «Come stai uccellino, dove vai?»?

Negò di nuovo con decisione, facendo oscillare i ciondolini etnici che portava alle orecchie. Probabilmente quelle ragazze possedevano una gran quantità di informazioni, ma non sarebbe stato facile arrivarci. Tentai almeno un avvicinamento.

– Puoi dirmi che tipo di ragazza è Lali?

– Le filippine non parlano bene lo spagnolo, ma Lali è una brava ragazza, molto brava. Solo che è un po' esagerata. Quando c'è da divertirsi è molto allegra e quando c'è da soffrire piange tantissimo.

– È sposata?

– No, lei no.

– E tu, sei sposata?

– Sì. Mio marito è rimasto in Ecuador, con mio figlio.

Tirò fuori dalla tasca del grembiule una foto che di sicuro portava sempre con sé e me la mostrò con orgoglio. Vi si vedeva un piccolo indio scuro scuro, dagli occhi tondi e curiosi che non doveva essere molto più grande della bambina dei Puig.

– È un bellissimo bambino!

Che mondo strano e complicato. Quella donna aveva un figlio suo a migliaia di chilometri di distanza ed era costretta a occuparsi di una bambina estranea.

– Mando dei soldi a casa tutti i mesi, e fra due anni, se tutto va bene, potrò tornare.

Le restituii la foto, un po' imbarazzata dalla mia condizione di cittadina del primo mondo. La brezza venne a scompigliarci i capelli. L'autunno cominciava a fare sul serio. Mi accomiatai, immersa in riflessioni sull'ingiustizia destinate a rimanere senza una conclusione.

In commissariato mi attendeva una sorpresa, ma senza variazioni di genere: un'altra donna. Me lo disse l'agente all'ingresso, ma non lo lasciai neppure finire. Fui subito punita dal destino, perché la donna non mi lasciò neppure cominciare. Era seduta davanti alla porta del mio ufficio e saltò su a parlare non appena mi vide. Dolores Carmona, mi disse di chiamarsi. Riconobbi la gitana che avevo visto più di una volta perseguitare Garzón e non fui affatto contenta che volesse parlare con me. Era alta, bruna, molto bella, con gli occhi sottolineati dal kohl e una gran croce d'oro nella scollatura. Immaginai che, appostate nelle vicinanze del commissariato, vi fossero anche le sue parenti. Si muovevano sempre in gruppo.

– Ispettore, sono venuta a confessare – dichiarò senza preamboli.

Si comincia bene, pensai. Sapevo dal viceispettore che nel caso delle famiglie gitane si moltiplicavano confessioni d'ogni genere, e così, senza prenderla molto sul serio, risposi:

– Magnifico! Solo che il viceispettore Garzón non è ancora arrivato.

– Quel che ho da dire voglio dirlo a lei.

– Ma prego, si sieda, la ascolto!

Il suo volto di attrice scelse un registro chiaramente tragico. Disse:

– È stato mio fratello Manuel Carmona a uccidere il maggiore degli Ortega. In uno scatto d'ira, non voleva fargli del male.

Accesi una sigaretta con la massima calma. Che qualcuno uccidesse senza il proposito di fare del male era un ragionamento non privo di originalità.

– Questa dichiarazione mi va molto bene, ma mi pare che siano state dette altre cose di fronte al mio collega.

– Erano parole di gente senza sangue. Crede che le avrei dato il nome di mio fratello se non fosse vero? Lei conosce poco i gitani.

– E perché non viene lui a costituirsi?

– Verrà, ma prima volevo dirglielo io.

Rimasi un po' perplessa. E se mi stesse facendo una dichiarazione autentica e io non l'avessi presa sul serio?

– Sarà meglio che attenda il viceispettore. Io non sono molto al corrente del caso.

– Il suo viceispettore non è un uomo di buon cuore, e a un uomo così non si consegna un fratello.

La cosa si complicava. Non c'era modo di prendere tempo.

– Allora, perché non parla con il commissario Coronas?

Si spazientì, e con vero senso dell'ironia mi disse:

– Senta, lei fa il poliziotto sul serio o è qui per divertimento?

Mi inventai lì per lì una soluzione d'emergenza. Avrei scritto cinque o sei righe contenenti la sua dichiarazione e poi, quando fosse venuto il fratello, avremmo steso il documento ufficiale. Parve convinta. Misi giù un paragrafetto al computer e Dolores Carmona accettò di firmarlo. Poi mi guardò con simpatia.

– Fra donne si arriva sempre a un accordo. Vuole che le legga la mano o preferisce i tarocchi? Ne ho portato un mazzo. Non sono una professionista, ma qualcosa so. E poi, ho l'aiuto di Dio. Noi gitani crediamo molto in Dio.

– No, grazie, non voglio sapere che cosa mi succederà.

– Ma, sì, non faccia complimenti, è un regalo! Sarà solo un momento.

Tirò fuori un mazzo di carte. L'idea che qualcuno entrasse nel mio ufficio e mi trovasse impegnata in un poker futurologico con quella donna mi raggelava. Tesi la mano, pensando che sarebbe stato il male minore. Lei la prese con decisione e la voltò col palmo all'insù. Si concentrò. Aveva un'espressione così convincente che pareva crederci davvero. Mi sentivo imbarazzata e ridicola, ma avevo paura di offenderla e la lasciai fare.

– Vediamo. Lei è una donna che spesso vede tutto nero, e le piace stare sola. È così?

Cominciavo ad ascoltarla con qualcosa di simile all'interesse, ma dovevo far finta di niente.

– Si sbrighi, per favore, non ho molto tempo.

– Lei ha avuto degli uomini, ma in questo momento non ne ha più voglia. Le piace il suo lavoro e anche la sua vita le piace, ma si è lasciata alle spalle delle cose che non avrà mai più. Ormai le ha perdute.

Era assurdo, ma il cuore mi batteva forte e cominciai a respirare a fatica.

– Basta, per favore – le dissi, molto seriamente.
– Non vuole sapere?
– Non mi dice quello che mi interessa.
– Posso leggere solo quello che è scritto.
– Allora lasciamo stare.

Si strinse nelle spalle, come se mi presentasse le sue condoglianze per una mano così poco brillante. Poi tornò alla salmodia di raccomandazioni affinché non dimenticassi la colpevolezza di suo fratello. Quando la vidi andar via tirai un sospiro di sollievo. Ero furibonda. È il colmo che qualcuno pretenda di dare un'interpretazione della tua vita nei sobri locali di un commissariato di polizia. Ha perduto delle cose che ormai non avrà mai più! Bella scoperta, come se la vita fosse qualcosa di diverso dal lasciarsi continuamente delle cose alle spalle! Ero nervosa e di un umore terribile. Ero tentata di uscire e prendere per gli stracci l'agente che aveva lasciato entrare quella donna. Ma decisi di calmarmi. Quella sera sarei andata a teatro o, meglio ancora, avrei chiamato qualcuna delle mie amicizie maschili per distrarmi un po'. Dovevo arginare quel fiume indesiderato di correnti sentimentali che minacciava di mandare all'aria il mio ferreo controllo interiore.

Proprio come mi ero proposta, mi misi a lavorare al caso Espinet. Presi un blocco di fogli bianchi e cominciai a scrivere. Sulla pagina i concetti si riflettono con più facilità che sull'odioso schermo palpitante del computer. Misi giù i ritratti psicologici che avevo in mente e mi sentii un po' meglio. Quattro pagine sul profilo psicologico di un individuo non è niente male. Magari avessi potuto fare lo stesso con la mia personalità. In quel momento entrò il viceispettore, fresco come una verza appena raccolta.

– Salve, ispettore, eccomi qui!

– Lo vedo. Ne sono successe di cose durante la sua assenza.

– Caso Espinet?

– Caso «gitani». C'è una nuova dichiarazione.

– Un'altra?

– Questa volta potrebbe essere quella vera. Legga qui.

Gettò un rapido sguardo alla dichiarazione non ufficiale di Dolores Carmona.

– Accidenti, hanno cambiato tattica!

– Che cosa intende dire?

– Dovrei riguardare il fascicolo, ma sono quasi sicuro che quel Manuel Carmona è minorenne.

– Incolpano del crimine un minore?

– Così ci consegnano un capro espiatorio. Un capro espiatorio che non può essere processato. Vogliono che li lasciamo in pace.

– Avrei dovuto immaginarlo.

– Il problema, ora che lei ha accettato la dichiarazione, è che ci toccherà dar corso legale alla faccenda e andare avanti con tutta la pantomima: interrogare, registrare la deposizione, verificare quello che dice... perdere tempo, insomma.

– Mi dispiace, viceispettore.

– Lei non poteva fare altrimenti. Questo caso è un disastro. Stiamo cercando di tener d'occhio il clan degli Ortega per evitare un'altra vendetta, ma è impossibile. Succederà. Non solo non risolveremo il caso, ma ci sarà un altro morto, aspetti e vedrà.

– Diavolo, certe cose ti fanno sentire impotente! Almeno è andata bene al circolo di golf?

– Ho avuto un simpatico incontro. C'erano Mateo Salvia e Jordi Puig. Giocano insieme una volta alla settimana. Anche Juan Luis Espinet giocava sempre con loro.

– Avete parlato?

– Sì, ma...

Garzón si interruppe perché suonò il telefono. Era il centralinista. Chiedeva se il viceispettore fosse nel mio ufficio, una signora voleva parlargli. Anticipai la domanda che di sicuro sarebbe seguita:

– Come si chiama la signora? ... Concepción Enárquez – ripetei ad alta voce, mentre la testa del mio collega cominciava a fare disperatamente segno di no.

– Non c'è.

La signora insisteva per parlare con me, in mancanza del viceispettore. Accettai, non avevo altra scelta. Mentre rispondevo, la faccia di Garzón si faceva sempre più scura.

– Una cena domani sera? ... Sì, perché no! Non si preoccupi, glielo dirò io. Sì, è molto occupato, ma sabato sera troverà del tempo. Lui ha già l'indirizzo? Perfetto, alle nove saremo lì!

Riattaccai e feci un gesto categorico a Garzón.

– Non voglio sentire una parola, Fermín! Lei mi ha ficcata in questa storia perché la liberassi da una pretesa persecuzione sessuale, no? Allora non serve fuggire, come ha fatto finora con scarsi risultati. Lasci fare a me.

– Ma andare a casa loro è come darsi in pasto alle belve.

– È un modo di normalizzare la situazione. Tre amici che si incontrano dopo le vacanze e finito lì. Troverò io il modo di mettere in chiaro le cose. Dirò che lei è un uomo interamente votato alla sua missione...

– Farò la figura del coglione.

– Be', lascerò intendere che è ancora traumatizzato dalla morte di sua moglie.

– Ancora più coglione.

– E allora dirò che c'è qualcosa fra me e lei!

– Ah, no, ispettore, questo proprio no! Non mi faccia fare sceneggiate perché non è il momento!

Mi irrigidii. Non potevo consentire che il mio ufficio si vedesse ripetutamente destinato a usi impropri: lettura della mano, appuntamenti galanti...

– Basta, viceispettore, siamo qui per lavorare! Mi faccia immediatamente un rapporto sul suo sopralluogo al circolo di golf.

– Agli ordini, ispettore! Ho parlato con i due amici della vittima. Jordi Puig ha negato che Espinet fosse un donnaiolo, mentre Mateo Salvia era più possibilista. Ha detto di aver avuto l'impressione che di tanto in tanto la vittima si concedesse qualche scappatella.

– Le ha spiegato il perché di questa impressione?

– A volte mancava agli appuntamenti settimanali al golf senza dare spiegazioni, e una volta aveva chiesto che le sue assenze non venissero menzionate davanti alla moglie.

– E questo è tutto?

– A sentir lui, sì.

– Non ci credo, dev'esserci dell'altro. Che gliene pare di quel Salvia?

– Bah, un tipo superficiale!

– Bisognerà indagare per capire com'è in realtà. Fra un'ora ho un appuntamento con sua moglie. Voglio che nel frattempo lei si metta in contatto con l'Ufficio Immigrazione e si faccia passare i dati di Lali Dizón: quando è arrivata in Spagna, se è in regola col permesso di soggiorno, da dove proviene. Le solite cose.

– Sospetta della filippina?

– E io che ne so? Non sospetto di nessuno, o sospetto di tutti. Qualunque via d'uscita da questo mistero sembra sbarrata da un muro.

– È solo questione di perseverare.

– A volte si persevera nell'errore.

– Non lo dica a me! – rispose il mio collega a mo' di conclusione. Chissà cosa intendeva.

Ebbene, proprio come previsto, un'ora più tardi mi trovavo in presenza di Rosa Salvia, vera donna di successo, secondo la definizione di Malena Puig. Non capita tutti i giorni di trovarsi di fronte al prototipo della donna adulta, indipendente, trionfatrice e padrona di sé, e Rosa lo era, lo si avvertiva subito vedendola nel suo ufficio di calle Muntaner. Entrai, mi accomodai e lei mi ricevette subito. Ebbi allora l'occasione di assistere a una piccola esibizione del suo potere e della sua frenetica attività. Ancor prima che cominciassimo a parlare fece una telefonata, ne ricevette un'altra, la segretaria le presentò delle carte da firmare, suonò il fax sputando altra carta, ricevette una seconda telefonata, batté nervosamente sui tasti del computer per spedire una e-mail. La chiamarono una terza volta. Alla fine, lisciandosi i risvolti del bel tailleur color ciliegia, si alzò in piedi e disse:

– È una follia! Vuole che usciamo di qui così magari riusciamo a parlare?

Annuii. Afferrò una borsa a tracolla e infilammo l'uscita lasciandoci alle spalle tutti quegli aggeggi telematici ansiosi di attenzione.

– Lei è davvero una donna importante – osservai.

– Le pare? Se fossi davvero importante avrei dodici segretarie impegnate a filtrarmi le telefonate. Tutti saprebbero di non potersi rivolgere a me direttamente. Non è il mio caso, come vede.

Lungo il corridoio mi colse alla sprovvista dicendo:

– La invito a pranzo nel mio club ginnico.

– Dove si trova?

– Qui vicino. È la palestra Amazonics. Ha un ristorante che non è male.

Accettai. Perché no? Fraternizzare con i testimoni non è molto ortodosso, ma in quel caso non si trattava di un testimone in senso stretto. Entrando in quell'esclusivo circolo rigorosamente femminile potei constatare che l'essere nata donna non comporta solo ignominia e sventure. Era un posto moderno, lussuoso ma funzionale, tutto marmo e acciaio. Il ristorante appariva di una sobrietà totale.

– Non si faccia illusioni – mi avvertì. – Tutto quel che si può mangiare qui è ipocalorico, ma in compenso staremo tranquille.

Mi lasciai consigliare sul menu, e quando vidi quel che avevo ordinato fui sul punto di pentirmi. Un petto di tacchino bianco come la neve accompagnato nella sua nudità da un mucchietto di verdure lesse. Le assaggiai. Erano quasi crude. Se fossero stati ammessi gli uomini, quello non sarebbe stato il posto adatto per invitare a pranzo il mio vice.

– Le piace, ispettore, o preferisce che le ordini un hamburger con riso integrale?

La mia ospite doveva supporre, forse non del tutto a torto, che non fossi abituata a tanta sofisticheria e che provassi nostalgia delle lenticchie col salamino più confacenti al mio ambiente.

– No, no, va benissimo. Molto sano, per di più – risposi, come se per me mangiare fuori fosse solo questione di sopravvivenza.

– È un posto gradevole, quasi d'obbligo per me. Se andassi a tutti i pranzi d'affari che imporrebbe il mio lavoro, ormai sarei una botte. Invece me ne vengo qui, faccio un po' di pesi o una nuotata, mangio qualcosa di leggero, e poi me ne torno al lavoro fino alle otto o alle nove di sera!

– Suo marito non protesta?

– Lui arriva a casa alla stessa ora. E poi, è difficile che ci rimproveriamo qualcosa, perché non ci vediamo quasi mai. Non ne abbiamo il tempo materiale.

Rise, addentando con gusto un fagiolino come se fosse prosciutto crudo del migliore. Mi spiegò che la sua azienda era ancora di medie dimensioni, ma stava attraversando un periodo di rapida crescita. A sentir lei, lavorava così tanto perché il momento era cruciale. Non le credetti. Quando uno lavora con quella passione è molto difficile rallentare un secondo. Rosa era una donna che si impegnava al massimo per ottenere quello che avrebbe avuto comunque senza bisogno di fare il minimo sforzo. Suo marito lavorava nell'azienda del padre e un giorno l'avrebbe ereditata. Il denaro non doveva mancare in casa loro. Eppure l'ambizione di quella ragazza era più che comprensibile. Creava qualcosa con le sue sole forze e passava all'azione. Io stessa, in nome di un po' d'azione, avevo abbandonato la professione di avvocato! Nel mio caso, però, le condizioni economiche erano nettamente peggiorate, chiaro segno dello scarso senso pratico delle donne della mia generazione.

– Vorrei farle qualche domanda.

– Come vanno le indagini? Avete già una lista delle persone sospette?

– Stiamo cercando di chiarirci le idee su alcune cose. Per esempio, la personalità della vittima.

– È di questo che vuole parlare?

– Sono convinta che lei può dirmi com'era Juan Luis Espinet.

– Non è facile, ciascuno ha una propria percezione degli altri. Una cosa è indiscutibile, però: Juan Luis era il numero uno in tutto. Questo può dirglielo chiunque:

bello, brillante, combattivo, capace nel suo lavoro, mentalmente equilibrato...

– Era una brava persona?

– Sì. Aveva fama di non aver mai fatto le scarpe a nessuno per far carriera.

– Vantaggi di cominciare dall'alto.

– Può anche vederla così, se vuole.

– Signora Salvia, lei pensa che Juan Luis Espinet fosse fedele a sua moglie?

Non fu sorpresa della domanda.

– Qualche volta me lo sono chiesto anch'io. La povera Inés è così insipida... Ma non credo, sa? Se devo dire la verità, lui si presentava davanti a tutti come un uomo integro e retto. Sono sicura che non avesse nessuna amante fissa. Non si sarebbe giocato il prestigio e la famiglia per una cosa del genere. Un altro discorso è che potesse avere qualche avventura occasionale, in viaggio d'affari, a un congresso... immagino che tutti gli uomini facciano cose del genere.

– Crede che lo faccia anche suo marito?

– Il mio? Non so, forse. In ogni caso non me la prenderei, l'uomo è sempre più vicino di noi alla natura animale. In ogni caso, gli Espinet andavano d'accordo. Juan Luis era un tipo molto convenzionale in certe cose: gli piacevano le donne tradizionali, dipendenti e con un'aria angelica.

– Per questo era felice con sua moglie.

– Lei è sposata, ispettore?

– Sono stata sposata due volte e ho divorziato tutte e due le volte. Non credo che lo rifarò.

– Ha figli?
– No.
– A volte penso che solo le donne senza figli come noi possono sperare di diventare qualcuno.
– C'è chi, pur con i figli, ottiene grandi cose.
– Perdendoci la salute! Anche se non ne ho avuti, non ne sento la mancanza. E lei?

Fui tentata di interrompere la conversazione. Mi sembrava che stesse prendendo una piega troppo personale. Poi pensai che la vita mi aveva allontanata dal mondo femminile e che solo per questo ero scioccata da tanta franchezza. Decisi di rispondere senza cadere nella confidenza:
– Non so. Come si può sentire la mancanza di qualcosa che non si conosce?

Annuì con un sorriso e rimanemmo una di fronte all'altra senza sapere che cosa aggiungere. Ne approfittai per scusarmi e andarmene, ormai avevo ottenuto tutto quel che volevo, un'opinione su Espinet e un'idea della personalità di Rosa. Eppure dentro di me cresceva un senso di frustrazione, la stessa che avevo provato dopo gli interrogatori degli altri testimoni. Era come rimanere sempre a metà strada, senza poter varcare una soglia che si profilava con chiarezza. Erano tutti sospettabili? Qualcuno degli amici, forse perfino la moglie, poteva aver pagato un assassino per eliminare Juan Luis? Quel sospetto impreciso, quasi irrazionale, mi si era insinuato a poco a poco nella mente nel corso dei miei incontri col gruppo del «Paradís». Tutto era così perfetto, così normale, che sembrava nascondere una realtà molto meno tranquillizzante. Dovevo ancora interrogare a tu per tu Mateo Salvia, ma dubitavo che lui potesse aprirmi qualche porta segreta. La sua testimonianza sarebbe stata sulla stessa linea delle altre, ne ero convinta. Dio santo! Come interrogare dei sospetti che non erano ancora tali sulla base di ipotesi così incerte? Che cosa potevo aspettarmi da una strategia così vaga? Come portare avanti un'indagine senz'altri indizi che un graffio e un'orma nel fango? E se stessimo solo complicandoci la vita e l'assassino non fosse altri che un ladro sorpreso casualmente da Espinet? Erano troppi gli interrogativi rimasti senza risposta da quando avevamo cominciato le indagini. La macchina non dava segni di volersi mettere in moto e di imboccare una via ragionevole. Eravamo prigionieri di un confine invisibile, così com'erano prigionieri gli abitanti del «Paradís».

La teoria investigativa dice che quando le acque ristagnano bisogna agitarle se ci vuole che affiori qualcosa in superficie. Farlo è relativamente semplice negli ambienti della malavita e dell'emarginazione, ma avrei voluto che qualcuno mi spiegasse come sconvolgere le acque calme e limpide di uno strato sociale che vive nella comodità e nella discrezione come nel proprio habitat naturale. Se è facile tirare un calcio in una pozza maleodorante, avvicinare la punta del piede al laghetto dei cigni è tutta un'altra storia.

Segnai sul mio taccuino dei profili psicologici: «Rosa Salvia. Mentalità pratica e sintetica. Dura, poco sentimentale, malgrado la reazione emotiva subito dopo l'omicidio. Cortese. Ambiziosa negli affari». Cominciavo a nutrire seri dubbi sul fatto che quella galleria freudiana potesse servire a qualcosa.

Alle sette in punto feci la mia comparsa alla riunione giornaliera sulla sicurezza papale. Questa volta ero la prima ad arrivare. Non proprio la prima, visto che il cardinale Delli Martiri era già lì. Seduto da solo a un tavolo, scorreva dei fogli in silenzio. Non appena mi vide, si alzò e si diresse verso di me. Era impossibile sottrarsi con eleganza.

– Come sta, ispettore? Vedo che oggi è molto puntuale.

– Mi sono proposta di non incorrere nuovamente nel peccato, almeno nelle piccole cose.

– Le piace il gioco verbale, eh?

– Mi piace il gioco in generale.

– Sì, giocare con le parole, con le situazioni... scontrarsi un po' con le tradizioni. È una caratteristica molto giovanile, indica un fondo di ribellione che di per sé è positivo.

Il mio risolino stupido non riuscì a celare del tutto l'interesse che provavo per le sue parole. Continuò lentamente:

– Il problema è che... questa ribellione può diventare cronica, superata una certa età, e allora il gioco rimanda solo a se stesso e risulta sterile.

Lo trafissi con lo sguardo. Quel parroco di lusso era riuscito a innervosirmi. Mi accorsi che stavo arrossendo.

– E io che credevo che i sacerdoti si dedicassero solo alle anime! Non pensa che dovrebbe lasciare un po' di spazio agli psicoanalisti?

– L'anima e la psiche sono sorelle, ispettore.

– È probabile, entrambe ci rendono la vita impossibile con le loro inutili ansie di perfezione.

– Alle quali non si può sfuggire.

– Non proprio, monsignore.

In quel momento entrò il commissario Coronas, che rimase di sasso nel vederci chiacchierare. La prima cosa che dovette passargli per la mente fu che stessi dicendo qualcosa di sconveniente all'illustre emissario del Pontefice. Ci raggiunse in due falcate e fece il gesto ignobile di baciare la mano al prelato.

– Buonasera, monsignore. Vedo che avete già cominciato la riunione. Ispettore, ha ideato qualche strategia interessante?

– La strategia della fuga – rispose Delli Martiri.

– Sua Santità in fuga sulla *papamobile*? – disse Coronas fra risate false che sottolineavano ancora di più il suo imbarazzo.

– No, parlavamo della fuga di anime.

Il commissario, sentendosi escluso dalla conversazione, si voltò verso la porta, disperato, in tempo per veder entrare il grosso degli ispettori che avrebbero partecipato alla riunione. Diede in un grido di felicità come se fossero gli invitati alle sue nozze.

– Eccovi qui, finalmente! Avanti, avanti, cominciamo subito.

I miei colleghi, senza capire il perché di quel benvenuto così entusiastico, andarono a sedersi, come me, sotto lo sguardo beatifico del cardinale attaccabrighe. Mi sentivo ancora indignata. Come osava quell'individuo, cui non avevo conferito alcuna autorità sulla mia vita, farmi osservazioni di ordine morale? Era come incontrare un medico alla fermata dell'autobus e sentirsi appioppare una diagnosi sulla propria salute. Bene, Coronas poteva dire quel che voleva, ma io quel tipo l'avrei sistemato per le feste alla prima occasione. Com'è vero Dio. O, se doveva trattarsi di una disputa teologica, che Dio fosse vero o no.

Come stava ormai diventando mia abitudine, non prestai la minima attenzione all'oggetto di quell'assurda riunione. Non me ne importava un fico secco che la *papamobile* percorresse questa o quella via e quanti tiratori scelti dovessero appostarsi sui tetti. Me ne rimasi lì con il muso lungo e cercai di non pensare.

Dopo qualche minuto arrivò Garzón, che cercò di far passare inosservato il suo ritardo con ridicoli passettini da uccello. Si sedette accanto a me. Mi guardò. Conoscendomi molto bene, capì subito che avevo un diavolo per capello. Mi rivolse un cenno interrogativo con le sopracciglia, più popolose di Calcutta. Negai. Annuì. Poi mi disse all'orecchio:

– Lali non è clandestina in Spagna. All'Immigrazione tutto OK. Ci forniranno i dati in un rapporto.

Un insistito colpo di tosse di Coronas ci riportò all'ordine. Lasciai passare mezz'ora e poi, in segno di protesta per la perdita di tempo, mi alzai ostentatamente e me ne andai. Sussurrai a Garzón:

– Si ricordi che domani siamo invitati a cena dalle Enárquez.

– Cristo! – esclamò lui, un po' più forte di quanto fosse opportuno.

Supposi, e mi augurai, che il cardinale lo avesse sentito.

Alle nove in punto del sabato sera suonammo il citofono delle sorelle Enárquez in rambla Cataluña. L'appartamento si trovava in un elegante edificio modernista che metteva addirittura soggezione. Entrammo in un ascensore antico e istoriato come una carrozza. La faccia di Garzón era un poema. Sembrava un bambino costretto a far visita alle vecchie zie: immusonito e teso. Indossava uno dei suoi vestiti da beccamorto e una cravatta stampata a piccole statue della Libertà che doveva avergli mandato suo figlio da New York. Diffondeva un aroma di acqua di colonia densa e scura come un liquore.

– È bellissimo, stasera, prevedo un successone – mi azzardai a dirgli.

Mi aspettavo una risposta spiritosa, ma mi sbagliavo. Alzò un dito e me lo agitò davanti agli occhi.

– Ricorda chi ha insistito perché venissimo qui, ispettore? E ricorda perché siamo venuti?

Lo ammansii con un colpetto affettuoso sul risvolto della giacca.

– Si tranquillizzi, Fermín, ho solo detto che ha un aspetto magnifico, non è il caso di prendersela tanto.

Suonammo a una robusta porta intagliata a volute e motivi floreali. Venne ad aprire una giovane domestica che ci fece accomodare in un salone molto classico pieno di quadri antichi, mobili di mogano e oggetti d'arte.

– Ne hanno di soldi le sue amiche, caro Garzón.
– Be', che se li tengano. Ha già pensato a quello che dirà?

In quel momento comparve Concepción Enárquez avvolta in un vestito di seta malva. Al collo le pendeva una collana di perle lunga come la catena di un gabinetto.

– Carissimi! Come state?

Ci baciammo con abbondanti schiocchi.

– Emilia ci raggiungerà subito. Sta finendo di prepararsi. È così vanitosa e perfezionista che si attarda sempre qualche minuto più di me!

Lanciò al viceispettore uno sguardo complice. Per la prima volta mi resi conto che il disagio del mio collega era in qualche modo fondato. Si stava mettendo in atto ai suoi danni una macchinazione da cui probabilmente gli obiettivi matrimoniali non erano esclusi. Sembrava che Concepción, in qualità di vedova, facesse un passo indietro in favore di sua sorella, che non aveva mai assaggiato il miele coniugale. E tutto lasciava intendere che l'apicultore prescelto fosse Fermín Garzón.

– Eccola, è qui! – disse, come una direttrice di circo che annuncia il grande numero.

Emilia Enárquez entrò inalberando un gaio vestito di mussola illeggiadrito da minuscoli fiorellini. Forse era un po' troppo giovanile per la sua età, sebbene il sorriso innocente e timido che aveva sulle labbra ricordasse quello di una sedicenne al suo primo flirt. Quando rivolse gli occhi dalle ciglia sfarfallanti verso il viceispettore avrei giurato di vederla arrossire. Che cosa aveva combinato quel disgraziato del mio sottoposto durante le vacanze al Club Méditerranée? Tanto rossore e tante aspettative non potevano fondarsi unicamente su un rapporto amichevole. Concepción prevenne qualunque avvio di conversazione e ci mise subito in movimento.

– Venite, andiamo di là. Non ci sentiamo molto a nostro agio in questo salone. Sono tutte cose di famiglia, ma a dir la verità la loro aria démodé è piuttosto deprimente.

Ci inoltrammo in un corridoio in penombra e fummo introdotti in un'altra sala molto più moderna. Lì l'arredamento era stato aggiornato senza risparmio: mobili di design, quadri astratti e un moderno impianto stereo digitale che emetteva ondate di jazz del più caldo.

– Qui è tutta un'altra cosa. Cominciavate a essere un po' spaventati, vero? Forse vi aspettavate di passare una serata noiosissima maneggiando posate d'argento e parlando degli antenati.

– Sì, dei nonni emigrati a Cuba – rise Emilia.

– Ebbene no. Non abbiamo invitato l'uomo più divertente di Barcellona per costringerlo a sorbirsi un funerale.

Garzón, pur con la diffidenza tipica della preda assediata, non poté esimersi da un risolino lusingato. Ci sedemmo a chiacchierare e, due martini più tardi, fu servita la cena: piattini deliziosi che annaffiammo con un magnifico vino della Rioja. Non avevamo ancora finito gli antipasti che vennero sciorinati i ricordi dell'estate a Maiorca.

– Vi ricordate di quando Fermín si è buttato dal trampolino della piscina con le scarpe e le calze ai piedi?

– E di quando eravamo così sbronzi che non trovavamo più la stanza dell'albergo?

Inarcai un sopracciglio in direzione dell'uomo più divertente di Barcellona. Era stato quella notte? Garzón era entrato nella stanza di Emilia per errore? Lui distolse lo sguardo e optò per una diplomatica misura cautelare.

– Forse stiamo annoiando il mio capo raccontando cose a cui lei non ha partecipato.

– È vero – riconobbe Concepción, tornando ai suoi doveri di ospite e chiedendo alla domestica di portare in tavola la carne.

Quando fu deposto davanti a noi un appetitoso vassoio di roast-beef, ritenni giunto il mio momento.

– Voi di cosa vi occupate? Il vostro amico Fermín mi ha detto che non lo sa.

– Mia sorella ed io siamo azioniste di una clinica privata fondata da nostro padre, la Clinica Organon. Noi, ereditandola, l'abbiamo venduta a una lobby americana. Ma disponiamo ancora di un pacchetto d'azioni sufficiente per poter vivere con comodità.

La Organon era un'importante clinica ginecologica nella parte alta della città. Tutti la conoscevano.

– Io ho preso il diploma da infermiera, ma mio padre non voleva che lavorassi. Ho sposato un medico e poi sono rimasta vedova – disse Concepción con aria malinconica.

– Quindi siete profondamente radicate in questa città.

– Certo. Siamo nate qui e moriremo qui, il più tardi possibile, si spera.

– Che situazione diversa dalla sua! Vero, viceispettore? – dissi, guardandolo filosoficamente. – Lei invece non aspetta altro che la pensione per trasferirsi a New York.

La faccia delle due donne mutò per la sorpresa, così come quella di Garzón.

– A New York? – esclamarono in coro le Enárquez.

– Il viceispettore ha un figlio che fa il medico a New York, non ve l'aveva detto?

– Sì, però non che intendesse stabilirsi laggiù!

– Garzón è innamorato di quella città. Ma è assurdo che sia io a parlarne, ce lo racconti lei, Fermín!

Rimase a guardarmi con una faccia da allocco. Gli sferrai un calcio sotto il tavolo. Alla fine reagì.

– Ah, sì, New York, una città fantastica, la Fith Avenue, Central Park, la statua della Libertà! Sì, sogno di stabilirmi laggiù non appena sarà possibile.

Nessuno avrebbe scritturato il mio collega come attore. Non poteva metterci un po' più di verosimiglianza? Poco importava, le due sorelle avevano già accusato il colpo. Mi detestai quando la povera Emilia disse, con faccia di circostanza:

– Davvero, una città di sogno. Solo che è un po' lontana, no?

– Niente che non si possa superare in poche ore di aereo – replicò Concepción, più ostinata e combattiva.

Ma il palloncino ormai si era sgonfiato. Ci fu qualche istante di esitazione, in cui la delusione si fece palpabile, e poi il *savoir-faire* delle sorelle Enárquez ebbe la meglio.

– Che ve ne pare se accompagniamo il dolce con una bottiglia di champagne? – propose Concepción con un sorriso forzato.

Lo champagne arrivò, a fiumi. Basti dire che per calmare la nostra sete ne furono aperte due bottiglie. Arrivai perfino a supporre che le nostre ospiti sentissero il bisogno di bere per superare il brutto momento. Il mio stratagemma aveva sortito il risultato desiderato: un uomo che ha in mente di andare a vivere a New York non è la persona adatta per un matrimonio. E anche se così fosse, la disparità dei progetti di vita avrebbe reso impossibile qualunque unione durevole. Punto e fine. Mi odiai. Mi odiai per aver rotto le uova nel paniere a quelle due donne, per essermi immischiata negli affari degli altri, per aver fatto da spalla a un attempato seduttore da quattro soldi che fa il cretino in vacanza senza pensare alle conseguenze.

Lasciammo la casa delle Enárquez verso l'una di notte. Eravamo piuttosto alticci. Credo che a quella maledetta cena avessimo abusato dell'alcol per diverse ragioni: all'inizio per far fronte al disagio, poi alla tensione e infine alla vergogna. Non mi sentivo molto orgogliosa di me stessa mentre barcollavo accanto al viceispettore. All'improvviso mi sentii invadere da un impeto di violenza.

– Questa è una carognata che ho fatto per colpa sua e non gliela perdonerò.

– Ispettore, lei è ingiusta con me, ingiusta!

– Mi dica se non è vero che ha parlato di matrimonio a quella povera donna!

– Non l'ho fatto!

– Non menta!

– Le giuro che...!

Qualcuno dietro di me mi mise una mano sulla spalla. Mi voltai di scatto e mi trovai faccia a faccia col giudice García Mouriños, che sorrideva con aria beata.

– Eccovi qua tutti e due, anime del purgatorio!

– Giudice, cosa ci fa lei qui?

– Quanta aggressività! Sto solo uscendo dal cinema. Secondo spettacolo. E voi?

– Siamo stati a cena – disse Garzón.

– Come va il caso Espinet? Vi avranno detto che mi è stata affidata l'istruttoria.

– Me lo immaginavo. Il caso va malissimo, giudice, malissimo.

– Tutto si risolverà, mia cara Petra. Stasera non siete in servizio, vero?

– No, perché?

– Perché puzzate di alcol da far spavento – disse ridendo.

– Vuol prendere con noi il bicchiere della staffa? Possiamo andare in quel bar laggiù – esclamai, indicando a caso un bar comunissimo ancora aperto a quell'ora.

– Grazie, signori, ma me ne vado a dormire, siete in vantaggio di troppi bicchieri. Vi consiglio moderazione. E vi consiglio anche l'ultimo film dei fratelli Cohen, è semplicemente geniale! Buonanotte!

Si allontanò lanciando risate cavernose. Rimanemmo silenziosi e come in sospeso. Il furore della discussione si era dissipato, ma mi sentivo ancora agitata e a disagio.

– Lei crede che siamo ubriachi, Fermín?

– Credo di sì.

– Allora l'unica cosa da fare è prenderci il bicchiere della staffa. Venga, andiamo.

Entrammo in quel bar comunissimo e ci fermammo al banco. Ordinammo entrambi del whisky. Accanto a noi c'erano dei ragazzi che bevevano birra. Capelli rasati, look punk, linguaggio grossolano e tono di voce elevato. Li detestai, ma ero troppo sbronza per proporre di cambiare locale.

– Sa cosa le dico, Fermín?

– No, cosa mi dice?

– Le dico che non sono molto orgogliosa di me stessa.

– Lasci stare, ispettore, non ho mai avuto intenzione di metter su un'altra famiglia, né con Emilia Enárquez né con nessuno. Quella che ho avuto basta e avanza.

– Be', magari non sa cosa si perde. Lo sa cos'ha fatto l'altro giorno la sua amica Dolores Carmona?

– La gitana? Non so, voglio saperlo.

– Mi ha letto la mano. Ha detto che nella vita mi ero lasciata alle spalle delle cose che non avrei mai più recuperato.

– Cavoli, per dire una cosa simile non c'è bisogno della sfera di cristallo!

– Sì, però il fatto è che aveva ragione, e la cosa più orrenda è che finora non me ne ero resa conto. Uno vive, lavora, si innamora, mangia, dorme, e ha sempre l'impressione di essere ancora in tempo per qualunque cosa, ma non è vero. Un bel giorno ti accorgi che la strada che hai imboccato cancella per sempre certe possibilità.

– Quali, per esempio? Diventare ballerina classica, partire per le missioni in Mozambico, o forse si riferisce all'idea che adesso le frulla per la testa di avere un figlio?

Mi guardava con un sorriso alcolico stampato sulla faccia. Ricevetti una spintarella nella schiena da uno dei rapati con cui condividevamo lo spazio del bancone. Garzón mi osservava impassibile. Dovette notare nella mia espressione una nota di tristezza o di immensa irritazione, perché, ubriaco com'era, rettificò dicendo:

– Mi scusi, ispettore, non volevo essere brutale. Mi dica se c'è qualcosa che posso fare per lei e io lo farò.

Avevo un nodo alla gola di dimensioni talmente inusitate che non riuscivo neppure a parlare. Da un momento all'altro uno zampillo di lacrime poteva inondarmi da capo a piedi. Garzón, avvertendo la delicatezza della situazione, si mostrava preoccupato. Cercai di riprendermi. Bevvi un sorso di whisky mentre i barbari alle nostre spalle ridevano come scimmie selvagge. Inghiottii le lacrime.

– Sì... – dissi alla fine. – C'è una cosa che può fare per me.

– E allora voglio che me la dica immediatamente.

– Sa qual è una delle cose che ho sempre desiderato, che non ho mai osato fare e che rischio di non fare mai in vita mia?

– Su, me lo dica. Se posso aiutarla non esiterò un secondo – rispose lui con decisione.

– Accapigliarmi in una bella rissa, Fermín, una rissa tumultuosa, da bar, a schiaffi e pugni. Non ho mai partecipato a una cosa simile, e sospetto sia solo perché sono una donna.

Per un momento la sobrietà si reinsediò nel suo sguardo.

– Ne è sicura?

– Sì.

Fece un gesto di assenso coscienzioso.

– Niente di più facile. Per esempio: le danno fastidio questi stronzi qui dietro, Petra?

– Mi danno un fastidio tremendo.

– Bene.

Si voltò verso il gruppo di giovani, strinse la mascella e andò verso di loro.

– Ragazzi, state disturbando la signora.

Rimasero del tutto sconcertati. Uno di loro, in tono spaccone, lo affrontò:

– Ah sì? E perché?

A una domanda logica e ragionevole come quella Garzón rispose con un diretto allo stomaco. Il tipo si piegò su se stesso e cadde per terra. Grida e imprecazioni d'ogni genere cominciarono a far fremere l'aria. Sentii che il sangue mi ribolliva nelle vene, che una scossa di eccitazione mi invadeva. Mi avvicinai, presi uno di quei ragazzi vociferanti per il bavero del giubbotto e lo colpii in faccia con tutta la forza di cui fui capace. Ah, che sensazione meravigliosa! Un dolore incredibile mi salì dalle dita fino al gomito, ma non mi importava, ero parzialmente anestetizzata, pronta a restituire qualunque aggressione. Tornai a colpire, questa volta un altro ragazzo. Vedevo con la coda dell'occhio Garzón azzuffarsi accanto a me con un terzo. Le grida crescevano. Il padrone del bar emetteva barriti disumani. Abbassai per un istante la guardia e un giovanottone più alto di me mi sferrò un terribile pugno fra le costole. Mi si bloccò il respiro, ma non mi faceva male. Stavo per renderglielo quando mi sentii afferrare da dietro.

– Fermi, fermi tutti!

Ci fu un silenzio improvviso. Mi voltai e scoprii con sorpresa che era il giudice García Mouriños ad attanagliarmi le braccia.

– Cosa diavolo capita qui?! – tuonò.

Un profluvio di spiegazioni accavallate seguirono alla sua voce come un'eco. Lui mise tutti a tacere con un imperioso:

– Basta! Polizia!

Il padrone del bar si affrettò a indicargli me e Garzón con dito accusatore.

– Sono stati quei due. Hanno cominciato loro. Era tutto tranquillo e poi...

García Mouriños lo interruppe con la sua imponente autorità. Ci guardò con cipiglio feroce.

– Questi due, eh? Fate il favore di venire con me. Forza, camminare! In commissariato mi racconterete tutto!

Senza una parola di più, ci spinse verso l'uscita. Obbedimmo in silenzio, lasciando alle nostre spalle un pubblico stupefatto. Una volta in strada, il giudice non smise di incalzarci:

– Andiamocene di qui prima che quelli reagiscano e chiamino la polizia per davvero. Ma si può sapere cosa diavolo...? Potete ringraziare che la gente non conosce i suoi diritti, altrimenti...! Dio santo, non ci posso credere! Meno male che l'avevo intuito, per questo sono tornato a cercarvi: nello stato in cui eravate potevate mettervi nei pasticci, ma una cosa del genere, signori miei... supera l'immaginabile! Vi rendete conto delle conseguenze che avrebbe potuto avere?

Garzón ed io lo seguimmo senza aprir bocca, come scolaretti che ricevono una lavata di capo dal maestro sapendo di meritarsela.

– Sarà meglio che veniate a casa mia. Abito qui vicino.

Aveva un vecchio appartamento ben ristrutturato in calle Valencia. Il soggiorno era presieduto da uno schermo televisivo gigante. Gli scaffali che rivestivano quasi per intero le pareti erano pieni di videocassette.

– Vi preparo un caffè – disse gentilmente. – Se volete darvi una sistemata, il bagno è in fondo al corridoio.

Approfittai della sua offerta e andai a lavarmi la faccia. Poi mi pettinai e mi guardai allo specchio. Un'ombra rossa mi decorava lo zigomo, leggermente gonfio. Avevo stretto i denti così forte che mi facevano male le mandibole, ma non era niente in confronto al dolore acuto e penetrante che mi trafiggeva le costole. Rimpiansi di non avere della cipria compatta in borsetta per darmi un ritocco.

Al mio ritorno García Mouriños e Garzón stavano versando il caffè. Mi sedetti. Non avevo pronunciato neanche una parola.

– Adesso però raccontatemi tutto. Com'è che due poliziotti adulti ed esperti come voi si lasciano trascinare da una provocazione da bar?

Garzón girava il cucchiaino, in silenzio. Non voleva tradirmi. Risposi io.

– Non c'è stata nessuna provocazione, io avevo voglia di fare a botte.

Il giudice mi guardava senza comprendere. Il mio collega intervenne:

– L'ispettore voleva togliersi un capriccio.

La sua mente ordinata di uomo di legge non arrivava a figurarsi la situazione. Mi lanciai in una spiegazione con la stessa veemenza con cui avevo partecipato alla zuffa.

– Non è stato affatto un capriccio, signori. Mi sentivo male e ho deciso di reagire in modo maschile. Gli uomini bevono, si menano, tirano fuori tutto senza paura. E sapete che cosa facciamo noi donne quando abbiamo qualcosa dentro che ci rode, lo sapete?

Si guardarono l'un l'altro seri e prevenuti.

– Tacere e mandar giù, ecco cosa facciamo! A volte ci confidiamo con un'amica, o andiamo dallo psichiatra, o prendiamo tranquillanti, o piangiamo come fontane. Questa volta invece mi è venuta voglia di fare un po' di casino, e non è stato affatto male. Tutto qui. Non c'è altro da dire. Avevo voglia di una bella rissa da bar.

I due maschi presenti intuirono che, di lì in poi, il terreno era insidioso. Rimasero zitti. Rispettarono la mia sparata polemica, per quanto assurda potesse sembrare. Poi il giudice si alzò e andò a cercare fra i suoi tesori cinematografici. Scelse una videocassetta.

– Volete vedere una bella rissa da bar? Le migliori appartengono al western. Questa vi piacerà.

Concludemmo quella strana serata vedendo spezzoni di film hollywoodiani in cui una folla di comparse si scazzottava atleticamente in immense zuffe. Fu bello. Mi resi conto che avevo molto da imparare, soprattutto dal modo in cui gli attori riuscivano a far sì che i colpi suonassero secchi e convincenti. Nel mio caso non era stato così. E poi sentivo che avevo la mano destra tumefatta e che tutto il corpo cominciava a farmi male. Era stato un buon sistema per liberarmi dei fantasmi che mi tormentavano? Mi rifiutati di riflettere sull'argomento. Meglio aspettare l'indomani. Chiesi un paio di aspirine al giudice, e lui, che era un sant'uomo, me le portò con un bicchiere di latte.

4

Trascorsi tutta la domenica sdraiata sul sofà. Mi alzai solo per aprire la porta al ragazzo delle pizze a domicilio. Avevo un gran mal di testa, mi facevano male le costole e tutti i muscoli del corpo, e forse anche qualche osso. Le risse da bassifondi hanno un prezzo, pensai. Ma non era stato male. Forse un po' deludente, credevo di divertirmi di più. Il doposbronza era ben peggio, anche se finì per placarsi grazie agli analgesici mescolati col caffè. Il giorno dopo mi sarei sentita come nuova.

Questa era la mia convinzione. Il lunedì, dopo aver messo ordine fra le carte che giacevano sulla mia scrivania, mi vidi costretta a sedermi per terra e a fare qualche stiramento. Avevo le costole sinistre così malconce che respiravo con difficoltà. E non potevo nemmeno lamentarmi, non essendo stata picchiata nel compimento del dovere.

Un agente rimase a bocca aperta aprendo la porta e vedendomi in posizione del loto. Cercò di non lasciar trasparire il suo turbamento nel dirmi:

– Ispettore, un certo Mateo Salvia dice che ha un appuntamento con lei.

– Ah, già, lo faccia passare.

– Aspetto un po' ?... Magari lei vorrà alzarsi dal pavimento.

– Ho già finito. Lo faccia passare.

Quel povero agente vegliava sul prestigio delle forze dell'ordine. Se avesse potuto immaginare il mio exploit del giorno prima mi avrebbe tolto il suo rispetto per sempre. Tornai alla posizione convenzionale dietro la scrivania, e fu così che Mateo Salvia mi trovò.

– Buongiorno, ispettore Delicado! Come sta?

Salvia era un uomo di mondo, che non provava la minima soggezione per il fatto di trovarsi in un commissariato. Mi salutava come se ci incontrassimo in un locale alla moda o sul treno.

– Sono arrivato puntuale?

– Puntualissimo. E creda, mi dispiace farle perdere tempo. So che ha già firmato la sua deposizione.

– Allora mi dica che cosa desidera da me.

– È solo una questione di sfumature. Abbiamo delle testimonianze su ciò che è accaduto la notte del delitto, ma stiamo cercando di ricostruire la personalità di Juan Luis Espinet.

– Forse io sono la persona meno indicata. Inés era sua moglie, Jordi il suo socio. Mia moglie ed io non avevamo rapporti così diretti. E poi, le altre due coppie hanno figli e noi no, a volte questo ci portava a fare cose diverse.

– In ogni modo, mi piacerebbe sentire la sua versione.

– La mia versione? Be', una versione normalissima. Juan Luis era una bella persona, per bene, un buon amico. Il figlio che ogni genitore vorrebbe avere. Un ragazzo di buona famiglia.

Quella definizione mi colse di sorpresa. A quanto ne sapevo, anche lui era un figlio di papà. Dovette accorgersi del mio sconcerto perché si affrettò ad aggiungere:

– Be', nemmeno io sono precisamente un ribelle. Lei sa che lavoro nella fabbrica di famiglia, ma è diverso, io non sono così perfetto.

– Che cosa intende dire?

– Insomma, a me piace giocare a polo, a golf, perdere un po' il tempo, prendere un aperitivo al bar, andarmene in giro sulla mia barca a vela... diciamo che non passo le giornate pensando solo al dovere.

– E lui sì?

– Sì, lui era la perfezione in tutto: lavoratore, responsabile, buon padre, buon marito...

– Era davvero un buon marito?

– Sì, certo, ha visto come ha reagito Inés, sembra impazzita.

– Naturalmente, signor Salvia, questo lo so. Ma era assolutamente fedele a sua moglie?

Sorrise in modo impercettibile.

– Non era il tipo da andare a donne, di questo può star sicura. Anche se, be', qualche storiella di tanto in tanto potrebbe averla avuta.

– Lo dice pensando a qualche episodio in particolare?

Sorrise più apertamente. L'espressione sul suo viso mi parve per la prima volta un po' ironica, di quello che ne ha viste tante, scettica e disincantata.

– È importante che risponda a questa domanda?

– Importante e confidenziale.

– Be', di sicuro si tratta di una sciocchezza, ma mi sentirò più tranquillo se gliela racconto. Circa un anno fa successe una cosa che mi lasciò un po' stupito. Non so se saprà che noi tre avevamo l'abitudine di andare a giocare a golf tutti insieme.

– Lo so.

– Ebbene, una delle ragazze della reception, al circolo, Susana, molto carina, non più di venticinque anni, una mattina ci saluta nel vederci arrivare. Juan Luis ed io stavamo entrando insieme, ci eravamo incontrati nel parcheggio. Vedo che lui si ferma un momento a parlare con lei di ricevute e conti bancari, e così io proseguo verso lo spogliatoio. Un attimo dopo mi rendo conto che ho lasciato la borsa in macchina e torno fuori. Allora mi accorgo che Juan Luis e la ragazza si stanno baciando.

– E loro l'hanno vista?

– No, ho fatto un passo indietro e ho aspettato che si separassero.

– Hanno corso un bel rischio baciandosi nell'atrio.

– È la stessa cosa che ho pensato io, soprattutto per uno come Juan Luis.

– Lei gli ha detto qualcosa?

– No, certo che no.

– L'ha raccontato a qualcuno?

– Tanto meno.

– Nemmeno a Rosa, sua moglie?

– All'inizio pensavo di farlo, poi ho cambiato idea. Deve scusarmi, ma non ho molta fiducia nella discrezione femminile. Le donne tendono alle confidenze. Non potevo permettermi di creare dei problemi a Inés, quando magari non ce n'era motivo.

– Solidarietà maschile?

– Chiamiamolo buon senso. Lei lo avrebbe raccontato?

– Credo di no, volevo solo metterla in difficoltà.

Si mise a ridere, di gusto. Aveva due begli occhi maliziosi. Era senza dubbio un *bon vivant* con un certo stile.

– Ricorda qualche altro episodio che potrebbe essere interpretato come un'avventura galante di Espinet?

– Oh, no! Spero che quel che le ho detto non la spinga a considerare Juan Luis come un dongiovanni. Secondo me non lo era. Dubito che potesse condurre una doppia vita, non ne avrebbe avuto il tempo. Se fossi stato io la vittima, allora sarebbe diverso. Le assicuro che mi prendo molte più libertà di lui. E quel che è successo conferma le mie idee: perché tanto lavoro e tanto rispetto delle convenzioni quando la morte ci aspetta dietro l'angolo? Bisogna vivere più che si può! Immagino che un ispettore di polizia debba vivere sempre al massimo, o no?

– A rotta di collo!

Ridemmo tutti e due.

– Un giorno dovrebbe portarmi con sé in una delle sue indagini.

– Ci penserò.

Si alzò, non prima di essersi sistemato la bella cravatta di seta italiana. Stava facendo il galante con me?

Probabilmente lo faceva con qualunque donna gli capitasse a tiro. Aveva la certezza di essere un seduttore. A sua discolpa c'era da dire che dev'essere duro avere per moglie una donna di successo. Almeno quanto vivere nella perfezione assoluta come Espinet. O forse il ritratto impeccabile della sua perfezione cominciava a mostrare delle crepe? Eravamo ben avviati in quella direzione.

Telefonai a Garzón per comunicargli la novità.

– Viceispettore, non mi aveva detto che aveva indagato a fondo al circolo di golf?

– L'ho fatto.

– Be', non abbastanza. C'è una ragazza alla reception, di nome Susana, che si sbaciucchiava con Espinet.

– Chi l'ha informata di questo?

– Mateo Salvia li ha colti in flagrante senza che loro se ne accorgessero.

– È strano che un buon amico del morto decida di raccontare una cosa simile.

– Le ricordo che si tratta di un omicidio.

– In ogni caso, quel che dice Salvia va preso con le pinze, forse vuole depistarci.

– Lo dice perché ha infranto il principio di solidarietà maschile?

– Non dica fesserie, ispettore. Piuttosto, che cosa devo fare?

– Torni al circolo, parli con quella Susana e vada a fondo della questione.

– Non sarebbe meglio che lo facesse lei? Dato che è una donna...

– La pianti con le cazzate, Fermín. Se la ragazza si mostra restia a parlare di queste cose con un uomo, mi chiami. Se non è così, mi fido della sua capacità di trattare con le donne. È o non è l'uomo più divertente di Barcellona?

– Le passo la presa per il culo solo perché il suo piano con le Enárquez ha funzionato. Non mi hanno più chiamato.

– È ancora presto per cantar vittoria. Comunque credo che lei stia commettendo l'errore della sua vita. Dovrebbe sposare Emilia. Ha idea di cosa rappresenterebbe questo per lei? Sono piene di soldi. Vivrebbe come un re. E poi ne avrebbe due al prezzo di una. La curerebbero, la vizierebbero… le comprerebbero perfino le cravatte di Armani!

– Me ne frego io di Armani! E all'amore lei non ci pensa?

– L'amore! Lo sanno tutti che l'amore è destinato a cose sublimi! Che cosa fa la gente come massima espressione del suo amore? Vanno a vivere insieme, vale a dire: chiamano l'idraulico quando si rompe un tubo, preparano la cena… La invito a pensare esattamente all'opposto: prima una convivenza piacevole, l'amore poi verrà.

– Cavoli, ispettore, mi spaventa sentirla parlare con tanta freddezza!

– Ci pensi, Fermín, ci pensi. Facciamo ancora in tempo a organizzare una cenetta a casa sua. Può approfittarne per dire che ha cambiato idea rispetto a New York.

– La saluto, ispettore. Ci vediamo dopo.

Riattaccò imprecando, scandalizzato come una verginella. In fondo mi compativa. Una donna con il cuore di ghiaccio, incapace di apprezzare il lato umano della vita.

Decisi di uscire a fare un giro. Avevo bisogno di un po' d'aria e di un caffè doppio per dissipare gli ultimi strascichi della sbronza di sabato.

Feci una passeggiata nei dintorni del commissariato. All'improvviso mi ricordai che in plaza de la Catedral erano cominciati i preparativi per la grande messa del Papa. Mi avvicinai per curiosare. Splendeva un sole tenue e gradevole, che inondava tutto di luce autunnale. Sulla piazza c'era una confusione considerevole. Migliaia di tavole di legno si ammucchiavano sull'asfalto. Operai in tuta ne scaricavano altre da un camion. Gli addetti al montaggio avevano avviato la costruzione dell'impalcatura su cui immaginai sarebbe stato posto l'altare. Tutto sembrava dover avere dimensioni colossali. Rimasi per un po' a guardarli lavorare, mescolandomi a una piccola folla di curiosi come me: pensionati a spasso, turisti sorpresi dalla novità, qualche adolescente ozioso...

Era davvero vergognoso che il comune spendesse tanti soldi in una cerimonia di quella portata. Chiusi gli occhi rivolgendo la faccia al sole, mentre udivo i colpi di martello, il canto estemporaneo di qualche operaio, che si levava con sentimento come in un'antica piantagione di schiavi.

A un tratto mi accorsi che un'ombra mi oscurava le palpebre. Nel momento stesso in cui aprii gli occhi mi giunse la voce del cardinale Delli Martiri:

– Buongiorno, ispettore. Uno sguardo ai lavori?

Mi salutava col sorriso filosofico di chi è al di là del bene e del male.

– Qualcosa del genere.

– Anch'io stavo dando un'occhiata a questa meraviglia. Come vede, sebbene lei sostenga il contrario, io e lei ci ritroviamo sempre.

– Non credo. Io non chiamerei mai meraviglia questa costruzione.

– Ma se stanno lavorando benissimo.

– Monsignore, non diciamo sciocchezze. Mi pare assurdo che in nome del Papa, un uomo che predica l'umiltà, si organizzi una messinscena come questa.

– Caro ispettore, molta gente ha bisogno della presenza del Papa, quindi non so a cosa lei si riferisca.

– Lo sa benissimo a cosa mi riferisco. Tutti questi fasti mi ricordano una parata militare.

Non si aspettava un'uscita così brusca, e la tensione del suo volto lo dimostrò.

– Ispettore Delicado, mi domando che cosa ci sia nel suo cuore.

– Due orecchiette, due ventricoli, tessuto muscolare, una valvola mitrale... Solo materia, monsignore, come in ogni cuore umano.

Mi guardò mostrando, o forse provando, vera tristezza, commiserazione per il fatto che non fossi stata chiamata nel gregge degli eletti. Accidenti e mille volte accidenti! Non potevo starmene in pace un momento, fare un tranquillo giretto inoffensivo, senza che nessuno venisse a indicarmi il cammino della salvezza? Ah, no! Una cosa era fare il mio dovere di poliziotto, che comprendeva cose insensate come occuparsi della sicurezza del Papa, e un'altra essere costretta a rinnegare le mie idee e fare della diplomazia da quattro soldi con il rappresentante di un'istituzione che detestavo.

– E adesso mi scusi. Devo tornare in commissariato, dove mi aspetta un caso di omicidio.

Fece in modo di non lasciar trasparire dalla sua espressione nient'altro che rassegnazione cristiana. Mi congedò con un cenno rispettoso del capo. Mi rimisi in marcia verso il commissariato, orgogliosa come se avessi scatenato un movimento eretico e il conseguente scisma con le mie sole forze. E pensare che ero andata a cercare un po' di tranquillità! Ah, se avessi potuto tornare alla mia capanna in Svezia, serena in riva al lago, dove nessuno mi perseguitava con la sua voglia di far polemiche! Come se non bastasse, tre gitani del caso di Garzón erano appostati davanti al commissariato, probabilmente in attesa di vederlo tornare. Dovettero ritenere che anch'io potessi andar bene come interlocutore, perché non appena mi misero gli occhi addosso, iniziarono una manovra di avvicinamento per nulla dissimulata. Presi la rincorsa, e in quattro rapide falcate mi infilai nel palazzo fuggendo senza pudore. Gridai all'agente sulla porta:

– Se qualcuno chiede di me, dica che sono entrata in convento.

Il poveretto, che già conosceva le mie sortite, mi chiese senza battere ciglio:

– Di clausura, ispettore?

– Sì, di quelli dove non ti lasciano aprir bocca neanche se ti viene rivolta la parola.

Lo sentii ridere fra sé. «Ah, l'ispettore Delicado» di certo pensava, «ha sempre voglia di scherzare». Non poteva certo immaginare che ero pronta ad assassinare chiunque si permettesse anche solo di chiedermi l'ora.

Buttai l'impermeabile sull'attaccapanni. Era venuto il momento di mettersi a lavorare sul serio. Da dove cominciare? C'erano due cose irrisolte. Presi il telefono con l'impeto di un generale di cavalleria.

– Morales? Non ti avevo chiesto di cercarmi tutti i dati di un'immigrata filippina di nome Lali Dizón? E tu non avevi promesso a Garzón di fargli avere un rapporto?

L'ispettore Morales, pur trovandosi nel suo ufficio, sembrava essere stato svegliato da un sonno profondo e avere ancora il pigiama addosso.

– Caspita, Petra, mi hai anticipato! Stavo proprio per chiamarti, ma con questo casino del Papa...

– Che Papa e Papa! Se non ti chiamavo io, quei dati rimanevano a marcire sulla tua scrivania!

– Ma no, Petra, non prenderla così! Ora vediamo...

Sentivo un fruscio di carte vicino al microfono.

– Petra, come ho già detto a Garzón, la ragazza è a posto. Ha avuto il permesso di soggiorno cinque anni fa.

– Da dove veniva? Com'è entrata in Spagna?

– A quel tempo c'è stata una sanatoria che ha permesso a tutti di regolarizzare la loro posizione, purché presentassero un contratto di lavoro.

– Quindi può essere entrata illegalmente.

– Sì, però in quel momento aveva un contratto. Datato cinque anni fa. Era stata assunta come collaboratrice familiare a Sant Cugat, in casa di un certo...

– Juan Luis Espinet.

– Esatto! Ma non è il tipo che hanno fatto fuori?

– Sì, Morales, rilassati, e un'altra volta non preoccuparti tanto del Papa e ricordati di me!

– Sei implacabile, eh, Petra?

– Così dicono. Ciao.

Feci un altro interno.

– C'è l'ispettore Sangüesa?

– Sono io.

– Sangüesa, sono Petra, qualche tempo fa ti avevo chiesto un rapporto riservato sulla situazione economica delle guardie giurate del «Paradís», a Sant Cugat. Che cosa aspetti a mandarmelo, che venga Natale? Pensi di farmi una specie di regalo o qualcosa del genere?

– Petra Delicado, quanto tempo è che non apri la posta elettronica?

– Non dirmi che me l'hai già mandato.

– Da giorni.

– Accidenti, Sangüesa, mi spiace! Con tutto questo casino del Papa non so neanche io cosa faccio.

– Petra?

– Sì?

– Auguri! Chiedi a Babbo Natale di portarti una museruola!

Merda! Avevo fatto la figura dell'idiota. Avrei dovuto saperlo che il vecchio Sangüesa era superefficiente. Comunque la scusa del Papa era fantastica, dovevo ricordarmi di usarla più spesso.

Aprii la posta elettronica e, in effetti, il rapporto era lì. Lo lessi. Tempo perso, nessuno dei due guardiani si era comprato una Jaguar, né aveva cambiato il suo stile di vita, né aveva versato sul conto dei soldi in più. Magari erano furbi e il compenso per aver ucciso Espinet lo tenevano nascosto nel materasso.

Due ipotesi dell'indagine perdevano consistenza. Ero sempre più convinta che la tragedia si fosse consumata all'interno di quella cerchia, nell'ambiente di quelle tre coppie. Ma le combinazioni potevano essere molto varie. Espinet aveva una storia con la ragazza del circolo di golf e la sua dolce sposa l'aveva fatto fuori per vendetta? Si era innamorato di Rosa, o forse di Malena, e uno dei due mariti aveva deciso di risolvere la cosa per le spicce? Era stata una delle due potenziali amanti a toglierlo di mezzo? E in questo caso, quale delle due? Il presupposto di ognuna di queste ipotesi era che Espinet avesse una tresca con qualcuno, di questo ero quasi completamente convinta. Tutto il resto mi appariva poco consistente. Ma la domanda era sempre la stessa. Finora, nel corso delle indagini, non era affiorato neanche un indizio, che non fosse il graffio sul cadavere. Chissà, chissà che quello non fosse il primo caso che io e Garzón avremmo lasciato irrisolto!

Malgrado quella crisi di scoraggiamento, tornai ai miei compitini di scolara diligente e riesaminai l'identikit psicologico di Espinet. Se non altro, la levigata superficie iniziale veniva solcata dalle prime incrinature. Verso la fine dei miei appunti misi un punto interrogativo. Speravo che il viceispettore, al suo ritorno dal circolo, potesse dissipare i miei dubbi.

Lo fece due ore dopo. Se ne arrivò tutto contento, col suo carniere di investigatore colmo di nuovi dati, impaziente di vuotarmelo davanti. Quel che mi raccontò non fece che confermare le imperfezioni nel ritratto di Espinet. Di più: aggiunse ai danni una certa gravità. Susana, la ragazza della reception, aveva confessato un'avventura con la vittima. Alleluia! Congratulazioni da parte mia, pacche sulle spalle, l'avrei quasi baciato.

– Niente di spettacolare, ispettore, non creda. La ragazza, fra l'altro molto carina, ha riconosciuto di aver fatto un po' la scema con Espinet e alla fine ha ammesso di aver fatto l'amore con lui due volte, entrambe nell'appartamento di lei.

– Chi ha iniziato?

– Lui, anche se Susana è stata sincera e ha detto che l'avvocato le piaceva da morire. Non solo a lei, stranamente faceva impazzire tutte le ragazze che lavoravano al circolo. A quanto pare quell'Espinet le affascinava tutte.

Soltanto un uomo poteva non accorgersi di questa caratteristica del morto.

– E com'è finita?

– In fretta e male. Susana ci ha riflettuto, si è resa conto che poteva giocarsi il posto di lavoro e il fidanzato, perché è fidanzata. Quindi ha avuto paura, e gli ha chiesto di interrompere la relazione.

– E lui?

– Per usare le parole della ragazza, lui «ha capito perché era un signore».

– Cioè, un paio di botte e via.

– Senza altre complicazioni.

– L'ha raccontato a qualcuno?

– Lei giura di no. Un'indiscrezione sarebbe stata troppo rischiosa.

– Non ci sono genitori, fidanzati, fratelli che possano aver voluto vendicare il suo onore?

– Nessuno. Anzi, mi ha chiesto che queste informazioni vengano considerate confidenziali.

– Non glielo avrà mica promesso?

– Le ho detto che rilasci pure la sua deposizione, e che non verrà usata in tribunale se non sarà strettamente necessario.

– Come frottola non è male. Cosa ne pensa della possibilità di un ricatto?

– Non ho avuto questa impressione, ma si può chiedere all'ispettore Sangüesa una verifica sul conto bancario della ragazza.

– Gliela chieda lei, abbiamo appena avuto un piccolo scontro.

– D'accordo, come crede. Daremo anche un'occhiata al fidanzato, non si sa mai.

– Ben fatto, Fermín.

Gli sfuggì un sorriso d'orgoglio. Le mie critiche sulla sua prima spedizione al circolo di golf l'avevano punto sul vivo. Probabilmente aveva minacciato la ragazza per strapparle una confessione così delicata. Meglio non indagare sui metodi utilizzati.

– Mangiamo qualcosa, viceispettore?

– A questo sono sempre pronto.

Andammo alla Jarra de Oro e ordinammo un pasto informale a base di *tapas*, insalata russa e panini. Il mio collega si concentrò subito su certi salamini piccanti che gli strapparono parole di fede nell'essere umano.

– Che meraviglia queste salamelle, ispettore! Non le ha ancora assaggiate?

Dando mostra della mia propensione per l'incongruenza e il contrasto, gli risposi:

– Stamattina ho litigato con il cardinale.

– Non mi dica! Cos'è successo?

– Niente di speciale, avevo la luna per traverso e l'ho mandato al diavolo.

– Testuali parole?

– Non esattamente. Quello si ostina a trattarmi come se volesse convertirmi! Deve rendersi conto che non ho bisogno di lui e nemmeno di quel che cerca di vendermi.

– Mi tranquillizza, Petra. Questo è più in linea con la sua personalità. Negli ultimi tempi mi spaventava, con tutti quei discorsi nostalgici sulla famiglia, la maternità, il focolare domestico. Sembrava che non fosse più in sé.

– A quanto pare sono in me solo quando faccio la stronza e dico cattiverie.

– Se ne rende conto solo adesso?

– Lasci perdere, Fermín, non so se sta cercando di insaponarmi o di insinuare che sono un pezzo di legno senza sensibilità.

Fece un gesto vago con la mano e si infilò in bocca con golosità un cubetto di prosciutto. Poi guardò in strada e cambiò espressione.

– Sta arrivando Chávez, il piantone. Non ci lasciano nemmeno mangiare in pace.

L'agente entrò nel locale e si rivolse a me.

– Ispettore, c'è una telefonata per lei. L'ha presa l'ispettore Bonilla e dice che può essere importante.

– Vengo – dissi, masticando precipitosamente l'ultimo boccone.

Finii la mia birra in un sorso.

– Mangi tranquillo, Garzón, se è importante la faccio chiamare.

– Magari il cardinale si è lamentato con i superiori.

– Se si tratta di questo, mi sentiranno.

Fortunatamente il cardinale non c'entrava. Ortega aveva annotato il numero di telefono di una certa Ana Vidal, fra virgolette «abitante del complesso residenziale "El Paradís"». Sorpresa, batticuore. Un mese dopo il crimine saltava fuori una nuova testimone? La chiamai.

– Sì, ispettore, sono Ana Vidal. Abito ai «Gigli». Mi è venuta in mente una cosa che può essere importante. Riguarda la morte di Juan Luis Espinet. Prima non ci avevo pensato, ma...

– È in casa adesso? Vengo subito.

– La aspetto.

Tornai al bar e diedi qualche breve istruzione a Garzón. Non volevo che mi accompagnasse, preferivo che finisse di chiarire la storia di quella Susana con Espinet.

– I testimoni che rimangono zitti a lungo dicono sempre cose sostanziose – mi ricordò lui.

– Me lo auguro.

Lungo la strada per «El Paradís» mi domandai perché mi recassi sempre da sola sul luogo del delitto. Forse mi piaceva quell'ambiente protetto e felice dove tutto si svolgeva secondo un ordine armonico, chiuso. Eppure quella visita mi accendeva scintille nel cervello. Cercai di non crearmi troppe aspettative su quello che avrei sentito. Non era la prima volta che mi capitava qualcosa di simile: testimoni che si sono accorti di qualche particolare e non hanno il coraggio di parlarne se non molto tempo dopo il delitto, perché pensano che quel che hanno visto non sia abbastanza importante o perché hanno paura di vedersi coinvolti in una faccenda sgradevole come un'indagine poliziesca. Un atteggiamento del genere non significa necessariamente che vi sia stata volontà di occultamento. Per di più, a dispetto di quel che diceva Garzón, raramente una testimonianza tardiva apporta elementi cruciali per la risoluzione del caso.

Non appena mi vide, il guardiano del turno di giorno venne a salutarmi con enfasi. Senza dubbio si sentiva investito del ruolo di collega, perché mi chiese con aria complice:

– E allora, ispettore, andiamo avanti o no?

Capii che con termini così volenterosi si riferiva alle indagini, e decisi di non deludere il suo orgoglio cameratesco.

– A piccoli passi, ma andiamo avanti.

Parve soddisfatto della risposta e mi fece perfino un accenno di saluto militare, che trovai sommamente ridicolo. Non so come avessi potuto sospettare per un secondo di un tipo simile. Per commettere un omicidio premeditato, anche solo come autore materiale, è necessario un minimo di intelligenza, della quale quella specie di portinaio era del tutto sprovvisto.

Ana Vidal era un'altra delle tante madri di famiglia in quel paradiso di trentenni. Discreta, ben vestita, serena, con occhi sgranati dalla curiosità. Mi invitò a entrare nella sua casa denominata «I gigli» e ad accomodarmi in soggiorno. Quelle villette avevano tutte qualcosa in comune, l'arredamento di gusto attuale, i dettagli curati... Eppure ciascuna mostrava con chiarezza il segno distintivo dei suoi proprietari. Ana Vidal e suo marito, che a quanto mi disse era architetto, prediligevano la modernità minimalista: linee rigide ed essenziali, pochi mobili e colori neutri. Malgrado ciò, attraversando il giardino, mi ero imbattuta nei tradizionali giocattoli sparsi sull'erba. Su questo punto tutti i registri confluivano: la famiglia con figli piccoli puntava sempre in un'unica direzione.

Ana Vidal non era agitata, ma preoccupata sì. Lasciai che si spiegasse senza avanzare nessun tipo di richiesta.

– Sinceramente devo dirle che, trattandosi di un assassinio, mi è difficile capire che cosa è importante e che cosa non lo è. Non avevo mai vissuto una cosa così orribile tanto da vicino.

– So cosa intende.

– Forse quella che le racconterò è una sciocchezza, in realtà è una cosa che era già successa altre volte, ma...

Se si perdeva in tutti quei preamboli c'era di mezzo qualcuno. La resistenza alla delazione è universale. Infatti non mi sbagliavo. Alla fine concluse quell'interminabile frase dicendo:

– Il fatto è che più o meno all'ora in cui è stato ucciso l'avvocato Espinet ho visto passare nei giardini la signora Domènech in camicia da notte.

– Alle tre del mattino?

– Verso le tre. Ero in piedi perché mio figlio mi aveva chiesto da bere. Aveva un po' di raffreddore in quei giorni e aveva molta sete. Prima di tornare a letto sono andata a posare il bicchiere in cucina e ho guardato distrattamente dalla finestra. Allora l'ho vista.

– Dice che era già successo altre volte?

– Sì. Una volta qualcuno aveva perfino telefonato al signor Domènech perché andasse a riprenderla. Era pieno inverno e lei se ne stava seduta su una panchina, senza neanche la vestaglia addosso. Immagino che anche il marito stia invecchiando e che gli sia sempre più difficile occuparsi di lei.

– Può indicarmi il tragitto che le ha visto fare?

– L'ho vista passare sul viale principale, poi ha girato a destra.

– La piscina è in quella direzione.

Abbassò la testa e si strofinò le mani nervosamente.

– Senta, ispettore, non sto dicendo che la signora Domènech ha ammazzato qualcuno. Lei mi capisce, vero?

– Certo che la capisco.

– Le dico solo che l'ho vista. Forse avrei dovuto avvertire il marito, ma non mi andava, non posso esprimermi in un altro modo perché non sarebbe vero. Quell'uomo ti manda al diavolo ancora prima che tu parli. Lo sanno tutti, qui.

– Lo so anch'io. Non potrebbe essere più precisa sull'ora in cui l'ha vista passare?

– Erano quasi le tre. Ho guardato l'orologio della cucina, ma non riesco a ricordare se fossero le due e mezzo o le tre in punto.

– Perché non ce l'ha raccontato prima?

– Non ho dato troppa importanza alla cosa, ispettore, glielo assicuro. Non l'ho nemmeno messa in relazione con la morte di Espinet, solo che ieri… insomma, è una sciocchezza, ma ieri, mentre stavo passeggiando ai giardini con mio figlio, ho sentito le chiacchiere delle bambinaie. La domestica degli Espinet, la filippina, assicurava che la signora Domènech aveva detto delle cose strane la notte del delitto. Ci ho riflettuto e… vede, non so, mi sembra tutto così assurdo…

– Ha fatto bene a chiamarmi.

– Perché? C'è qualche pericolo?

– Pericolo?

– Be', se davvero la signora Domènech è stata capace di... forse bisognerebbe prendere qualche misura di sicurezza, ci sono tanti bambini piccoli al «Paradís».

Ma certo! Quella era la vera ragione per cui mi aveva chiamata: l'istinto di difesa della madre per la cucciolata! Il gruppo familiare non deve vedersi minacciato in nessuna circostanza. Il mio primo pensiero fu che dovevo assolutamente evitare una caccia alle streghe contro quei due vicini che sfuggivano alla norma.

– Ana, lei stessa mi ha detto che la presenza della signora Domènech nei giardini non significa per forza che abbia a che fare con questa storia. In ogni modo, indagheremo e parleremo con suo marito perché la tenga d'occhio il più possibile. Non è bene che una persona con dei problemi come quelli passeggi liberamente in piena notte. Per tranquillizzarla le dirò che le nostre indagini vanno in un'altra direzione, più attendibile, della quale naturalmente non posso ancora parlarle.

Speravo di aver salvato la povera vecchia da un linciaggio, sia pure a costo di mentire sfacciatamente. Indagini in un'altra direzione! Quale direzione? Una malata di Alzheimer è in grado di commettere un delitto? E se così fosse, suo marito se ne sarebbe accorto? Si sarebbe potuto parlare di complicità e occultamento dei fatti?

Era giunto il momento di affrontare seriamente Domènech e, qualunque fosse il risultato della chiacchierata, cercare immediatamente informazioni approfondite su quella malattia.

Suonai alla porta degli «Oleandri» finché, dopo un bel pezzo, apparve il volto arcigno della domestica.

– I signori non sono in casa. Sono a Barcellona e non torneranno prima di due ore.

Mi chiesi cosa fare. Due ore erano un intervallo troppo breve per andare e tornare dal commissariato, e troppo lungo per starmene in giro nei giardini senza un obiettivo preciso. Tutto tempo perso. All'improvviso mi ricordai di Malena Puig. Se fossi andata a farle visita mi avrebbe offerto un'ottima tazza di caffè e avremmo potuto fare due chiacchiere. In fondo eravamo già un po' amiche.

Anche la porta degli «Ibischi» tardò ad aprirsi. Ero sul punto di convincermi che non ci fosse nessuno, ma quando ormai stavo per andarmene, Malena mi aprì col suo sorriso cordiale.

– Ispettore, che piacere!

Nessuno mi aveva mai ricevuta così nell'esercizio delle mie funzioni.

– Le pare che esageri se le chiedo un caffè? Le assicuro che non vengo per servizio, ma in visita privata. Quindi può dirmi di no.

– Ci penserò. Ma entri, la prego! Ci ho messo un po' a venire perché ero di sopra, nello studio.

Allargò le braccia per mostrarmi la sua tenuta. Portava un ampio camicione coperto di macchie di colore.

– Stavo dipingendo.

– Caspita! Sa fare anche l'imbianchina?

Scoppiò a ridere.

– Be', magari quello che faccio non si discosta molto dal lavoro di un imbianchino, ma le assicuro che non è questa la mia intenzione. Dipingo quadri.

Mi scusai. Non avrei mai immaginato che quell'avvocatessa tutta casa e famiglia potesse avere anche una vena artistica. Mi spiegò che dipingeva per diletto, ma che le capitava di vendere quadri agli amici e aveva perfino esposto in un paio di mostre collettive. Quando le chiesi che genere di quadri dipingesse si offrì di mostrarmeli.

Salimmo nello studio. Lei, intanto, insisteva sul carattere strettamente amatoriale della sua opera, precisazione che, non nutrendo particolari aspettative su quello che avrei visto, ritenevo del tutto inutile. E invece, mi sbagliavo. Manco di conoscenze approfondite sull'arte, ma riesco a capire se quello che ho davanti possiede una certa qualità. Ebbene, mi parve che i quadri di Malena Puig non fossero niente male. Fu una sorpresa che giunse alla meraviglia via via che osservavo i quadri a uno a uno. Da quella donna dolce, estroversa, casalinga e materna scaturivano immagini di una tenebrosità impensabile, motivi pittorici inquietanti dalla violenta forza interiore. I soggetti erano esclusivamente paesaggistici, ma non vi era alcuna traccia di pace bucolica in quelle praterie scure, come devastate dal fuoco o dal gelo, o in quei fiumi quasi neri incassati fra strapiombi di roccia, o in quelle case indistinte e diroccate che si intravedevano solitarie su distese desolate.

– Caspita, Malena, è bravissima!

– La ringrazio, ma credo di conoscere i miei limiti.

– No, per quanto posso capire io lei ha talento, e anche un mondo interiore ricco e tormentato.

Scoppiò in una risata divertita.

– Lei crede? Mi fa piacere che lo pensi!

– Sì, i suoi quadri non coincidono con l'immagine che lei dà di sé.

– Forse dipingendo mi libero dei miei fantasmi. Non lo diceva anche Freud?

– Freud non mi è molto simpatico. Solo la Chiesa cattolica è riuscita a dare del filo da torcere alle donne più della psicoanalisi.

Rise con convinzione.

– Lei è geniale, ispettore. Può darsi che quello che ho dentro non combaci con la mia immagine esteriore, ma le assicuro che io ho la stessa impressione di lei.

– Forse ciò si deve al fatto che abbiamo un'idea stereotipata l'una dell'altra.

– Forse. Ora le dirò come credo che lei mi veda e lei potrà dirmi se ho ragione. Ecco, giurerei che lei mi vede come una brava casalinga, docile, abbastanza piacevole, forte dinanzi alle contrarietà della vita, meticolosa in tutto quello che fa e consapevole di quanto sia fortunata a poter condurre una vita così comoda e felice.

– Ha ragione, è così che la vedo, più o meno. Invece lei pensa che sono una poliziotta dura, sicura di sé, che esercita l'autorità senza esitazioni e fa sfoggio di un certo malanimo nei confronti del mondo.

– Non si è allontanata troppo dall'idea. Ma è ovvio che tutte e due ci sbagliamo. Anch'io ho le mie giornate nere.

– E io le mie giornate buone.

Scoppiammo a ridere e ci guardammo con dichiarata simpatia.

– Senta, ispettore, che ne dice se andiamo in cucina e le preparo uno di quei caffè di cui voi poliziotti non potete fare a meno?

– Dico che va benissimo.

Nell'ampia e luminosa cucina, con i mobili chiari e le tende a fiori, spariva ogni traccia della Malena che avevo conosciuto nello studio. Le suppellettili dai colori vivaci: tazze, piatti e tovaglioli, davano al tutto un'aria molto accogliente, completata dal piacevole aroma del caffè. Guardandola muoversi con destrezza, immaginai che sedersi a quella tavola la domenica mattina e vedere i propri figli far colazione mentre i raggi del sole entravano dalla finestra doveva coincidere con un'idea di felicità sognata da molti.

– Come vanno le indagini, Petra? – domandò all'improvviso.

– Troppo a rilento.

– Credevo che fosse sempre così.

– Non proprio. Malena, posso chiederle la sua impressione su una cosa?

– Ma prego.

– Secondo Mateo Salvia, non era poi così inconcepibile che Juan Luis fosse infedele alla moglie.

– Lui le ha detto questo?

– Parlava delle sue impressioni, niente di preciso.

Si sedette davanti a me e cominciò a versare il caffè in silenzio. Tagliò una torta a piccole fette. Stava riflettendo, forse si domandava se facesse meglio a parlare o a star zitta.

– Anch'io ho avuto la stessa impressione qualche volta.

– Per quale motivo?

– Non so, fra noi non ci sono mai state troppe confidenze. Immagino che questo sia stato il segreto che ha permesso alla nostra amicizia di conservarsi per tanti anni. Ma a volte, ripensandoci… Inés è buona, molto bella, anche se così infantile… mi chiedo fino a che punto una moglie come quella potesse ricevere tutta l'attenzione di un marito come Juan Luis, così brillante, bello, intelligente… Qualche volta Inés si lamentava che lui tornava sempre a casa tardi, che ogni giorno lavorava di più… io cominciavo a sospettare che la stesse tradendo. Ma sono solo congetture. È vero che lavorava moltissimo. Mio marito glielo può confermare.

– Crede che potrebbe confermarmi anche qualcos'altro?

– Che cosa intende dire?

– Juan Luis Espinet e suo marito erano in rapporti molto stretti: non solo erano amici, ma anche soci. Magari suo marito non vuole ledere l'immagine di Espinet raccontandoci le sue scappatelle amorose, ma se lei gli parlasse, potrebbe convincerlo di quanto è importante per noi sapere tutto sulla vittima… Lei ha sicuramente molta influenza su di lui.

– È davvero così importante?

– Temo di sì. Non abbiamo reso pubblica la cosa, ma l'autopsia ha rilevato un graffio sulla schiena di Juan

Luis Espinet, probabilmente provocato dalle unghie di una donna durante un rapporto sessuale. Inés dice che non sa nulla di quel segno.

Malena fu percorsa da un brivido. Si morse la mano.

– Mi scusi, ma sentirle dire una cosa simile mi riporta alla realtà. Si tratta pur sempre di un fatto terribile che sto cercando di dimenticare.

– La capisco.

Si riprese bevendo qualche sorso di caffè.

– Lo farò. Parlerò con Jordi stasera stessa. Gli dirò di chiamarla subito se sa qualcosa.

– La ringrazio.

Era ancora sopraffatta dall'emozione. Aveva lo sguardo fisso sul tavolo. Con quel camicione, i capelli in disordine e le mani macchiate di colore sembrava una quindicenne. Di colpo, esplose:

– Merda! Eravamo tutti così felici! Perché è dovuta succedere una cosa del genere, perché?

– Non si perda d'animo. Nella vita succedono continuamente cose terribili. A volte penso che la vita consista proprio in questo, nel cercare di sottrarsi al cumulo di infelicità che ci si riversa addosso di continuo. Lei è fortunata a vivere in una relativa tranquillità.

– Non dica questo, ispettore. Da quando è successo quel che è successo mi sento terribilmente in colpa per la mia tranquillità familiare. Ho sempre avuto sensi di colpa, ma adesso è molto peggio. Mi è sempre sembrato di essere più fortunata degli altri.

– Perché?

– Non so, sciocchezze. Pensavo che fra Inés e Juan Luis vi fosse l'inconveniente dell'immaturità di lei, che Rosa e Mateo si trascinassero dietro il problema dei figli, mentre fra Jordi e me era tutto perfetto. Siamo tutti e due abbastanza ragionevoli, le cose ci vanno bene, abbiamo tre bellissimi bambini e in più...

Cercai di interromperla senza essere brusca.

– Mi scusi, non capisco, Rosa e Mateo Salvia hanno un problema di figli?

– Sì, non possono averne.

– Ma quando ho parlato con Rosa lei ha tenuto a dirmi che non avere figli era un vantaggio per la sua attività professionale. Pensavo fosse una scelta.

– No, non è una scelta. È vero che lei di solito reagisce così, togliendo importanza alla cosa e presentandola come un fatto positivo, ma in realtà si è sottoposta a diversi trattamenti per cercare di rimanere incinta. Sembra che la ragione dell'infertilità stia in Mateo e non in lei, ma nessuno dei due vuole ricorrere alla banca del seme né tanto meno all'adozione.

Suonò il telefono. Mi alzai. Non sapevo che ore fossero, ma mi ero trattenuta troppo a lungo. Non appena lei terminò la breve conversazione, la salutai e me ne andai. Guardai l'orologio. Non solo avevo goduto della compagnia di quella donna piacevolissima, ma non avevo affatto perso tempo. Le rivelazioni quasi accidentali che mi erano state fatte durante la chiacchierata meritavano di essere prese in considerazione e completavano la cornice in cui si muovevano quelle tre famiglie. Forse non avevano grande importanza in sé, ma aprivano qualche spiraglio su un mondo ben protetto dalle alte mura della discrezione.

Tutto il bagaglio positivo accumulato agli «Ibischi» era destinato a contrastare nettamente con la negatività che mi avrebbe riservato un'altra specie floreale. L'accoglienza che ricevetti agli «Oleandri» sarebbe stata degna piuttosto di un cespuglio di cardi spinosi. La prima cosa che mi disse Domènech non appena mi vide non lasciò spazio a dubbi:

– Ha un mandato giudiziario?

– Desidero solo farle qualche domanda.

– Non senza un mandato giudiziario.

– Non dica assurdità, signor Domènech! Se vengo con un mandato giudiziario, sua moglie dovrà venire a deporre in commissariato!

Si sgonfiò di colpo. Ci ripensò. Mi trafisse con uno sguardo severo.

– Che cosa vuol sapere?

– Voglio che mi lasci entrare e mi permetta di parlarle civilmente.

Evidentemente il nostro modello di civiltà non era lo stesso, perché mi fece passare con la rigidità di un colonnello di cavalleria e mi indicò una sedia proprio lì, nell'ingresso.

– Si sieda pure, se vuole.

Mi sedetti attingendo all'ultima riserva di pazienza rimasta nei meandri più reconditi della mia anima, già di per sé non molto ricca in materia. In circostanze simili conveniva andare subito al sodo.

– Un testimone ha dichiarato di aver visto sua moglie passeggiare nei giardini poco prima della morte di Espinet.

– Delinquenti! Disgraziati! Gente senza cuore né sentimenti! Ho sbagliato pensando che qui saremmo stati tranquilli. Che cosa gli ha fatto la mia povera moglie? Niente, salvo essere una malata!

– Vuole calmarsi, per favore? Sta perdendo le staffe!

– Crede che non sappia che la chiamano «la pazza», che non veda come la guardano quando usciamo a fare una passeggiata?

– Nessuno sta accusando sua moglie. Le ricordo che stiamo svolgendo delle indagini su un caso di omicidio. La smetta di gridare e risponda alle mie domande, signor Domènech, altrimenti la farò convocare dal giudice.

Con il mio modo di parlare sereno, secco, minaccioso, avevo smorzato il tono della conversazione. Il vecchio tacque di colpo e si accasciò su una sedia. C'era poca luce nell'ingresso, ma mi parve di vedere che stava piangendo. Gli misi una mano sulla spalla, rischiando che me la mordesse.

– Signor Domènech, che cos'ha, si sente male?

Piangeva, piangeva silenziosamente, senza neanche sforzarsi di nasconderlo. Rimasi in attesa, non sapevo cosa fare. Alla fine, dall'ombra, mi giunse la sua voce, appesantita dall'amarezza.

– Ispettore, lei parla con un uomo abbattuto, vinto. Ha idea di cosa significhi vivere con una persona che soffre del morbo di Alzheimer? Una persona amata per una vita intera?

– Capisco che tutto questo sia molto duro per lei, ma si renda conto, è stato ucciso un uomo, ed è necessario stabilire con certezza che sua moglie non c'entra.

– So che dovrei controllarla di più, avere qualcuno che la assista durante la notte, fare più cose per la sicurezza, ma mi rifiuto di trasformare questa casa in una prigione piena di chiavistelli, sentinelle, allarmi... Mia moglie non può aver commesso alcun crimine, mi creda.

– Ha notato qualcosa di strano in lei quella notte, ha visto qualche macchia o strappo nella camicia che aveva addosso?

– No! No! Tormentato da questa possibilità, ho perfino chiesto alla domestica, e la risposta è stata no. Vuole vederla di nuovo, convincersi da sé che quel che dice è impensabile?

Annuii con gravità. Quell'uomo sembrava sincero, anche se la disperazione colora sempre le parole di verosimiglianza. Intuivo che non sarebbe servito a niente rivedere quella donna, ma avevo bisogno di essere sicura.

Entrammo nel soggiorno e la signora era lì, ben vestita, ben pettinata, tranquilla, seduta con eleganza sul divano. Ci guardò con aria vaga. Nel fondo dei suoi occhi c'era la chiave per riconoscere che era diversa dagli altri. Il suo sguardo non era incongruente o perduto, ma innocente, nuovo, incontaminato, senza l'esperienza o lo scetticismo di una persona della sua età. Domènech la baciò sulla fronte.

– Guarda, cara, l'ispettore Delicado è venuto di nuovo a trovarti per sapere come stai.

Mi sorrise con aria assente. Si voltò verso il marito.

– Andiamo a Barcellona, adesso?

– No, ci siamo appena stati. Ci siamo divertiti, vero? Di' all'ispettore che cosa abbiamo fatto.

– Siamo andati a ballare.

Domènech rise con tristezza e le baciò la mano.

– No, a ballare no. Siamo andati dal medico e a prendere la cioccolata con le frittelle in una cremeria di calle Petritxol. È vero o no?

– Sì.

Mi guardò felice. Era una bambina di pochi anni, e così la trattava suo marito, come una bambina buona e indifesa.

– Vuole chiederle qualcosa, ispettore?

Ero cosciente della gratuità di un nuovo interrogatorio, ma non riuscivo a resistere alla tentazione di provarci per un'ultima volta. Mi abbassai con la faccia all'altezza della sua e feci in modo che rivolgesse gli occhi verso di me.

– Signora Domènech, ricorda la notte in cui è uscita a fare una passeggiata nei giardini?

Non rispose, ma distolse lo sguardo e si mise a guardare fuori dalla finestra.

– Se ne ricorda, signora Domènech? Non è passato molto tempo. Ricorda se una notte ha visto il suo vicino Juan Luis Espinet, se è andata verso la piscina, se è stata lì in qualche momento della notte?

Le mie domande rimanevano sospese nell'aria come volute di fumo. Il marito assisteva in rispettoso silenzio. Cominciai a sentirmi in imbarazzo per la mia stupidità, per l'abuso rappresentato dalla mia sola presenza in quella stanza. Un momento dopo, però, il volto della donna si contrasse in pieghe di tristezza. Si alzò e andò alla finestra, con fare assorto e meccanico. La seguii, il cuore stretto dalla tensione. Si soffermò per un attimo a guardare il giardino e poi, con voce chiara e quasi infantile, disse:

– Dove vai, uccellino, chi sei tu?

Rimanemmo a bocca aperta, muti dalla sorpresa. Mi lanciai su di lei e, prendendola per un braccio, le chiesi:

– Cosa significa questa frase, che cos'ha visto quella notte, chi ha visto?

In preda al panico, la signora girò lo sguardo in tutte le direzioni e, scorgendo il marito, corse a rifugiarsi fra le sue braccia. Domènech la protesse, la baciò sulle guance.

– Sta' tranquilla, sono qui. Adesso ascolteremo un po' di musica. Vieni, siediti.

Si avvicinò all'impianto stereo in un angolo della sala e infilò un compact-disc. Risuonò una melodia country americana, con banjo e chitarra a punteggiare un ritmo vivace e saltellante. La signora parve rilassarsi di colpo. Il marito chiamò la domestica e mi accompagnò fuori dalla sala.

– Non può forzarla così, ispettore.

– Ma non si rende conto? Si è ricordata, ha visto qualcosa quella notte! E il ricordo di quello che ha visto le fa paura! Dobbiamo riuscire a capire cosa c'è dietro quella frase che ripete ogni volta!

– È inutile, ispettore, inutile, la sua mente non funziona come quella degli altri! Che cosa vorrebbe fare, aprirle la testa per sapere cosa c'è dentro?

– L'unica cosa che voglio è sapere che cosa ha visto, perché sono sicura che ha visto qualcosa di importante, qualcosa di cruciale! E sono altrettanto sicura che solo lei riuscirebbe a farglielo dire.

– Ispettore Delicado, la prego…

– No, sono io che prego lei! Cerchi di appurarlo, lei sa quale può essere il momento giusto, qual è il modo migliore per farla parlare. Lei può approfittare di un momento in cui è particolarmente tranquilla, o lucida, o in cui riesce a ricordare. La supplico, signor Domènech, ci provi. Si tratta di catturare un assassino in libertà.

– Ci proverò, ci proverò.

– Mi dà la sua parola?

– E va bene, gliela do.

Era nervoso, ormai, non vedeva l'ora di vedermi sparire. Mi stava praticamente spingendo verso la porta. La sua promessa non era per niente attendibile. Ma come potevo fare per ottenere la sua collaborazione, prenderlo per il collo e costringerlo a fare una cosa che dipendeva solo dalla sua volontà?

Uscii nei giardini assolati sentendomi orribilmente frustrata. Presi a calci la ghiaia. Merda! Ammettiamo pure che fossi un mostro di insensibilità, che non avessi pietà di quel quadretto matrimoniale sventurato, ma accidenti!, non ero mica un'assistente sociale, non lavoravo in un'ONG, ero un poliziotto, in fin dei conti, e stavo seguendo una pista importante. Non riuscivo a togliermi dalla testa l'impressione, ora chiarissima, che la soluzione del crimine fosse a portata di mano e che non riuscissi ad afferrarla. Un supplizio terribile.

Entrai in macchina e sbattei la portiera. Allora mi accorsi che il solito gruppetto delle bambinaie mi osservava con curiosità. C'era anche quella sciocca di Lali, che probabilmente, vedendomi uscire dagli «Oleandri», ne avrebbe approfittato per continuare a spettegolare sulla «signora pazza». No, sinceramente non credevo che quella povera donna avesse potuto ammazzare qualcuno. L'unica cosa probabile era che fosse stata testimone di qualcosa di strano, forse perfino dell'omicidio. Una testimone muta e insondabile.

Mentre guidavo a tutta velocità verso il commissariato, quella ridicola e puerile domanda continuava a martellarmi nel cervello: «Dove vai, uccellino, chi sei tu?».

Sedermi alla scrivania e impugnare il telefono fu tutt'uno. Feci il numero di Pura, responsabile del servizio documentazione, compito che un tempo era stato mio.

– Il morbo di Alzheimer, Petra? Mi metti in difficoltà. Dubito che nei nostri archivi ci sia qualcosa sull'argomento. Ma se mi dai il tempo di fare qualche telefonata cercherò di trovarti delle informazioni.

Dovevo riconoscere che Pura aveva molta più pazienza di quanta ne avessi io quando lavoravo in archivio. Se qualcuno mi avesse sottoposto di punto in bianco un problema così lontano dalla prassi investigativa, era molto probabile che l'avrei mandato a documentarsi all'inferno.

Respirai a fondo e mi guardai intorno per la prima volta. Carte sparpagliate, rapporti da terminare, l'inevitabile convocazione per la riunione papale e un avviso di chiamata esterna. Lo lessi e mi disperai. Concepción Enárquez mi lasciava un numero di cellulare e mi pregava di contattarla al più presto. Maledizione! Credevo di essermi liberata da quel fastidio e l'unica cosa che ero riuscita a ottenere era caricarmi il peso direttamente sulle mie spalle. Cosa poteva importarmene dei loro intrighi amorosi!

In quello stesso istante, opportuno per me, inopportuno per lui, Garzón varcò la soglia del mio ufficio.

– Eccola, Fermín, proprio lei aspettavo!

Aveva in mano il suo spaventoso impermeabile color mostarda. Prima di dire una parola lo lanciò bruscamente sull'attaccapanni facendolo crollare a terra.

– Ma insomma! Cosa fa?

Cadde sulla sedia come un sacco.

– Non mi parli, ispettore, la prego!

Era sconvolto, pallido, serio, furioso.

– Se non vuole che le parli, perché viene da me?

– Non lo so, capisce? Non lo so!

Cominciai a preoccuparmi. A cosa attribuire una simile esplosione? A un assalto in piena regola delle sorelle Enárquez?

– Vuol dirmi cos'è successo, Garzón?

– È successo quel che tutti sapevamo che doveva succedere, e che non sarebbe mai dovuto succedere.

Dubitavo di poter reggere un altro enigma in un solo giorno.

Abbattuto, con la testa fra le mani, mi informò in tono strascicato:

– Hanno ucciso un ragazzo del clan dei Carmona. La vendetta degli Ortega si è consumata.

– Cazzo!

– Gliel'avevo detto, no? Gliel'avevo detto che i casi di questo genere si complicano e diventano impossibili da risolvere.

– Me l'aveva detto, è vero. E adesso cosa pensa di fare?

– Per prima cosa, sbatterli tutti in galera.

– I giornalisti la metteranno in croce. Sa perfettamente che non può fare una cosa simile.

– Tanto il giorno dopo il giudice li tirerà fuori, ma per il momento voglio che rispettino la legge almeno una volta in vita loro.

Si alzò senza dire altro e uscì. Il suo impermeabile rimase sul pavimento, insieme all'attaccapanni. Li raccolsi e rimisi a posto il tutto. Non mi passò nemmeno per la testa di correre dietro al viceispettore per farlo ragionare. Quando gli venivano quelle crisi, del resto molto di rado, era come un bufalo impazzito, pronto a travolgere qualunque cosa al suo passaggio. E poi capivo il suo raptus di furia. Le morti annunciate che diventano realtà sotto i tuoi occhi non fanno mai bene al morale.

Rimasi occupata in faccende burocratiche per tutto il pomeriggio, partecipai alla riunione per la sicurezza del

Papa, alla quale naturalmente Garzón non fu presente, e decisi di scapparmene subito a casa. La trovai gelida e accesi il riscaldamento. L'autunno cominciava a farsi sentire. Indossai un pesantissimo maglione che ho comprato a Londra vent'anni fa e che conservo più per i momenti di depressione che per il freddo. Il suo tepore mi abbraccia e mi conforta come una madre. Una volta che ha assolto il suo compito lo rimetto nell'armadio e mi dimentico della sua esistenza, cosa che di rado si può fare con una madre in carne e ossa. Mi versai un whisky con ghiaccio e infilai nello stereo un disco di Bach, che è sempre rilassante. Compiuto quel rituale così tipico della civiltà occidentale, mi credevo sufficientemente al riparo da imprevisti per poter trascorrere una serata tranquilla. Rimaneva il messaggio di Concepción Enárquez a ronzarmi fastidiosamente nella testa. Dovevo chiamarla? Non ero tenuta a farlo, eppure... e se una delle sorelle avesse telefonato a Garzón nel bel mezzo delle sue furie scatenando una reazione violenta da parte sua? La mia predisposizione a emendare gli errori del mio sottoposto era senz'altro il sintomo di qualche malattia grave. E tuttavia presi il telefono.

Concepción voleva parlare con me e decidemmo di far colazione insieme la mattina seguente in un lussuoso caffè dell'avenida Diagonal, di cui a quanto pare era assidua cliente.

Ah! pensai, Garzón stava dando un calcio all'opportunità di passare una vecchiaia comoda e tranquilla. Sposato con una delle Enárquez, avrebbe fatto colazione tutte le mattine sulla Diagonal, avrebbe avuto una vera casa e sarebbe stato trattato come un re. Eppure lui difendeva il suo celibato come un leone. In nome di cosa? Di una men che splendida pensione e di giornate intere di solitudine. Ma non intendevo essere io a indicare al mio collega la via per un futuro sereno. Erano fatti suoi. Avrei ascoltato quel che aveva da dirmi quella donna e mi sarei liberata di lei col mio miglior *savoir-faire*.

Mi immersi nuovamente nella musica di Bach, e l'effetto terapeutico fu tale che riuscii perfino a leggere un libro senza che nessun rumore, mondano o metafisico, tornasse a interferire con la mia tranquillità.

5

Quella mattina scoprii che mentre noi comuni mortali passiamo la vita a rovistare fra le miserie umane, altri si trovano comodamente insediati nella più completa felicità. In quale altro modo si poteva interpretare il quadretto che mi si parò davanti al caffè dell'avenida Diagonal dove mi aveva dato appuntamento Concepción Enárquez? Fin dal mio ingresso nel locale mi sentii inebriata da un aroma gradevolissimo: croissant appena sfornati, lieve sentore di sigarette light e un raffinato bouquet di profumi costosi. Era come entrare in un morbido letto dalle lenzuola di seta. Anche le sensazioni uditive erano puro relax: mormorii, qualche risata a bassa voce e una discreta musica d'ambiente. Niente a che vedere con le bettole che frequentavo con Garzón, sempre piene di fumaccio denso, esalazioni di olio fritto, rumore di macchinette mangiasoldi, strepito di piattini e televisore a tutto volume.

Torte, pasticcini e praline si allineavano come gioielli nelle vetrine, e il reparto gastronomia esibiva insalatine e delicati roast-beef. Ma la beatitudine nella sua più pura essenza trovava espressione nella clientela: donne. Quasi esclusivamente donne di una certa età riunite in gruppetti giulivi a parlare degli affari loro con animazione. Erano appena le nove del mattino e quelle signore avevano trovato il tempo di vestirsi con eleganza, di pettinarsi accuratamente, di mettersi un tocco di rimmel sulle ciglia e di incontrare le amiche per una raffinata colazione. Se quello non era il colmo della signorilità, poco ci mancava.

In sintonia con lo scenario, Concepción mi fece cenno da un tavolino, agghindata con eleganza e discrezione. Ci salutammo come vecchie amiche, e lei subito volle ordinare per me un assortimento di dolci squisiti e un caffè ben carico. Se Garzón rinunciava a sposare una delle due, non avrebbero potuto almeno adottare me? Mi rilassai; affrontare quella situazione sembrava molto più facile di quanto non mi fossi aspettata. L'avrei ascoltata educatamente, le avrei dato due o tre consigli di taglio strettamente tradizionale e avrei fatto colazione senza preoccuparmi d'altro. Al diavolo i complessi di colpa!

Concepción non venne al dunque finché non fummo servite. Poi, mentre io mi avventavo senza pietà sui pasticcini, lei affrontò di petto la questione che ci aveva condotte lì.

– Ispettore, – cominciò, – io sono vedova, e ho sperimentato le gioie e i dolori che il contatto con gli uomini può offrire.

Ammetto che quella frase d'esordio, così ben studiata e così densa di reminiscenze, suscitò in me una certa inquietudine. A quali eventi del passato intendeva risalire? Con quel colloquio desiderava solo alleviare le sue frustrazioni o pensava di riversarmi addosso la sua storia sentimentale completa?

– Ma lo stesso non si può dire di mia sorella che, come lei sa, è nubile. Emilia è inesperta e sentimentale.

Decisi di prendere le difese di Garzón prima ancora che venisse fatto il suo nome:

– Fermín mi ha detto di avere stretto con sua sorella un rapporto di sincera amicizia.

– È stato qualcosa di più – disse con fermezza la bella vedova.

Era venuto il momento di sfoderare la mia arringa ben preparata:

– Vede, Concepción, quando si arriva a una certa età, e si fa un lavoro duro come il nostro, la disponibilità all'amore è limitata da una quantità di riserve di cui non è facile liberarsi. La simpatia naturale del mio collega, il suo modo affettuoso di trattare la gente...

Mi interruppe con un gesto perentorio della mano ingioiellata.

– Ma io le sto parlando di sesso.

Il pezzetto di *madeleine* che avevo in bocca mi andò quasi di traverso. Sesso? Se quel bugiardo di Garzón mi fosse comparso davanti l'avrei preso per il collo e avrei stretto con tutta la forza di cui ero capace.

– Petra, quello che sto per dirle potrà sembrarle ridicolo, considerato che mia sorella ha più di cinquant'anni. Non c'è bisogno che le parli delle idee con cui venivano educate le donne della mia generazione. Bene, il fatto è che Emilia era vergine.

Dovevo fare uno sforzo tremendo per impedire che lo stupore mi si leggesse sul volto. Masticai, senza sentire alcun sapore. Lei continuò, implacabile.

– Dopo le nostre vacanze a Maiorca, e dopo aver conosciuto Fermín Garzón, non lo è più. C'è bisogno che mi esprima più chiaramente?

– No – mormorai, quasi in tono di supplica.

– Quindi deve capire che l'atteggiamento tenuto ultimamente dal suo collega nei nostri confronti ferisce molto la povera Emilia.

– Quale atteggiamento? – domandai, ai limiti dell'orrore.

– Ci evita come se fossimo appestate! Da quando siamo tornate da Maiorca scappa come una lepre ogni volta che tentiamo il minimo avvicinamento!

– Concepción, ha pensato che Fermín, abituato com'è alla solitudine, possa sentirsi un po' spaventato all'idea di impegnarsi?

– Impegnarsi, chi ha parlato di impegnarsi?

– Lui teme che Emilia si sia fatta delle illusioni matrimoniali.

– Ma insomma, quest'uomo è ancora più antiquato di noi! Credo che a mia sorella non sia nemmeno passata per la testa un'idea simile.

– E allora?

– Lei mi stupisce Petra, ma dove vivete, nella preistoria? Emilia è ben felice di aver provato il sesso libero e amichevole. Era una cosa che aveva sempre desiderato anche se, chiaramente, le sarebbe piaciuta una certa continuità, e dato che con Fermín le cose sembravano così facili... in ogni caso è assurdo e offensivo che ora lui la respinga all'improvviso senza un minimo di considerazione.

– Ha ragione.

– L'ho fatta venire qui per pregarla di parlare con Fermín, di spiegargli che si è fatto un'idea sbagliata di mia sorella. Gli dica di telefonarle e di uscire a prendere qualcosa con lei nel modo più naturale.

– Lo farò, gli parlerò.

– Se continua a fuggire o ad avere paura, lo preghi almeno di parlarle, di dirle che non se la sente di vederla, ma dandole qualche spiegazione, assicurandole che è stato meraviglioso conoscerla o qualcosa del genere. Sono convinta che questo la tranquillizzerà.

– No, se continua a fare il cretino io gli spacco la faccia.

– Non esageri, ispettore!

– Mi scusi, ma non sopporto la vigliaccheria e la meschinità.

– Non spingiamo le cose al di là del necessario.

Come no? Oh, mio Dio! Non avrei mai perdonato al viceispettore di avermi costretta a quella parte ridicola. Quel cinico pappagallo da spiaggia, quel cafone in vacanza, quel dongiovanni da viaggio organizzato! Ah, l'avrei fatto volentieri a pezzi senza pietà!

Promisi di telefonare alla vedova per aggiornarla sulle mie trattative diplomatiche e uscii da quell'oasi di lusso per tornare al mio squallore quotidiano.

Sulla mia scrivania Pura aveva lasciato un fascicolo pieno di informazioni sul morbo di Alzheimer: un libro divulgativo scritto da un medico americano, varie fotocopie di dati statistici e gli indirizzi di un paio di specialisti. Presi il libro e lo aprii a caso: «Il malato di Alzheimer cammina in tutte le direzioni, inciampa nei mobili, sposta le sedie. La notte si perde nel tragitto fra la sua stanza e il bagno. Lasciato da solo, può aprire il frigorifero e mangiare senza misura».

Più avanti c'erano delle illustrazioni che mostravano gli oggetti da non lasciare mai alla portata del malato: una presa elettrica, un coltello, medicinali e, secondo la logica della realtà americana, una pistola.

Bene, ciò giustificava pienamente il perenne malumore del signor Domènech, ma non contribuiva granché alle nostre indagini. Cercai fra quelle pagine qualcosa di più significativo. Nell'indice figurava un capitoletto intitolato «Memoria». Lo cercai immediatamente: «Nello stadio intermedio della malattia, il soggetto subisce un'alterazione della memoria recente. Tuttavia conserva la memoria emozionale di ciò che lo ha impressionato».

Poi lessi, alla voce «Comunicazione»: «L'espressione rallenta, il lessico si impoverisce. Il malato ripete sempre le stesse frasi».

Erano tutti sintomi che avevo potuto riscontrare io stessa nel comportamento della signora Domènech. All'improvviso qualcosa colpì vivamente la mia attenzione: «Aggressività: Il malato di Alzheimer può reagire in modo violento. Spesso perde il senso della realtà e ravvisa una minaccia o un pericolo dove non ce ne sono. Scorgendo un estraneo, può temere di essere picchiato. Il miglior consiglio per chi viene aggredito è tenersi a distanza dal malato, in modo che questi possa vederlo chiaramente. La sua aggressività si calmerà a poco a poco e dimenticherà il motivo della crisi».

Dio santo! Avevo sottovalutato le possibilità reali che quella donna fosse un'assassina? Forse era successo proprio questo. La signora Domènech si era alzata nel cuore della notte ed era uscita a passeggiare nei giardini. Aveva incontrato casualmente Espinet, gli aveva attribuito intenzioni poco chiare e l'aveva aggredito. Ma, in questo caso, cosa ci faceva Espinet sull'orlo della piscina a contemplare l'acqua? Dov'era l'oggetto contundente con cui era stato colpito? La donna aveva usato una semplice pietra raccolta a caso? E che cosa ne aveva fatto poi? E il varco aperto nella recinzione, e l'orma impressa nel fango? Un ladro che si era dato alla fuga? Domande, domande, domande, ecco che cosa veniva fuori ogni volta che cercavo di muovere un passo in qualche direzione! Fino a quel momento avevo mantenuto una certa calma, ma ora quel maledetto caso cominciava davvero a mettermi in crisi.

In ogni modo, anche se i pezzi del rompicapo non combaciavano del tutto, quel che avevo letto faceva sorgere in me sospetti sufficienti per ordinare un nuovo sopralluogo nella casa dei Domènech. Chissà che l'arma omicida non si trovasse nascosta in qualche angolo! Telefonai al giudice García Mouriños per chiedergli un mandato di perquisizione.

– Petra, sono giorni che non ricevo un rapporto su questo caso!

– Le prometto che me ne occuperò oggi stesso. Mi farà avere il mandato?

– Subitissimo. Le andrebbe di venire al cinema? C'è un film d'azione che non è niente male.

– Pura dinamite?

– Non so se possa bastare per una donna esplosiva come lei...!

– Per una volta che mi sono lasciata andare...

– Cerchi di non farlo più, non ci sarò sempre io a salvarla.

– Capisco. Come si chiama il film che vuole andare a vedere? *Il salvatore di fanciulle in pericolo?*

– Petra, si ricordi che un poliziotto non può permettersi di prendere in giro un magistrato.

– A più tardi, giudice, e cerchi di ricordarsi qualche mossa di judo, così poi me la insegna!

Udii il rimbombo della sua risata nel riattaccare. In quello stesso istante, mentre le mie labbra accennavano un sorriso, Garzón entrò nel mio ufficio. In un primo momento esitai sull'atteggiamento da prendere, non sapevo se lasciarlo sfogare o balzare su di lui come una tigre. Scelsi la prima opzione senza scartare la seconda. Giocare un po' con la preda prima di troncarle la giugulare mi avrebbe dato più piacere.

Era ridotto a uno straccio, pallido, scarmigliato, con la faccia sconvolta e non rasata. Si lasciò cadere sulla sedia come un sacco di patate. Mi guardò con aria da vittima, sbuffò. Era chiaro che si preparava per il numero dell'uomo distrutto dal lavoro e dalle avversità.

– Sa da dove arrivo, ispettore?

– No, non ne ho idea.

– Ho passato tutta la notte a interrogare i Carmona e gli Ortega, prima che il giudice li mettesse fuori.

– Risultati?

– Lo vede lei stessa: non ho dormito, non ho mangiato, mi fanno male le gambe, ho la schiena a pezzi e la testa che mi scoppia. E tutto questo per cosa? Per niente. Nessuno vuole parlare. Nessuno ha visto niente, nessuno ha sentito niente... Un altro morto fantasma, e di sicuro non è finita qui.

– Oh, come mi dispiace! Se è così distrutto, forse farebbe bene a prendersi un'altra vacanza.

Il mio tono tagliente gli fece dimenticare l'accurata messinscena. Si mise subito in guardia. Io continuai a punzecchiarlo senza misericordia.

– Maiorca le sembra la destinazione adatta per un periodo di riposo, o non preferirebbe per caso una località diversa? Magari da solo, questa volta?

– Ispettore, può dirmi dove vuole andare a parare?

– E così lei avrebbe avuto solo una sincera amicizia con le sorelle Enárquez, eh?

– Ispettore!

– E la storia con Emilia? Perché me l'ha nascosta?

– Ispettore!

La smetta di ripetere il mio grado come se fosse l'unica cosa che sa dire! Mi ha fatto fare una figura orrenda! Garzón, Dio mio! Ma dove ha la testa? A chi può venire in mente di sedurre una vergine di più di cinquant'anni?

Si portò le mani alle tempie e le passò fra i pochi capelli rimasti in segno di totale abbattimento.

– Miseria! – esclamò, ormai ammansito più che in collera. – Per una miserabile scopata che mi faccio lo viene a sapere perfino il Ministro degli Interni!

– Si esprime come un cafone.

– Ha parlato con loro?

– Mi ha telefonato Concepción.

– E cosa voleva?

– Certo non che lei sposi sua sorella, né che ripari il suo onore, né altre baggianate calderoniane che esistono solo nella sua mente contorta. Vuole soltanto che si comporti come una persona normale, che esca con Emilia di tanto in tanto se ne ha voglia, e se no, che le parli in modo ragionevole e le dia delle spiegazioni. Insomma, quel che si fa di solito fra gente civile e dotata di una certa sensibilità.

– Ha ragione, lo riconosco, ha ragione. Forse mi sono spaventato, ma lo sa che effetto fa trovarsi con una donna vergine a quest'età? È stato come...

– Mi risparmi i particolari, la supplico. Ho fatto già da intermediaria più di quanto avrei voluto. Mi prometta soltanto che la chiamerà. Non rientra nei miei piani distribuire consigli sentimentali alle signore mature.

– Lo farò, glielo prometto.

– D'accordo.

– E adesso posso andare a dormire?

– Manco per sogno. Mi stenda un rapporto su tutte le novità del caso Espinet. Io farò altrettanto per conto mio e poi glielo passerò. Questo si chiama collaborare, no?

Assentì, vinto e contrito. Vederlo uscire in quello stato mi suscitò una certa commiserazione. Non c'è niente come caricare di miserie qualcuno e poi compatirlo sinceramente dopo.

Un'ora più tardi arrivò il mandato di perquisizione firmato da García Mouriños. Potevamo irrompere in casa dei Domènech e cercare la supposta arma del delitto. Chiamai Garzón perché mi aiutasse nei preparativi. Ci serviva gente esperta per un sopralluogo minuzioso e uno dei nostri psicologi per parlare alla «signora pazza» con la competenza professionale di cui noi non disponevamo.

Quando tutto fu pronto, non senza proteste da parte del commissario, che cominciava a spazientirsi per la mancanza di risultati, partimmo con diverse auto in direzione del «Paradís». La carovana implacabile della legge all'assalto di una povera malata. Mi sentivo così profondamente a disagio che decisi di tenermi lontana dal luogo della perquisizione. Non avrei retto lo sguardo del signor Domènech. Garzón, seduto al mio fianco con la sua mortale stanchezza sulle spalle, si mostrava propenso a interrogarlo di nuovo. Fu inutile assicurargli che l'avevo già fatto io senza risparmio, lui voleva calcare la mano, approfittare dello sconcerto prodotto da quella visita inaspettata. La logica e la freddezza della sua mente misero un certo ordine nella mia, turbata dai sensi di colpa. Secondo il viceispettore, se la signora Domènech aveva ucciso Espinet, suo marito doveva necessariamente saperlo. Non era verosimile che la malata fosse uscita in piena notte, avesse aggredito l'avvocato e, senza macchie di sangue né traccia alcuna dell'accaduto, fosse tornata docilmente nel suo letto. Se l'aggressione era avvenuta, Domènech doveva averne avuto le prove.

– E allora perché le avrebbe nascoste? – chiesi a Garzón, come se lui avesse una risposta per tutto.

– Immagino che non voglia vederla finire in un ospedale psichiatrico o qualcosa del genere. E anche a prescindere da motivi altruistici, ha buone ragioni per star zitto. Non pensa, ispettore, che il suo amico García Mouriños potrebbe accusarlo di negligenza, condotta pericolosa o qualche altra stronzata giuridica di questo genere?

Aveva ragione. Come al solito il viceispettore mi faceva scendere quei due gradini che immancabilmente mi separano dalla realtà comune. Provai un certo conforto pensando che quel piccolo industriale in pensione, marito sofferente, potesse essere complice. Malgrado questo gli raccomandai:

– Non sia troppo severo con lui.

– Lasci fare a me, non si preoccupi. Con lo sfinimento che mi porto addosso non credo di essere nella mia forma migliore.

– Coraggio, altri stanno peggio di lei.

– Sì, le squadre notturne del Bronx.

Una volta al «Paradís», li lasciai tutti di fronte agli «Oleandri» e me ne andai a fare un giretto a piedi. Per placare la mia coscienza in subbuglio mi ripetevo che per i colleghi sarebbe stato più facile. Loro non avevano letto niente sull'Alzheimer. Eppure nessun pensiero riusciva a rasserenarmi, al punto che suonare alla porta degli «Ibischi» fu come implorare rifugio e protezione. Come sempre, Malena Puig mi accolse a braccia aperte.

Con mia sorpresa non era sola. La vedova Espinet se ne stava languidamente seduta sul divano ed entrambe prendevano il magico caffè dei Puig.

– Buongiorno, signora Espinet, come sta?

– Sono venuta a trovare la mia amica.

Senza aggiungere altro, si lasciò andare a un pianto silenzioso. Malena corse al suo fianco, le passò un braccio sulle spalle e mi spiegò:

– Sta molto meglio, ispettore, non si preoccupi, ma Lali è appena andata via e... Quella ragazza non ha smesso un momento di piangere come una fontana. Cosa vuole che faccia la povera Inés? È già abbastanza emozionata nel vedersi di nuovo qui.

La povera Inés cercò per un momento di ricomporsi.

– Non dire così, in fondo stava con noi da tre anni ed è normale che pianga.

Intervenni:

– Solo tre anni? Mi era parso di capire che fossero di più.

Avrei dovuto star zitta. Inés seppellì la faccia fra le mani ed esclamò:

– Dio mio! Il più piccolo dei miei figli ha tre anni adesso, e lei l'ha visto nascere quando è entrata in casa.

Piangeva di nuovo a dirotto. Malena l'abbracciò teneramente. Si mostrava come sempre forte e giudiziosa.

– Su, Inés, cerca di calmarti. Bevi il tuo caffè.

– Mi scusi, ispettore, da quando mi conosce non mi ha visto fare altro che piangere. Penserà che io sia una sciocca.

Rimasi in rispettoso silenzio, mentre Malena recitava abilmente la sua parte.

– L'ispettore non pensa niente di tutto questo. Ti stai comportando benissimo: in fin dei conti è la prima volta che vieni qui. E poi le notizie che mi hai dato sono bellissime. Lo sa, ispettore? Inés ha deciso di tornare a lavorare in negozio.

– I miei genitori pensano che mi distrarrà.

– Credo che sia una buona idea. Non si preoccupi, signora Espinet, prenderemo il colpevole. Le indagini vanno a gonfie vele – mentii, per contribuire all'opera di incoraggiamento.

– È venuta per qualche motivo particolare? – mi chiese Malena.

– I miei colleghi stanno lavorando a casa dei Domènech. Sono venuta soltanto per una tazza del suo caffè.

Malena mi sorrise in modo incantevole e si rivolse alla sua amica.

– Ti rendi conto, Inés? Il mio caffè è famoso fra i poliziotti di Barcellona. L'ispettore Delicado ed io siamo diventate amiche. Vuole che prepari dell'altro caffè anche per i suoi colleghi?

– No, non credo che abbiano tempo. Diciamo che io li rappresenterò.

Tirò fuori un'altra tazza mentre la giovane vedova si soffiava il naso. Poi ci mettemmo a chiacchierare come tre madri di famiglia che si concedono una pausa dalle incombenze domestiche. Malena, abilissima, incanalava la conversazione verso argomenti inoffensivi per dissipare l'aria di tragedia che incombeva sulla sua amica. Dopo un po', perfino io mi ritrovai a ridere e a parlare di futilità quotidiane. In fondo ero così poco abituata a quel tipo di conversazioni informali che il loro effetto terapeutico ricadde anche su di me.

Quando ormai, felice come una Pasqua, mi godevo gli aneddoti sui figli di Malena, suonò il mio cellulare. Garzón mi informava che la perquisizione si era conclusa. Gli dissi dov'ero e gli chiesi di venirmi a prendere. Aggiunsi:

– Qualche risultato?

– Niente, ispettore, quella donna non ha ammazzato nessuno.

– Me lo immaginavo, ma almeno bisognava provarci.

Un attimo dopo, la sua auto si fermò davanti al cancello degli «Ibischi». Malena insistette perché lo facessi entrare. Voleva offrire un caffè anche a lui. Ricordando che era stanco morto, pensai che gli avrebbe fatto piacere e accettai.

Garzón si sedette nel soggiorno guardandomi come se non mi avesse mai vista prima. I suoi occhi chiedevano a gran voce: «Cosa ci fa lei qui?». Inés approfittò di quel momento per annunciare che se ne andava, e Malena la accompagnò fuori. Nel frattempo il viceispettore espresse verbalmente quel che aveva anticipato con lo sguardo:

– Cosa cazzo ci fa qui, ispettore? Le stava interrogando?

– Mi limitavo a fare due chiacchiere.
– Chiacchiere di donne?
– Ebbene sì! Qualcosa da obiettare?
Malena tornò e noi ci interrompemmo. Servì il caffè al viceispettore e ci parlò dei progressi che aveva notato nell'umore di Inés Espinet.
– Non sa ancora se venderà la casa o se tornerà a vivere qui, ma adesso sta senz'altro meglio.
Il mio collega vuotò la tazzina e io notai subito la sua impazienza di andarsene. In effetti era la cosa da fare, per quanto mi piacesse giocare alle signore. Accennai a una ritirata, ma Malena disse, guardando l'orologio:
– Se aspettate ancora cinque minuti, i miei figli più grandi torneranno da scuola, e la piccola dalla passeggiata.
– Mi dispiace, ma dobbiamo andare.
– Che peccato! Avevo detto ai bambini che se un giorno foste venuti a trovarmi avrebbero potuto parlare con dei poliziotti veri.
– Non credo che possiamo competere con quelli della televisione.
– Almeno vedrebbero che siete persone normalissime. Ultimamente sentono dire un mucchio di sciocchezze qui nel quartiere.
Ci pensai e guardai l'ora.
– Forse... dal momento che siamo venuti qui senza alcun risultato... In fondo la polizia ha anche dei doveri educativi nei confronti della società. Li aspetteremo.
Il mio aiutante mi guardò stupito. Non capiva che cosa avessi in mente. Dalla lucina che gli si accese negli oc-

chi constatai che mi credeva infilata in qualche nuovo meandro dell'indagine del quale non era ancora informato. Ma non era così, semplicemente non avevo voglia di andar via. Volevo vedere i bambini di Malena, e soprattutto quella biondina che mi sorrideva sempre.

Aspettammo pochissimo, in realtà. Proprio come la madre aveva annunciato, qualche minuto dopo i due piccoli Puig tornarono da scuola. Erano buffi, somigliavano molto al padre. Con gli abiti e i capelli in disordine, avevano addosso l'odore indefinito ma inconfondibile degli scolari appena usciti dall'aula.

Posarono i voluminosi zainetti in un angolo e vennero a sedersi con noi, chiamati dalla madre. Quando lei ci presentò, sui loro volti si lesse un'assoluta fascinazione. Non dicevano una parola, ma ci perforavano con lo sguardo. Qualche istante più tardi, comparve la bambinaia con la bellissima figlia minore dei Puig. Non potei farne a meno: mi alzai in piedi e la presi in braccio. Come sempre, tranquilla e civettuola, la bambina mi sorrise. La coprii di baci e fui sul punto di dedicarle una di quelle tiritere inintelligibili piene di tenerezza riservate ai bebè e agli animali domestici. Ma mi accorsi che Garzón mi osservava con qualcosa di simile all'orrore e questo mi inibì.

La madre e la bambinaia portarono via la piccola per rassettarla un po'. Noi rimanemmo soli con i due maschietti, che continuavano a guardarci con gli occhi sgranati. Né il mio collega né io avevamo la minima idea di cosa dire. All'improvviso, il più piccolo aprì bocca per primo e chiese:

– Avete la pistola?

– Sì, è obbligatoria per un poliziotto – disse Garzón, aggrappandosi a un alibi come un criminale.

– Anche quella signora lì? – si informò l'altro, dando dimostrazione di maschilismo congenito.

– Ma certo, lei è il mio capo – precisò Fermín.

Due paia di occhi mi squadrarono con curiosità.

– Possiamo vederle?

Be', veramente non era in programma. Mostrare delle armi sarebbe stato psicologicamente negativo? Avrebbe contribuito alla crescita della delinquenza giovanile? Il viceispettore, più risoluto di me, tirò fuori la sua Star 30 PK e la mostrò ai bambini accompagnando il gesto con una raccomandazione moraleggiante.

– Non bisogna mai usare le armi, mai. Io, anche se sono poliziotto, non la uso da molto tempo.

Il più grande, con l'intelligenza deduttiva propria delle nuove generazioni, domandò:

– Ma qualche volta l'hai usata?

Garzón impallidì.

– Sì, più che altro a scopo intimidatorio.

Non si fece attendere la domanda seguente, questa volta formulata dal più piccolo:

– Cosa vuol dire intimidatorio?

Guardai il viceispettore per vedere come se la cavava, ma lui, senza battere ciglio, rispose:

– Per spaventare.

– Già –. La risposta parve accontentare la curiosità del bambino, che si rivolse a me con un perentorio: – E la tua?

Per nulla convinta di quel che stavamo facendo, tirai fuori dalla borsetta la mia Glock 19 e la mostrai. Le reazioni non si fecero attendere.

– Oh, che forte!

Perfino a me parve bellissima. Accarezzai la compatta impugnatura di polimero.

– Ha anche degli accessori – dissi. – Un puntatore laser e una torcia, ma ora non li ho con me.

Sentii che Malena stava tornando e rimisi immediatamente la pistola in borsetta con un certo senso di colpa. I bambini, svegli com'erano, senza dubbio si accorsero del mio gesto, che denotava operazioni clandestine, e fecero subito finta di niente. Di sicuro avrebbero mantenuto il segreto davanti alla madre. Era di nuovo con noi la piccola Ana, col faccino pulito e un odore di colonia che la rendeva ancora più commestibile. Allora Malena fece una cosa di cui le fui grata. Rendendosi conto del mio «debole» per sua figlia, mise la sua manina nella mia e mi suggerì di uscire un po' con lei in giardino.

Approfittai al massimo della felicità complice che mi veniva offerta. Uscii con Ana in giardino e facemmo un giretto insieme soffermandoci sulle cose che attiravano la sua attenzione: un sasso dalla forma curiosa, una lumaca, un pezzetto di carta che qualcuno aveva buttato via. Il suo mondo era molto più preciso e ricco di dettagli di quello degli adulti. Mentre noi corriamo vertiginosamente con la mente rivolta al passato o al futuro, i bambini piccoli osservano e godono il presente immediato in tutta la sua pienezza. Forse non sarebbe del tutto assurdo chiedere il loro aiuto in un'indagine.

Pochi minuti dopo il viceispettore diede dei colpetti alla finestra facendomi capire in modo inequivocabile che dovevamo andarcene. Mi rassegnai, riconoscendo che ero rimasta a giocare con quella bambola più del dovuto.

In macchina, mentre tornavamo a Barcellona, il viceispettore si permise un'incursione nella mia intimità.

– Le piace quella bambina, eh, ispettore?

– È molto carina – dissi, in tono indifferente.

– Perché non si sposa di nuovo e non fa un figlio? Oppure può rimanere da sola e adottare una bambina cinese. Adesso è una cosa che si fa.

Lo guardai storto.

– Anche a lei piace il calcio, ma non per questo si porta a casa un giocatore.

– Non è la stessa cosa, ma ci farò un pensiero. Comunque ci tengo a dirle che pensavo solo alla sua felicità.

– E chi diavolo le dice che io voglia essere felice? Mi sento perfettamente bene nella mia infelicità, frustrata e maltrattata. Non se n'era reso conto?

– In fondo sì – disse, serissimo.

– E allora basta.

Non parlammo più per tutto il tragitto. Un'altra piccola incazzatura da aggiungere alla lunga lista della nostra convivenza professionale.

Al nostro arrivo in commissariato, mi aspettava una sorpresa. Aveva telefonato Jordi Puig chiedendo di me. Malena si era affrettata a ottemperare alla mia richiesta. Suo marito mi aspettava nello studio legale Espinet-Puig.

Uscii a tutta velocità e presi un taxi pensando di fare prima. Grave errore. Rimanemmo bloccati in un ingorgo due strade più in là. Il tassista decretò:

– Tutto questo casino per la messa del Papa. Succede ogni volta che scaricano del materiale.

Un generico senso di prudenza mi spinse a non fare commenti. Non volevo ferire la sua sensibilità religiosa. Eppure il brav'uomo aveva una sua idea sulla visita pontificia, e senza che potessi fermarlo, me la espose.

– Io avrei messo l'altare sulla collina del Tibidabo. Non è lì che il diavolo ha tentato Gesù? «Io ti darò tutto questo se mi adori». Il Vangelo dice così, no? Be', adesso facciano una messa per ricordare che il diavolo non ha vinto. Con buona pace di tutti, gli automobilisti e Nostro Signore.

Ammirai l'ingegno teologico-pratico del popolo spagnolo, sempre capace di sorprendermi. Avrei dovuto raccomandare al cardinal Delli Martiri di dare ascolto alla saggezza popolare.

La segretaria dello studio legale mi fece accomodare in una sala d'attesa dove feci quel che ci si aspettava da me in quel luogo: attendere. Dopo venti interminabili minuti, Puig finalmente mi ricevette. Si scusò per il ritardo, e mi parve sincero.

– Ispettore, mi dispiace di averla fatta venire fin qui, e per di più di averla costretta ad aspettare, ma ero in riunione.

– Non importa. Ha parlato con sua moglie?
– Sì, l'ho chiamata per questo. A dir la verità sono rimasto sorpreso da quel che mi ha detto e non so se quel che sto per raccontarle possa avere la minima rilevanza, ma... insomma, se potesse servire a qualcosa... Il fatto è che qualche mese fa mi ero accorto che Juan Luis era un po' strano sul lavoro, come assente. La cosa mi preoccupava, perché in genere non commetteva mai nessuna distrazione. Gli avevo chiesto se gli stesse succedendo qualcosa ed ero rimasto molto sorpreso quando mi aveva detto di avere un problema amoroso con una donna che non era Inés.
– Che tipo di problema?
– Non me l'ha detto, né mi ha detto chi fosse la donna, di sicuro era una persona che io non conoscevo.
– E questo quand'è successo?
– Due o tre mesi fa.
– Questo è tutto?
– Sì.
– Non le aveva raccontato nient'altro, non era sceso in particolari, non aveva specificato che genere di problema fosse?
– No – rispose con la sua faccia di ranocchio, senza capire il mio stupore.
– E lei cosa gli aveva detto?
– Io?... Ora non lo ricordo esattamente. Gli avevo chiesto se Inés lo sapesse e lui mi aveva risposto di no e... nient'altro. Be', sì, gli avevo raccomandato di essere prudente, di non fare passi falsi.

– E lui a questo come aveva risposto?

– Mi aveva assicurato che ormai aveva la situazione sotto controllo.

– Lei mi scuserà, avvocato, ma la sua amicizia con Espinet era ben strana.

– Non vedo perché.

– Lei lavora con un amico, vi vedete tutti i fine settimana, abitate a due passi l'uno dall'altro, condividete le ore libere, e non siete capaci di farvi la minima confidenza?

– Le sto dicendo appunto che si era confidato con me.

– Diciamo che si era confidato a metà.

Mi guardava con un'aria da bambino secchione rimproverato ingiustamente.

– Le sto dicendo la verità. Le cose sono andate così.

Sembrava avvilito, perfino pentito di avermi chiamata. E quello era un avvocato di successo, un uomo che affrontava cause complicate e le portava a buon fine? Senza dubbio aveva una doppia personalità. Comunque capì quel che stavo pensando perché abbassò gli occhi e disse:

– Io non sono un uomo molto espansivo, ispettore. Non parlo troppo né ho l'abitudine di scambiare confidenze sulla vita privata.

– Ha mai parlato con qualcuno di quel che le aveva raccontato Juan Luis?

– No.

– Nemmeno con sua moglie?

– No.

– Capisco.

Su questo punto stava mentendo. A Malena l'aveva detto di sicuro. Lei se ne era ricordata parlando con me e gli aveva dato l'opportunità di essere lui a farmelo sapere. Ma non importava. Quanto al resto, di sicuro diceva la verità. Molti uomini si comportano così. Per loro l'amicizia consiste nel praticare insieme qualche sport, nel parlare di lavoro, nel prendere una birra al bar e arrivederci fino al giorno dopo. Possono passare anni e anni senza che dubitino di essere uniti da una grande amicizia.

Gli feci un'ultima domanda che non mi avrebbe portata da nessuna parte.

– Ma non era curioso?

– Non sono un uomo curioso.

– Complimenti. Lei potrebbe fare la spia internazionale e il fattore umano non la turberebbe minimamente.

Sorrise, sempre col suo aspetto da bambino grassoccio e beneducato. Mi accomiatai, sorridendo anch'io.

Bene, se continuavamo così avrei dovuto far assumere Malena Puig in polizia! Era chiaro che lei aveva le chiavi per entrare in luoghi a cui io non sarei mai riuscita ad accedere. La rivelazione di Jordi Puig era davvero interessante. Se era vero che la storia di Espinet con la ragazza del circolo di golf era finita da più di un anno, la confidenza al suo socio si riferiva a un'altra donna. Diavolo di un Espinet! Mi capitava sempre la stessa cosa: quando un uomo mi piaceva e credevo di aver scoperto io il suo potere di seduzione, subito mi accorgevo che era irresistibile anche per tutte le altre donne. Non esistono più terre vergini, pensai. Se Espinet era un uomo affascinante perfino da morto, da vivo doveva esserlo stato molto di più. Né io né tanto meno Garzón avevamo considerato la sua tendenza all'infedeltà, nascosta molto bene sotto una patina di perfezione. Dovevo trarne una conclusione scoraggiante? Qualcosa del tipo: l'occasione fa l'uomo ladro? La virtù è riservata ai brutti? Mi conveniva riservare la mia capacità di trarre conclusioni all'indagine in corso. Espinet aveva un'amante difficile tre mesi prima di morire, il che non escludeva che l'avesse ancora al momento del suo assassinio. Sarebbe stato impossibile ricavarne il nome a forza di interrogatori, dal momento che neppure agli amici più intimi aveva rivelato la sua identità.

Perché non si era confidato in modo più completo con Jordi Puig? Perché non conosceva quella donna, come lui aveva dedotto, o, al contrario, perché la conosceva? E nel caso che non la conoscesse, perché non gli aveva fornito il minimo dettaglio? Magari si aspettava che il suo amico gli facesse qualche domanda, e dato il carattere chiuso di Puig, questo non era avvenuto. Se invece Puig l'avesse conosciuta, le cose per noi non si sarebbero messe meglio. Erano così numerose le relazioni comuni che potevano avere, tanto sul piano professionale quanto su quello personale, che poteva trattarsi di chiunque: una cliente, una segretaria di un altro studio, un'amica di gioventù ritrovata... Impossibile delimitare l'area delle possibilità. Calò su di me una cortina di disperazione. Dio mio, l'amante misteriosa di un uomo ermetico, ermetico e morto! Era stata lei l'assassina?

Quando tornai in commissariato, andai in cerca di Garzón, ma non lo trovai. Avrei voluto almeno condividere con lui le mie frustrazioni. Mi diressi verso il suo ufficio. Accanto alla porta era seduta Dolores Carmona. Mi aspettavo che mi aggredisse con una delle sue interminabili invettive, ma non lo fece. Mi guardò con totale indifferenza. Era abbattuta. Aveva gli occhi rossi e il volto disfatto dal pianto. Accennò alla porta con la testa e disse:

– Il signor Garzón non c'è.

– E lei cosa ci fa qui?

– Mi ha detto di aspettare.

– È in arresto?

Si strinse nelle spalle e guardò a terra. La sua pelle ambrata era molto bella. I capelli brillavano sotto la luce al neon.

– Hanno ammazzato mio cugino – disse alla fine.

Si mise a piangere sommessamente, senza cambiare espressione. Le lacrime le cadevano in grembo. Mi fece pena. Dove era finito il suo carattere impetuoso? Non cercava più di raggirarmi leggendomi la mano? Forse si rendeva conto che quel circolo vizioso di violenze era una follia che non poteva continuare. E se lo pensava... perché non approfittare di quel momento di crisi? Perché non provarci e dare una mano al viceispettore? Mi sedetti vicino a lei e le offrii una sigaretta. La respinse. Parlai con voce convincente e serena.

– I tempi cambiano, Dolores, e le vendette sono un'atrocità.

– Per noi gitani i tempi sono sempre uguali.

Non andava così male, almeno era disposta a dialogare senza scene folcloristiche.

– Non dovrebbe essere così. Voi vivete in questo mondo e in questa società e quindi dovete seguire le regole di tutti gli altri.

– In questo mondo si vedono molte cose brutte che nel nostro non ci sono.

– Per esempio?

– Noi non divorziamo, non abbandoniamo i bambini, non buttiamo via i vecchi come stracci.

Presi coraggio. La sua risposta, che non faceva una grinza, mi diceva che era intelligente e che quindi potevo farla ragionare.

– D'accordo, non tutto quel che facciamo noi è bello, anzi. Sotto molti aspetti le vostre tradizioni sono migliori, ma… uccidere, non c'è cultura al mondo che possa giustificarlo.

– Facciamo giustizia.

– La giustizia è compito dei giudici.

– Ecco, e mi dica cosa fanno i giudici quando vedono un gitano!

– Cosa fanno?

– Non ci trattano bene, non si fidano di noi.

Si era ripresa, parlando. Non aveva più l'aspetto devastato di qualche minuto prima. Pensai fosse venuto il momento di affrontare la questione.

– Dolores, io posso presentarle un giudice che non vi tratterà male. Lei è una donna matura e intelligente, parli con lui e facciamola finita con questa catena di crimini assurdi.

Si guardava un piede, scalciando nell'aria nervosamente. Senza dubbio rifletteva sulla mia proposta. Mi arrischiai.

– Lei e il giudice potreste giungere a un accordo per mettere fine a questa mostruosità. Prima gli parla, e poi trasmette le impressioni che ha avuto alla sua gente.

– Io non ho detto che andrò a parlargli.

Premetti l'acceleratore con prudenza.

– Quel giudice le piacerà. È un uomo giusto e tranquillo. Si chiama García Mouriños, è gallego.

Alzò la testa di colpo.

– Gallego? Ah, no, dei galleghi non voglio saperne, non sono gente di cui fidarsi!

– Ma Dolores, lei sta dicendo che gli altri hanno dei pregiudizi contro i gitani e adesso mi viene fuori con queste...

Troppo tardi, c'ero quasi riuscita, ma ormai il momento era passato. Abbandonando qualunque ragionevolezza, Dolores Carmona si alzò in piedi, prese la croce che portava al collo e la brandì gridando:

– Davanti a Dio, solo davanti a Dio parlerò! Lo giuro sui miei morti che parlerò solo davanti a Dio!

Gli agenti si spaventarono, accorsero in mio aiuto, la portarono via per darle un bicchier d'acqua e cercare di calmarla, gettandomi sguardi sarcastici. Che scivolone pazzesco! Ero riuscita solo a farla uscire di senno. Ogni volta che cercavo di mettere il naso nel caso di Garzón finivo per combinare un guaio. Eppure non riuscivo a capire che cosa fosse successo. Qual era stato l'elemento scatenante? Il fatto che avessi menzionato un gallego? Anche le minoranze etniche erano contaminate dai nazionalismi della Spagna eterna? Me la presi con me stessa. Come mi era saltato in mente di assumermi il ruolo di mediatrice?

Me ne andai verso il mio ufficio, lanciando maledizioni contro la mia stessa stirpe. Aprii la porta e la sola vista della scrivania ingombra di carte e del computer avido di dati riuscì a farmi crollare nella più completa disperazione. Accidenti, Petra, datti una regolata, sei incapace di fare un passo nel caso Espinet e pretendi di occuparti degli affari altrui!

Poiché l'unica certezza che si guadagna con gli anni è la consapevolezza delle proprie lacune, capii che il solo modo per uscire da quel raptus di autocritica furibonda era fuggire. Mi infilai l'impermeabile e uscii in strada senza una meta prestabilita. Sarei andata a vedere come procedevano i lavori per il Papa, così almeno avrei potuto riversare la mia rabbia su qualcos'altro.

Il palco sulla piazza era praticamente pronto. Gli addetti al montaggio davano gli ultimi ritocchi a quella struttura demenziale. Immaginai che in seguito tappeti, fiori e decorazioni varie avrebbero completato l'effetto di grandiosità desiderato. Un lavoro artigianale per un obiettivo divino. All'improvviso una piccola luce si accese nel mio cervello alterato dalle autoaccuse. E perseverare nell'errore, invece? Se Dolores Carmona si era scatenata in nome di Dio, allora perché non offrirglielo come mediatore fra la nostra giustizia e la loro? Era evidente che i gitani la religione la rispettavano, anche se interpretavano i comandamenti con una certa libertà. E visto che avevamo a portata di mano uno dei più illustri rappresentanti di Dio sulla terra... Ma Delli Martiri avrebbe detto di sì? La Chiesa avrebbe accettato di entrare in conflitti che non la riguardavano? Magari il prelato si sarebbe sentito vincitore nella nostra assurda disputa se io gli avessi umilmente chiesto i suoi servigi spirituali.

Questa volta era indispensabile parlarne con Garzón. Si trattava pur sempre del suo caso. Speravo che non facesse obiezioni e che non mi toccasse perdere ore a discutere con lui. Se si fosse mostrato esitante, mi sarei inventata una teoria. Le teorie lo sconcertavano e gli infondevano rispetto. Questa volta potevo applicare la teoria dello «sfruttamento integrale delle occasioni» che avevo concepito da tempo: se la vita ti mette davanti situazioni composte di elementi completamente diversi, perché tenerli separati in compartimenti stagni? Bisogna mescolarli, fare in modo che gli uni agiscano a favore degli altri per vie che all'inizio possono sembrare distanti o perfino divergenti. Be', era un'idea abbastanza astrusa da poter passare per una teoria. Di sicuro Garzón non mi avrebbe contraddetta.

Rinfrancata, già più soddisfatta di me, intrapresi il ritorno all'ovile. Non avevo fatto due passi che suonò il cellulare. Era il viceispettore.

– Petra, dovrebbe venire immediatamente in commissariato.

– Sono qui dietro. Arrivo subito. È successo qualcosa?

– Sì, glielo spiegherò.

– Non mi tenga sulle spine, mi anticipi qualcosa!

– Lali Dizón è scomparsa.

Mi fermai di colpo. Alzai la voce fra i passanti, che distolsero lo sguardo.

– Cosa? Com'è successo?

– Maledizione, ispettore, mi pare che come anticipazione possa bastare!

6

Di certo, come anticipazione non era male. Un assaggio dello sconcerto che si sarebbe impadronito di noi nei giorni a venire. Lali Dizón era scomparsa. Perché?

Lungo il tragitto verso «El Paradís», Garzón mi mise al corrente del poco che sapeva. Malena Puig mi aveva telefonato in commissariato e, non trovandomi, aveva chiesto di parlare col viceispettore. Azucena, la domestica ecuadoriana, le aveva riportato la notizia: Lali Dizón non era alle «Margherite», non era più andata ai punti d'incontro delle altre ragazze e nessuno l'aveva più vista, tranne un ragazzino di dodici anni che era sicuro di averla sorpresa mentre usciva di casa con una valigia alle prime ore dell'alba, quando si era alzato per andare in bagno. Tutte le domestiche erano in subbuglio. Lali non aveva confidato a nessuno le sue intenzioni di andarsene, non aveva mai detto niente in tal senso.

Il guardiano notturno era sicurissimo di non aver fatto entrare nessun'auto privata e nessun taxi a quell'ora. Bisognava quindi supporre che Lali avesse raggiunto a piedi il cancello e fosse uscita di nascosto. Poteva aver preso due sole direzioni: verso la stazione ferroviaria o verso il centro di Sant Cugat, dove forse era salita su un taxi per Barcellona. La prima alternativa sembrava più probabile: la stazione era vicina, cosa che, dato il carico che la ragazza si portava appresso, aveva la sua importanza. Se fosse andata così, sarebbe stato facile trovare dei testimoni. Non si vedono molte filippine con tanto di bagaglio in giro a quell'ora.

E così fu. Lo stesso capostazione la ricordava perfettamente. Aveva preso il primo treno per Barcellona. Non gli era parso che fosse agitata né che si nascondesse. Aveva comprato un biglietto, aveva aspettato al binario ed era partita. Non gli era parsa strana neppure la sua presenza, e per sottolinearlo utilizzò una frase tipicamente spagnola: «Cose più strane ho visto».

Io no. Che Lali fuggisse all'alba con la sua valigia era molto strano; un fatto che non mi quadrava, che non gettava luce sul caso e nemmeno la minima ombra. Perché? A meno che non si dovesse alla particolare personalità della ragazza, la fuga non aveva nessuna spiegazione. Era forse andata a raggiungere la sua signora a casa dei genitori?

Malena Puig, nuovamente nel ruolo di intermediaria, date le circostanze, lo escluse categoricamente.

– È stata la prima cosa che ho pensato quando Azucena me l'ha detto. Ho chiamato a casa di Inés ma non ne sanno nulla. Non si è messa in contatto con loro e tanto meno si è fatta vedere da quelle parti.

– Miseria! – imprecò Garzón, che cominciava a innervosirsi. – La faccio cercare?

Lo invitai alla calma. Non potevamo mettere degli uomini sulle sue tracce senza avere le idee più chiare.

– Ma può uscire dal paese – mi ricordò Garzón.

– Va bene, faccia allertare l'aeroporto, ma nient'altro per il momento.

Detesto dare ordini prima di mettermi a pensare, ma in quel frangente non sapevo nemmeno da dove partire con i ragionamenti.

Bene, Lali aveva tagliato la corda. La domanda era: perché? Gli occhi spalancati di Malena Puig mi guardavano con ansia. Senza dubbio si sentiva coinvolta nelle indagini più di quanto fosse giustificato dalla sua amicizia con la vittima. Ribolliva di curiosità. Io stessa l'avevo messa in quel pasticcio sollecitando ripetutamente il suo aiuto. Adesso non potevo liberarmene tanto facilmente e mi rendevo conto che avrei avuto ancora bisogno di lei. La fissai.

– Mi dica, Malena, dove può essere andata quella ragazza, secondo lei?

Assaporò il piacere di essere consultata come esperta. Disse, in stato quasi ipnotico:

– È andata a raggiungere qualcuno.

– D'accordo, ma chi?

– L'assassino di Juan Luis.

Lo sguardo che corse fra le nostre pupille si intensificò fino a far male come una luce troppo potente. Il viceispettore ci interruppe.

– Un momento, un momento! Sta insinuando che è stata Lali a escogitare il piano per l'uccisione di Espinet?

– Magari è stata usata da qualcuno che voleva ucciderlo... – disse Malena, sempre più compresa nel suo ruolo di detective.

Garzón, cui le intromissioni dei dilettanti davano sempre un gran fastidio, cominciò mostrare segni di malumore:

– E per cosa l'avrebbero ucciso se non l'hanno nemmeno derubato?

– Il furto poteva essere l'obiettivo, ma la manovra è fallita perché lui è uscito di casa nel bel mezzo della festa – replicai.

– Ispettore, Lali sapeva che quella sera gli Espinet davano una festa. Crede che avrebbe scelto proprio quel momento per rubare?

– Non in casa degli Espinet, ma nelle case lasciate incustodite dagli ospiti.

Garzón tacque, ci pensò su. Era chiaro che si dibatteva fra idee contrastanti cercando qualche obiezione logica.

– Ma a casa sua, signora Puig, c'era la ragazza ecuadoriana. La casa dei Salvia era vuota?

– Sì, però hanno l'allarme.

– Lo mettono sempre in funzione prima di uscire?

– Non lo so, ma posso domandarglielo.

– Lo farò io – disse il viceispettore con fermezza, per nulla disposto a permettere un'invasione di campo da parte di Malena.

– A quest'ora troverà la donna di servizio.

– Ci vado.

– Io intanto ispezionerò la stanza di Lali, forse ha lasciato qualche indizio – dissi.

Ci muovemmo. Mi accorsi che Malena era tentata di seguirmi, ma si trattenne. Fui sul punto di farla venire con me, ma era troppo. Per quanto potesse essermi d'aiuto con le sue osservazioni, non era corretto che fosse presente a un sopralluogo. Mi accorsi della sua delusione quando la lasciai sulla porta. Doveva annoiarsi a morte a starsene chiusa settimana dopo settimana, mese dopo mese, in quel ghetto per ricchi. Vedendola ritirarsi con la sua aria da *teenager* provai, come sempre, una corrente di simpatia nei suoi confronti. Mi sarebbe piaciuto averla come viceispettore o come amica personale, ma sia una cosa che l'altra erano impossibili. Pensai che, se in un momento della mia vita, non sapevo esattamente quale, le cose fossero andate diversamente, avrei potuto somigliarle molto.

La porta delle «Margherite» era aperta. Ulteriore dimostrazione che la filippina se ne era andata per non tornare. Nella sua stanza il letto era sfatto, l'armadio spalancato, con gonne e golfini appesi. Aveva preso solo il necessario per una rapida ritirata. Il tavolo, un piccolo scrittoio, era ingombro di lettere, riviste, fogli sparsi. I documenti mancavano. Mi sedetti per esaminare tutto con cura.

Le carte erano del genere più vario, e prive di interesse: pagine ritagliate da riviste di moda, fotografie di cantanti, ricevute della tintoria, liste della spesa. Le lettere venivano dalle Filippine ed erano scritte in *tagalog* e in inglese. Dovevano essere di amici e parenti, mi domandai se fosse opportuno farle tradurre. Decisi di no. All'improvviso vidi una busta senza indirizzo.

Al posto del mittente c'era soltanto un cuore disegnato in modo schematico e rozzo. Fui assalita da una miriade di idee che non ebbi nemmeno il tempo di selezionare. Espinet andava a letto con Lali? No, quclla non era più la Spagna del dopoguerra in cui il signore avanzava i suoi diritti sulla serva, ma la Spagna democratica del design e degli affari. Mi bastò dare un'occhiata al contenuto per capire che Juan Luis Espinet non si sarebbe mai abbassato a tanto. Per cominciare, la grafia era incolta e grossolana. La lettera conteneva errori di ortografia e imprecisioni di costruzione sintattica. Tutto questo, però, poteva ancora essere un espediente di Espinet per proteggere il proprio anonimato. Ma gli sarebbe stato più difficile ricreare lo stile davvero ripugnante della missiva e il suo contenuto amoroso.

Lali, amore mio,

Conto i minuti che mancano al nostro incontro e non ce la faccio più perché ho il cuore pieno d'amore. Sono come frecce nell'anima mia. Ti vedo e non posso parlarti e la vita senza di te è una condanna. Aspetto il giorno che potrò stringerti fra le braccia e mormorarti parole d'amore. Tu sei dentro di me come una spina che non riesco a strappare. Tu ed io siamo due, ma siamo una cosa sola e nessuno ci potrà mai separare. Ti amo con tutto l'amore del mondo.

Il tuo amore unico e vero.

Immagino che a qualcuno una cosa del genere potrebbe anche sembrare commovente, il messaggio di un innamorato semplice e sincero che non sa esprimere meglio i suoi sentimenti. A me parve una zuppa ripugnante fatta di boleri rifritti e frasi da cartolina kitsch. Forniva, però, parecchie informazioni interessanti sull'autore. Primo: se l'amante addolorato vedeva l'amata ma non poteva parlarle, bisognava dedurne che fosse qualcuno del suo ambiente e che non potesse rivolgersi a lei per prudenza e discrezione. Se si trattava di qualcuno del «Paradís» non sarebbe stato difficile trovarlo. Il mondo in cui si muoveva Lali era un regno eminentemente femminile. Per il resto il campionario di uomini era variegato ma circoscritto: giardinieri, addetti alla manutenzione, guardiani... Non bisognava scartare i fattorini dei supermercati e nemmeno il personale dei negozi dove forse Lali si recava. Magari si trattava di qualcuno che Lali vedeva nei giorni liberi. Questa possibilità apriva pericolosamente il campo in senso spaziale.

Secondo: la lettera indicava che l'autore era un uomo di una certa età. Quelle frasi non erano altro che frammenti di canzoni passate di moda: boleri di Antonio Machín, ballate di Nat King Cole. La società che proteggeva i diritti d'autore non avrebbe avuto niente da reclamare, i responsabili di quei testi erano già morti e sepolti da tempo. A nessuno che avesse meno di quarant'anni sarebbe mai venuto in mente di scrivere una cosa simile.

Di colpo, il ritrovamento di quella lettera mi parve cruciale. Come aveva detto intuitivamente Malena, era molto probabile che Lali fosse fuggita per raggiungere qualcuno. Che quel qualcuno fosse l'assassino di Espinet costituiva un'affermazione azzardata, ma da non scartare. Era arrivato il momento, dunque? Ci trovavamo finalmente su una pista tangibile? Quell'anima tormentata dal cuore trafitto era un cretino puro e semplice con la vocazione del poeta romantico? Se quel pretendente fantasma era anche il complice di un crimine, ero portata a pensare a un ricatto. La dolce e piagnucolosa Lali aveva pescato il signor Espinet in flagrante adulterio e ne aveva parlato al suo spasimante, il plagiario di boleri. Questi, altrettanto abile nel collage di vecchie canzoni quanto nel fiutare denaro facile, aveva visto le possibilità offerte dall'occasione.

Sì, quell'ipotesi prendeva sempre più corpo e coerenza. Mancavano due pezzi chiave in due rompicapo amorosi distinti: l'amante segreta di Espinet e l'amante senza nome di Lali, un presunto istigatore, forse esecutore, forse colpevole. Garzón ed io avremmo avuto un bel da fare a sfrondare il piccolo bosco che quell'epistola di dubbio gusto metteva sulla nostra strada.

Il viceispettore non si mostrò in disaccordo con la mia ipotesi dopo aver letto la missiva. Anche a lui i conti tornavano. Espinet aveva tardato nel pagare il ricattatore, o si era rifiutato di continuare a pagare. Aveva avuto uno scontro col plagiario di boleri e questi l'aveva ucciso.

– Portandolo fino alla piscina? – mi chiese, ancora restio a darmi pienamente ragione.

– Per i motivi che abbiamo sempre supposto. Non

ha una pistola, e non è nemmeno un assassino spietato e crudele, quindi lo porta fin lì e gli dà una botta in testa, sapendo che morirà annegato. Un lavoro pulito.

Si sentiva nell'aria l'effervescenza dei neuroni al lavoro come uno scoppiettio di fuochi fatui. Conoscevo il momento in cui il desiderio di andare avanti stimola la mente fino allo spasimo.

– Calma e sangue freddo, Garzón. Ce la faremo.

– Lo so. Mi pare già di toccare qualcosa di solido.

– Prima capire, poi toccare.

– Da dove cominciamo?

– Interrogatorio a tutte le donne di servizio del quartiere, soprattutto le filippine. Lali deve aver detto a qualche amica di essere innamorata, e magari anche di chi. Chiederò a Malena se sa dove andasse Lali a far la spesa o a portare la roba in tintoria. Questo ci farà risparmiare tempo.

– È diventata molto amica di Malena, vero?

– Pensa che la faccia intervenire troppo nel caso?

– Forse.

– In realtà è l'unica a parlare in quel paradiso di muti.

Alcune di quelle ragazze filippine erano a malapena in grado di capire le nostre domande. Mi chiesi come diavolo se la sbrogliassero nella vita di tutti i giorni. In realtà parevano fare poco altro che lavorare e non avevano rapporti con nessuno che non fosse della loro nazionalità. Ne trovammo una che se la cavava abbastanza bene con lo spagnolo. Ci aiutò con le compagne. Apprendemmo che andavano a Barcellona solo la domenica, il loro giorno di libertà. Le fatiche dell'interprete non ci permisero di appurare molto di più. Ci scontrammo con un ermetismo assoluto. Secondo le sue amiche, Lali non aveva una vita personale e quel poco che poteva avere lo teneva per sé. Forse era vero, ma gli sguardi impenetrabili di quegli occhi obliqui parevano animati da una chiara risoluzione: non parlerò.

Il nostro concetto di giustizia e il senso del dovere nei confronti della polizia e della società gli erano completamente estranei. Era evidente che cercavano protezione nella coesione di gruppo. Non avremmo ricavato niente da loro, lo capii subito, ma bisognava andare fino in fondo. Per un'intera giornata le nostre domande continuarono a infrangersi contro quelle isole inespugnabili finché non restò una sola ragazza che non avessimo passato inutilmente al setaccio.

Il secondo giorno lo dedicammo alle collaboratrici ispanoamericane. Con loro la situazione era esattamente all'opposto: parlavano e parlavano ma non sapevano niente. Dopo sei ore ci trovammo immersi in un mare di voci, di congetture, di sospetti. Tutti puntavano, però, nella stessa direzione: Lali aveva uno spasimante con cui si vedeva una volta alla settimana a Barcellona. Nient'altro. Nemmeno nei locali che Malena ci segnalò come luoghi di ritrovo abituali delle ragazze trovammo nessuno che potesse essere sospettato di essere l'amante di Lali.

Tornammo in commissariato con l'impressione di aver perso tempo. I comunicati agli aeroporti non avevano dato alcun esito. Sarebbe stato pretendere troppo dalla sorte. La ragazza e il suo misterioso compagno potevano essersi nascosti a Barcellona, o in qualunque altra città della Spagna.

Rimasi seduta nel mio ufficio, stanca, oppressa dalla sensazione che non saremmo mai usciti da quell'*impasse*. Cos'era quel che avevamo davanti agli occhi e non riuscivamo a vedere? La congettura su cui lavoravamo non mi convinceva del tutto. Lali si trova un fidanzato moralmente poco scrupoloso e fra tutti e due decidono di ricattare Espinet. Il fidanzato si presenta nel quartiere, litiga con l'avvocato e lo uccide. Bene, ma in questo caso, perché sceglie proprio la sera della festa per farlo? Per approfittare della confusione?

Dio santo! Avevamo avuto Lali a portata di mano per tutto quel tempo senza mai sospettare minimamente di lei. Questo era un altro punto da chiarire: perché se ne era andata allora e non subito, dopo la morte di Espinet? Che cosa l'aveva fatta sentire minacciata?

Il computer continuava a fissarmi, affamato di dati. Cercai di concentrarmi su quel che stavo facendo, ma dopo un po' comparve il commissario Coronas deciso a darmi un'ennesima strigliata. Per quanto strano possa sembrare, motivo della ramanzina non era l'assenza di progressi nel caso, né il fatto che mi fossi lasciata sfuggire un'indiziata che avevamo a portata di mano, ma la mia assenza per due giorni di fila dalle riunioni sulla sicurezza papale. Protestai, gli spiegai le difficoltà che stavamo affrontando, ma il commissario fu inflessibile ed esplicito:

– Petra, la polizia di Barcellona si sta giocando il prestigio con questa visita del Papa. Tutti i mezzi di comunicazione avranno gli occhi puntati su di noi e il minimo errore verrà sbattuto in prima pagina. Quanti sono i giornalisti che seguono il caso Espinet?

– Da quando il giudice ha imposto il silenzio stampa, nessuno, commissario.

– Allora valuti lei stessa l'ordine di priorità. Non glielo ripeterò più, alla prossima assenza prenderò provvedimenti disciplinari.

Detto questo, uscì, lasciando dietro di sé una vaporosa scia di autoritarismo.

La lavata di capo di Coronas non era esattamente quello che ci voleva per tirarmi su. Con il morale a brandelli, abbandonai il mio ufficio. Il mondo era avviato verso l'assurdo, e non si vedeva perché proprio la polizia dovesse fare eccezione. Me ne andai in cerca del cardinale. Per toccare il fondo dell'umiliazione, non mi restava che gettarmi ai piedi della Chiesa.

Trovai Delli Martiri nell'ufficio accanto a quello di Coronas (sempre vicino al potere), che gli era stato prestato per il suo periodo di permanenza fra noi.

– È permesso?

Mi guardò, francamente sorpreso di vedermi comparire con intenzioni non bellicose. Quando gli esposi quel che volevo da lui, riuscì a dissimulare in modo quasi perfetto la sua sensazione di trionfo. Alle sue labbra non affiorò neppure un sorrisetto di rivalsa quando umilmente diedi il colpo finale dicendo: «glielo chiedo per favore».

Rimase zitto per un istante, soppesando la portata della mia richiesta, si tolse gli occhiali per strofinarsi le palpebre con gesto grave e poi finalmente disse:

– È giusto che la Chiesa aiuti la polizia, che tanto ci sta aiutando.

– L'importante è che non ci siano altri morti.

– Mi rendo conto. Ma voglio precisare una cosa: se devo fare da meditatore, avrò bisogno di un luogo neutrale. Il commissariato può esercitare un effetto negativo sugli animi.

– Penserò a un luogo adatto. E... monsignore, la ringrazio davvero.

– Un uomo di Dio non può accettare ringraziamenti, agisce sempre sulla base di un dovere morale.

Agire sempre sulla base di un dovere morale doveva essere orrendo, un sistema che non concede spazio all'amicizia. Tanto meglio per me.

Andai in cerca del viceispettore. Sarebbe stato preferibile che fosse lui a trovare la sede adatta per la mediazione. Il caso dei gitani era suo. Fu contentissimo di sapere che il prelato ci avrebbe dato una mano celeste. Non gli raccontai della ramanzina di Coronas.

– Ci concediamo un momento di respiro, ispettore? Non ne posso più di lavorare.

– Che cosa desidererebbe?

– Una semplice birretta alla Jarra de Oro.

– Semplice o no è sempre birra, amico mio. Forza, andiamo. Dobbiamo festeggiare. Chissà che finalmente lei non riesca a mettere fine a questa faccenda.

Non ci fu concessa nemmeno quella magra celebrazione. Stavamo per raggiungere il portone, quando un agente ci sbarrò il passo.

– Ispettore Delicado, non se ne vada. C'è un tale che vuole parlare con lei.

– Ha detto come si chiama?

– No. Lo guardi, è laggiù.

Vidi un uomo in fondo al corridoio, ma non capii chi era. Ci avvicinammo.

– L'ispettore Petra Delicado? Sono il direttore della Master Security.

Ricordai l'agenzia di sorveglianza che si occupava del quartiere residenziale di Sant Cugat.

– Dica pure.

– Si tratta di Pepe Olivera, il guardiano di giorno del «Paradís».

Rimasi in silenzio, tesa, non osavo quasi parlare.

– E allora?

– Sono due giorni che non si presenta sul posto di lavoro, né in agenzia. Non ha nemmeno chiamato per mettersi in malattia.

Il viceispettore ed io ci guardammo in stato di massimo allarme. L'uomo continuò:

– Ho telefonato un mucchio di volte a casa sua ma non risponde nessuno. Poi ho mandato a vedere in orari diversi, e sembra che non ci sia.

– Sa se ha dei parenti?

– Solo una sorella. Le abbiamo già parlato e non sa dove si trovi. Ho creduto bene informarla, nel caso ci fosse un nesso con l'uccisione dell'avvocato Espinet.

– Avrebbe dovuto informarmi prima.

– Un'agenzia di sorveglianza ha delle esigenze di riservatezza. Volevo essere certo che…

– Un'agenzia di sorveglianza ha gli stessi doveri di chiunque. Mi dia l'indirizzo di Olivera e quello della sorella.

Lo fece, serio, domandandosi se potessimo accusarlo di qualcosa. Ci mettemmo immediatamente in macchina. Corremmo nel traffico taciturni, inabissati nei nostri rispettivi pensieri. A un tratto Garzón batté sul volante con entrambe le mani.

– Il guardiano, quello stronzo del guardiano! Ma non stava per andare in pensione? Non ci capisco più niente, ispettore!

– Detesto anticipare le prove, ma tutto pare indicare che abbiamo trovato l'amante di Lali Dizón.

– Porca miseria! Una ragazza di poco più di vent'anni e un vecchio di sessanta?

– Una delle tante coppie impossibili che si amano nel silenzio.

Il viceispettore condannò con uno sguardo la mia infelice uscita poetica e disse:

– Lasci perdere, Petra, mi piace di più quando non si mostra comprensiva con le miserie umane.

Anche senza mandato giudiziario (potevamo fare affidamento sul buon cuore di García Mouriños), forzammo la porta di Olivera ed entrammo in casa. Era un appartamento modesto senza niente di speciale. Appariva sostanzialmente in ordine. Solo la camera da letto mostrava chiari segni di una partenza precipitosa. L'armadio era spalancato e c'erano vestiti disseminati dappertutto. Era evidente che anche Pepe Olivera aveva preso il volo all'ultimo momento. Frugammo in quel guazzabuglio senza risultati apprezzabili.

Tornammo nel tinello. Lì c'era un orribile mobile a cassetti che perquisimmo da cima a fondo. Aprii un'agendina in cui il guardiano aveva annotato indirizzi e commissioni. La mostrai a Garzón.

– Ha visto la scrittura?

– Inconfondibile.

– Non c'è il minimo dubbio che ci troviamo di fronte al poetastro innamorato.

– Abbiamo completato una coppia di amanti, ispettore.

– Prenda l'agenda come prova. Sarà meglio che la veda un esperto calligrafo. Non vorrei essermi sbagliata.

Purtroppo non trovammo lettere d'amore della filippina. Mi sarebbe piaciuto vedere come se la cavava col suo scarso spagnolo. Di fatto quella perquisizione risultò frustrante. Deserto totale. Quattro arnesi da cucina, un giornale sportivo arretrato e una rivista di cruciverba risolta a metà. Vista la miseria culturale in cui nuotava lo scomparso, le sue lettere piene di errori avrebbero dovuto sembrarmi sonetti di Shakespeare.

Ordinammo che la casa venisse messa sotto sigilli e ce ne andammo. Tutto faceva intendere che i due innamorati fossero stati complici nell'omicidio. Poi, per motivi imprecisati, erano scappati.

– D'accordo, ma con quale bottino? – argomentò Garzón.

– Secondo me non avevano niente in mano. Il solo fatto che abbiano ammazzato Espinet indica che l'affare è andato male.

– Allora non devono essere molto lontani. Col suo permesso, diffonderei un ordine di cattura.

– Faccia pure – dissi, ma non lo stavo ascoltando.

Nella mia testa vorticavano i frammenti di un puzzle in cerca di sistemazione. Finiva tutto lì? Eravamo arrivati fino in fondo e ci restava solo da acciuffare i colpevoli? Non era possibile, semplicemente non era possibile! E se si fosse trattato soltanto di un furto fallito? Tutti i casi di morte violenta sono ingiusti e aberranti, ma se Espinet era stato ucciso solo perché li aveva scoperti con le mani nel sacco, l'aberrazione era enorme.

Anche Garzón stava rimuginando sulla faccenda, perché all'improvviso disse:

– Supponiamo che avessero dei soldi provenienti dal ricatto ai danni di Espinet. Ne volevano ancora e lui si rifiutava di pagare, anzi, ormai stufo, li minacciava di denunciarli. Lo uccidono. D'accordo, ma allora perché rimangono al loro posto facendo finta di niente? E poi, cos'è che li spaventa al punto da farli fuggire?

– Si ricordi, Fermín, che quella che noi abbiamo interpretato come la reazione isterica di una ragazza poco intelligente poteva essere una strategia premeditata. Lali ha fatto il possibile per accollare il morto alla signora Domènech. «Dove vai, uccellino, chi sei tu?» e tutto il resto. Mentre noi seguivamo quella traccia come polli, loro si sentivano al sicuro. Quando l'abbiamo abbandonata, hanno fiutato il pericolo e...

Era come aver fame e masticare un pezzo di pane senza poterlo inghiottire, come sentire una colonna sonora famosa e non riuscire a ricordare a quale film appartiene, come cercare di dare un nome a un volto già visto. Avevamo molti elementi, ma non sapevamo come ordinarli. Tutte le ipotesi erano approssimazioni insoddisfacenti. Non riuscivamo a rimontare l'ingranaggio, ne rimanevano sempre fuori un pezzo o due.

– Cristo santo, non ne posso più di questo caso – ululò Garzón in preda a un attacco d'ira.

– Calma, Fermín, adesso che lavora con la Chiesa, le conviene non bestemmiare.

Dolores Olivera, la sorella del guardiano, rappresentava alla perfezione il ruolo della comare insopportabile. Grassa, scarmigliata, vestita con un grembiule a fiori pieno di macchie, sembrava sputare fuori le parole con una sorta di volgarità primigenia. Non sarebbe riuscita a farsi passare per una principessa neanche dopo duemila lezioni del professor Higgins. C'era da dire che la sua vita non le permetteva neppure di immaginare che cosa fosse una principessa. Era sposata con un manovale, lavava scale al mattino e aveva quattro figli. Stavano tutti ammucchiati in un appartamento fatiscente di ottanta metri quadrati. Per questo, vedendola sgridare i bambini senza pietà, non pensai che quel giorno fosse particolarmente di cattivo umore. Chiarì subito la natura dei suoi rapporti fraterni.

– Mio fratello? Un disgraziato! Anche la polizia lo cerca, adesso! Quando mi hanno telefonato dall'agenzia chiedendo di lui ho capito subito che c'era qualcosa sotto. Di certo niente di buono!

– Sa dov'è?

– Io? E cosa posso saperne? È vero che mi è capitato in casa tre giorni fa. Ha detto che veniva a salutarci. Un po' tardi per ricordarsi dei parenti!

– Le ha detto dove andava?

– No, e io non gliel'ho chiesto. Mi ha detto che si trasferiva da un'altra parte, che gli avevano pagato dei debiti e che lasciava il lavoro. A quelli dell'agenzia non mi andava di dirlo perché mi avrebbero rotto le scatole.

– Le ha spiegato di che genere di debiti si trattasse?

– No, e io non l'ho mandato all'inferno per miracolo. Quando io e mio marito abbiamo passato un brutto momento anni fa gli avevo chiesto un prestito e lui non ci ha dato un soldo.

– Le ha detto se andava via con qualcuno?

– Non mi ha detto un bel niente.

– Neanche se andava a stare in un'altra città?

– Niente! Niente, vi dico. Ha rubato?

– Forse.

– Be', troppo tardi.

– Cosa intende dire?

– Mi ha dato venticinquemila pesetas. Glielo dico perché non voglio problemi. Quei soldi li ho già spesi, e così non li posso rendere. Mi ha dato fastidio quando me li ha dati, ma con la storia che andava a stare da un'altra parte, ho pensato che tanto non l'avrei mai più rivisto.

Fece un gesto definitivo con le mani deformi, grosse, corrose dai detersivi, e proseguì:

– Io, caso mai cambiasse idea e li rivolesse indietro, me ne sono andata ai grandi magazzini del Corte Inglés e mi sono comprata qualcosa di carino, come aveva detto lui. Per una volta che potevo togliermi un capriccio... venite, vi faccio vedere.

Garzón ed io ci guardammo sorpresi, ma la donna era già in marcia verso la camera da letto e ci lasciammo guidare. Giunti che fummo nella stanzuccia, ci mostrò il suo acquisto. Una grande gabbia dorata che sarebbe andata bene per un gorilla occupava gran parte dello spazio. Dentro, circondati da una lussureggiante vegetazione di plastica, c'erano due statici pappagalli a colori sgargianti. La sorella di Olivera avanzò di qualche passo e ci mostrò quella cosa abominevole con orgoglio quasi materno.

– Vedete? I pappagalli sono fatti a mano con vere piume di gallina colorate, e gli occhi sono pietre dure brasiliane. Non sono carini?

Rimasi muta dall'orrore. Garzón ebbe più presenza di spirito e mormorò:

– Sono magnifici.

– Certo – disse lei sorridendo per la prima volta. – Non mi obbligheranno mica a restituirli, vero?

– No – risposi con un filo di voce, ancora scossa dalla sorpresa. – Non dovrà restituirli.

Uscimmo di lì con un'indelebile impressione negli occhi. No, di sicuro Pepe Olivera non sarebbe più tornato da sua sorella. O si trovava ormai all'estero o sarebbe finito in carcere non appena l'avessimo preso. Quei soldi freschi freschi che si era trovato in mano lo condannavano senza appello. Salimmo in macchina con l'amaro in bocca. Il mio collega pensò a voce alta:

– Almeno ora possiamo escludere definitivamente la signora Domènech dalla rosa dei sospetti.

– L'«uccellino» che ha visto dietro casa era la stessa Lali. Quando la povera signora ha pronunciato quella frase vedendola aggirarsi nel giardino la ragazza si è sentita scoperta. Riferendola a noi, non solo si metteva al riparo, nel caso che alla signora venisse in mente di ripetere la storia dell'uccellino, ma faceva ricadere i sospetti su di lei.

– Crede davvero che quella filippina sia tanto furba? A me non è sembrato.

– Scusi la sentenza confuciana, ma le ricordo che l'essere umano non è mai come appare. Noi stessi sembriamo due poliziotti intelligenti, e cosa stiamo facendo? Lasciamo che i presunti colpevoli di un crimine si volatilizzino sotto il nostro naso.

Rimase in silenzio. Aggrottò la fronte con gravità. Poi si mise a ridere.

– Cos'è che la diverte tanto?

– Stavo pensando al capriccio della sorella di Olivera.

– Stia zitto, mio Dio, era più inquietante di quelli di Goya!

– Ma a me ha fatto venire un'idea. Adesso so cosa regalarle per il suo compleanno, Petra.

Rideva e rideva come se il pessimo andamento delle indagini non lo riguardasse. Non so quale sarebbe stata l'opinione di Confucio al riguardo, ma la mia era che l'essere umano è molto strano. Una donna disertata dalla fortuna si innamora di un oggetto inverosimile come se l'avesse desiderato per tutta la vita, e un uomo il cui fulcro esistenziale è il lavoro muore dal ridere nel bel mezzo del suo fallimento professionale. O il mondo era incomprensibile di per sé, o io non partivo dagli stessi presupposti degli altri. Ma cosa cambiava? Le cose continuavano ad andare a modo loro, anche se io non le capivo.

L'impronta trovata vicino alla recinzione del «Paradís» il giorno del crimine coincideva con un paio di scarpe che avevamo prelevato a casa di Olivera. Cose che fino a quel momento non erano che brandelli senza senso cominciavano a prendere consistenza. Mentre Garzón si occupava dei preparativi per la mediazione ecclesiastica, io mi chiusi nel mio ufficio con tutti i documenti sparsi sulla scrivania. Riesaminai i rapporti finanziari che mi erano stati forniti a suo tempo dall'ufficio dell'ispettore Sangüesa. Tutto normale. Nessuno aveva prelevato o depositato somme significative sul proprio conto corrente, né aveva fatto transazioni anomale o sospette. Come mi capitava ogni volta che mi trovavo di fronte a informazioni da cui non riuscivo a ricavare niente di niente, mi venne un nervoso terribile. Saltai su dalla sedia, presi l'impermeabile e me ne andai al «Paradís».

Quel paesaggio imperturbabile, sempre uguale a se stesso, cominciava a essermi tanto familiare quanto antipatico. Visitai ancora una volta il luogo del delitto, passeggiai ancora una volta lungo i vialetti ben tenuti. Le domande senza risposta continuavano a martellare senza sosta nella mia mente. Amore, assassinio, denaro e fuga. Ormai niente impediva di pensare che quei due funesti innamorati fossero stati gli autori del delitto. Era il movente a rimanere oscuro. Ricatto ai danni di Espinet per un'avventura galante? Forse l'avvocato aveva pagato in nero, per questo non figuravano prelievi dal suo conto. A meno che... a meno che Lali e Olivera non fossero stati un semplice strumento. Non avevamo pensato seriamente alla possibilità che entrambi avessero agito come autori materiali prezzolati. Qualcuno poteva averli incaricati di togliere di mezzo Juan Luis Espinet. Un nemico nell'ombra. Se così fosse stato, quel nemico doveva abitare nel quartiere. Senza dubbio conosceva le abitudini del gruppo. Come avrebbe potuto, se no, entrare in contatto con la filippina e il guardiano? Qualcuno era così bene informato su di loro da essere al corrente del loro amore. Quel qualcuno doveva avere la certezza che avrebbero accettato del denaro per potersene andare via di lì e vivere insieme, e che non erano tanto inoffensivi come sembravano.

Arrivai agli «Oleandri» e dissi alla domestica che volevo parlare col signor Domènech.

– Signor Domènech, sono venuta soltanto per chiederle scusa.

Chiuse gli occhi con rassegnazione. Si strinse nelle spalle.

– Non importa, lasci perdere. Avete preso il colpevole?

– Non ancora.
– Sto pensando di trasferirmi altrove.
– Per colpa nostra?
– In realtà no. È difficile essere diversi in un posto dove gli altri sono fatti con lo stampino. Credevo che qui avremmo trovato un po' di tranquillità, ma mi sbagliavo. Ormai tutti qui intorno guardano mia moglie con timore.

Mi sentii sinceramente addolorata per lui. Non sempre la polizia colpisce solo il malfattore. A volte gli indiziati escono seriamente danneggiati dalle indagini. Avevamo perseguitato una povera malata mentre i veri colpevoli se la svignavano impunemente. False piste, false tracce... Se non avessimo trovato quei due, il nocciolo del caso ci sarebbe sfuggito per sempre.

Mossa dalla necessità di fare qualcosa, più che da uno scopo preciso, andai a cercare il guardiano notturno per interrogarlo di nuovo. Un sostituto mi informò che era il suo giorno libero. Fantastico! Come poteva andarmi peggio? Se almeno la mediazione del cardinale avesse sortito il suo effetto. Anche se, con la sfortuna che avevamo, non mi sarei stupita se come unico risultato Dolores Carmona avesse letto i tarocchi al monsignore.

Mentre raggiungevo l'uscita passai davanti agli «Ibischi». Malena Puig stava innaffiando il prato. Mi salutò con la mano libera. Le risposi. Lei andò a chiudere il rubinetto e si avvicinò sorridente.

– Ispettore, cosa ci fa da queste parti?
– Ben poco, a dir la verità.

– Non ci posso credere!
– Che io faccia ben poco?
– No, che gli assassini fossero quei due.
– Ne ha sentito parlare?
– Da quando è stato ucciso Juan Luis, in questo quartiere le voci corrono in fretta.
– Credevo che qui nessuno si lasciasse turbare da niente.
– Ma stavolta il fatto è davvero grave! Io non mi sono ancora ripresa dallo shock. Lali e quel gorilla!
– E le voci dicono perché quei due abbiano ucciso Espinet?
– Per derubarlo, naturalmente.
– Questo è ancora da dimostrare.

Mi guardò con aria interrogativa. Malena era curiosa, forse anche lei contribuiva a far girare le voci. Le sorrisi senza spiegarle niente.

– Le andrebbe uno dei miei celebri caffè?
– Si è fatto tardi. Devo tornare in commissariato per una riunione.
– Entri almeno un momento a vedere Anita. Azucena le sta facendo il bagnetto.
– E i bambini?
– Sono in camera loro a fare i compiti. Vorrebbero rimanere svegli ad aspettare il padre, ma Jordi arriva sempre molto tardi. Lavora moltissimo. Non so come faccia, davvero.
– La morte di Espinet comporta più lavoro per lui?
– Temo di sì, anche se ha sempre lavorato al limite dell'esaurimento.

– Che ne sarà adesso dello studio?

– Inés venderà la sua parte, di comune accordo con Jordi. Ci sarà un nuovo socio.

– Non la comprerete voi?

– Purtroppo non abbiamo tanto denaro, ma Jordi dice che troveranno la persona giusta, non dubiti. La prego, ispettore, entri un momento, solo un momento.

Pensai che forse vedere Anita nel bagnetto avrebbe attenuato la mia depressione. Accettai, non era carino rifiutare dopo tutto il disturbo che le avevo arrecato.

Entrammo in un grande bagno decorato a motivi infantili. Azucena era china sulla vasca. Lì, in mezzo alla schiuma, c'era la bambina. Con i capelli bagnati e la pelle luccicante era ancora più carina. Giocava, canticchiava, affondava nell'acqua giocattolini di plastica che galleggiavano in superficie. Se la depressione non mi passava dinanzi a quell'immagine di felicità, era davvero ora di andare da uno psichiatra.

Malena spedì la bambinaia in cucina e si occupò lei stessa di concludere l'operazione. Pensai che se quella bambina fosse stata figlia mia le avrei fatto il bagno tutti i giorni senza l'aiuto di nessuno. Come se mi avesse letto nel pensiero, la madre mi disse:

– Perché non la prende in braccio? Si sieda su questo sgabello, io la asciugherò.

Lo feci, e mi sentii al colmo della felicità col mio lucente fagottino, che emanava un gradevole tepore profumato. Nel frattempo Malena attendeva al suo compito con gesti esperti.

– Ispettore, lo dirà lei a Inés?

– Che cosa?

– Be', qualcuno dovrà pur dirle che Lali, la sua donna di servizio, è stata l'assassina di suo marito.

– Malena, io non posso considerare risolto il caso. Un omicidio di cui si conosce il colpevole ma non il movente non è affatto chiarito. Quei due possono essere stati solo gli autori materiali, come lei stessa ha osservato. Forse continueremo a cercare l'assassino all'interno del quartiere. Perché dare un dispiacere alla sua amica, se più tardi potrebbe averne uno più grande? È prematuro.

– Ma se venisse a saperlo attraverso il canale sbagliato sarebbe peggio.

– E lei come l'ha saputo?

– Il nuovo guardiano di giorno l'ha raccontato alle domestiche e poi, naturalmente, l'hanno saputo tutti. L'amministratore ha annullato il contratto con l'agenzia di sicurezza. Si è rivolto ad altri. È stato uno scandalo tremendo!

– Va bene, faccia quel che considera opportuno. Comunque credo che la notizia non tarderà a comparire sui giornali, per quanto il giudice abbia chiesto il massimo riserbo.

Anita era già rivestita di un pigiamino a piccolissimi pois. Le diedi un bacio sulla guancia e la deposi in braccio a sua madre.

– Lo vuole quel caffè, adesso?

– No, mi dispiace, devo andare.

– Magari preferirebbe fermarsi a cena.

– Grazie, ma non posso. Devo vegliare sulla sicurezza del Papa.

– Mi sembra una gran bella cosa.

La luce che brillava nei suoi occhi era di pura ironia. Ci salutammo con la consueta simpatia e partii di corsa diretta alla riunione. C'era il rischio che Coronas, se fossi arrivata in ritardo, mi mettesse in castigo dietro la lavagna.

Quando entrai, la seduta era già cominciata. Mi accorsi subito dell'assenza del cardinale e di Garzón. Buon segno, pensai, il loro incontro tripartito si stava prolungando, e niente di ciò che dura è mai banale.

Sopportai per un'ora e mezzo una chilometrica disquisizione su turni, squadre e altri particolari cui non prestai ascolto. Uscii fra i primi.

Una volta a casa, feci una doccia e mi misi comoda. Avessi potuto godere anch'io della tranquillità di Anita uscita dal bagno. Avessi potuto raggiungere la pace dello spirito avvolta in un pigiama a pois. E invece no, ero depressa e di cattivo umore. Per di più, proprio mentre stavo per versarmi qualcosa da bere, telefonò Garzón. Mi accorsi della sua euforia non appena cominciò a parlare.

– Ispettore, lei è assolutamente geniale. È intelligente, ha immaginazione, ha risorse che nessuno si aspetterebbe, è pratica e originale insieme; insomma, le faccio i miei più sinceri complimenti.

Attesi in silenzio che quella sfilza di lusinghe avesse fine.

– Petra, mi sta ascoltando?

– Sì, Fermín, sono qui.

– Non mi chiede perché le dico tutte queste belle cose?

– Credevo che finalmente avesse deciso di ammettere quello che pensa veramente di me.

Rise con franchezza quasi sguaiata.

– Se preferisce crederlo, non la smentirò, ma deve sapere che il caso dei gitani è risolto. I casi, per meglio dire!

– Davvero? – dissi, stanca e insonnolita.

– Davvero! I responsabili dei due omicidi, due individui di mezz'età, si sono costituiti. Non ci saranno altre aggressioni. L'abile mediazione del cardinale ha dato i suoi frutti. Io sono rimasto fuori ad aspettare mentre trattavano, ma quando sono usciti era tutto sistemato. Il commissario Coronas si è già complimentato con me.

– In questo caso dovrebbe chiamare Delli Martiri e congratularsi con lui.

– No, l'idea è stata sua e l'ho detto al commissario.

– Non me lo ricordi, per favore. Mi sento malissimo. Non voglio neppure pensare a cosa avrà offerto Delli Martiri a quella gente in cambio della resa. La salvezza eterna, il paradiso perpetuo, l'indulgenza plenaria... Una truffa in piena regola!

– Faccio fatica a capirla, ispettore, davvero. Riesce a trasformare un successo in una tragedia a forza di ragionamenti.

– Adesso sì che mi fa un complimento, Garzón.

– Perché?

– Perché in questo consistono la cultura e la base della civiltà, caro mio.

– Beva qualcosa di forte, capo, ne ha bisogno.

– Berrò alla sua salute.

Ma non bevvi. Nemmeno l'alcol sarebbe riuscito a risollevarmi. Me ne andai a letto. Preferivo l'oscurità della mente a qualunque vano tentativo di sentirmi felice.

7

I giorni successivi alla fuga dei due presunti colpevoli furono di un'immobilità esasperante. Neppure uno dei commissariati di Barcellona si mise in contatto con noi per darci notizie della strana coppia. Coronas ci autorizzò a estendere l'ordine di cattura a tutta la Spagna, ma io avevo dubbi seri, e giustificati, sul fatto che una simile misura potesse dare qualche risultato.

Se gli amanti avevano lasciato il paese, possibilità non del tutto peregrina, il caso Espinet era ormai in un vicolo cieco. Alla sola idea inorridivo, mi ribellavo, cadevo in preda a una rabbia immensa. Non potevo permetterlo. Avevo giurato a me stessa che una cosa simile non sarebbe mai successa. Fino ad allora ero convinta che sarei riuscita a evitare la frustrazione peggiore per un poliziotto: il caso irrisolto. Ed ecco che invece la cosa era lì, sul punto di trasformarsi in realtà. Potevo ringraziare soltanto che il commissario fosse così preso dai preparativi per la visita papale imminente da non occuparsi di noi. In condizioni normali ci avrebbe già assegnato un altro caso, per lasciare in sospeso quello di Espinet.

Come sempre, quando non riuscivo a far luce su un delitto entro un termine ragionevole, avevo la sensazione di essere passata venti volte davanti alla soluzione senza accorgermene. Ma non potevamo darci per vinti. Finché il Papa non fosse apparso a Barcellona, Coronas ci avrebbe lasciati tranquilli.

Anche le riunioni per la sicurezza pontificia erano giunte a una fase di riepilogo. Rivedemmo l'organizzazione generale come se fosse il piano di una rapina. Ora che la mediazione di Delli Martiri aveva risolto il caso dei gitani, ogni volta che incontravo il cardinale mi pareva di cogliere sulle sue labbra un sorriso fra l'ironico e il sufficiente. «Uno a zero, bambola». Atteggiamento a dire il vero assai poco ecclesiale, sebbene potesse essere frutto della mia immaginazione. In ogni caso lo ringraziai di cuore. Sbloccare un caso come quello, con due omicidi concatenati che minacciavano di moltiplicarsi, non era cosa da poco. Non sapevo che cosa avesse detto o promesso a quella gente, ma grazie a lui due uomini si erano consegnati alla giustizia confessando un omicidio ciascuno. Vidi per l'ultima volta Dolores Carmona accompagnata da due dei suoi fratelli. Piangeva, eppure, perfino fra le lacrime trovò il modo di rivolgermi un sorriso. Malgrado l'opposizione dei nostri due mondi, ciascuna riconosceva nell'altra una donna combattiva, e questo genera sempre una corrente di solidarietà.

Ma per combattiva che fossi, avevo serie tentazioni di darmi per vinta nel caso Espinet. Sarebbe stato comodo. Bastava accusare dell'omicidio i due fuggiaschi e chiudere la partita. Ma per quanto tempo ancora le domande avrebbero continuato a torturarmi? Per il momento la loro presenza era incessante. Che cosa avevano ricavato gli assassini commettendo il crimine? Era stato il ricatto a spingerli contro Espinet?

In quelle circostanze l'avvicinarsi di un fine settimana mi spaventava. Due lunghi giorni con le mani in mano erano più di quanto potessi tollerare. Ma senza piani, né sospetti, né punti fermi su cui investigare, a cosa sarebbe servito organizzare delle giornate di lavoro extra in casa mia? Nemmeno Garzón ne era troppo entusiasta. Quando gli ventilai che avremmo potuto vederci in una riunione a carattere privato, mi rispose che aveva altro da fare. Era meglio lasciarlo riposare. Anche se per il momento avevamo concluso ben poco, era vero che avevamo lavorato tutti e due come bestie.

Dedicai la mattinata del sabato allo shopping. In genere è un sistema per combattere lo stress che funziona, almeno per le altre donne. Presi un taxi che mi portò fino all'Illa Diagonal, un centro commerciale che noi barcellonesi chiamiamo il «grattacielo orizzontale», lussuoso ma accessibile, colmo di tutto ciò che la frivolezza può desiderare. Il mondo facile, che si può comprare col denaro, si dispiegò davanti a me: boutique, caffè, gioiellerie, negozi di articoli sportivi e banchi di alimenti freschi, con frutta esotica e formaggi stranieri.

Mi comprai un paio di scarpe, sofisticate e costose, con la certezza che non le avrei messe più di due volte, ma visto che si trattava di combattere lo stress... Poi passai davanti a un negozio di abbigliamento per bambini e mi soffermai a guardare la vetrina: minuscoli maglioni, giubbotti con figure di animali, pantaloncini colorati... La mia attenzione fu attratta da un vestitino a quadretti con il colletto bianco e una gran tasca sul davanti. Lo contemplai a lungo e mi sorpresi a pensare che ad Anita Puig sarebbe stato d'incanto. Perché non entrare e comprarglielo? Provavo un gran desiderio di farlo e quindi, senza pensarci due volte, sbrigai quella piccola transazione commerciale che, stranamente, mi riempì di piacere.

I dubbi sorsero più tardi, quando tornai a casa. Come mi era venuto in mente di agire così d'impulso? Con quale scusa avrei consegnato il vestito a Malena Puig? Fra noi non c'era una relazione d'amicizia che giustificasse il regalo. Mi avrebbe vista come una di quelle donne senza figli che perdono la testa per i bambini delle altre. Poi pensai che poteva essere un gesto carino senza conseguenze. Malena era stata straordinariamente gentile con noi e ci aveva offerto tutta la sua collaborazione. Avevamo abusato della sua cortesia e del suo caffè. Le avrei dato il vestito in nome del corpo di polizia. Sarebbe stata una magnifica occasione per dimostrare che gli sbirri di Barcellona sono gente compita ed educata.

Mi distesi sul divano con un libro. In condizioni normali sarebbe stato un momento delizioso, ma come sempre succede quando la mente non è tranquilla, le righe non volevano saperne di stare ferme, e gli occhi obliqui di Lali mi comparivano davanti fra una parola e l'altra. Cercai di ricordare i tratti del volto di Olivera. Non l'avevo catalogato come un dongiovanni. Davvero lui e Lali erano innamorati? Su questo non avevo il minimo dubbio. La solitudine crea il terreno più fertile per lo sbocciare dell'amore. Immaginai Olivera seminascosto in qualche angolo del giardino ad attendere Lali, e lei a spiarlo da lontano con i piccoli Espinet attaccati alle gonne. Sì, poteva essere un grande amore condannato al fallimento per circostanze economiche e di lavoro. La filippina non avrebbe trovato facilmente un altro tipo di impiego e la pensione di Olivera non sarebbe bastata per tutti e due. Avevano bisogno di soldi se volevano stare insieme. Ma arrivare al punto di uccidere...

Il telefono mi fece sobbalzare e il libro mi cadde dalle mani. Risposi in preda a un'inquietudine non priva di speranza. Era Concepción Enárquez. Subito temetti un nuovo misfatto amoroso del viceispettore, ma presto capii che chiamava solo per avere mie notizie.

– Va tutto bene? – le chiesi, ancora diffidente.

– Benissimo, Petra, va tutto benissimo. Il fatto è che ero sola in casa e ho pensato che potevamo vederci per prendere un tè.

La mia diffidenza crebbe, ma cosa potevo farci? In ogni caso uscire con lei avrebbe potuto aiutarmi ad attenuare le mie ossessioni. Le dissi di sì e prendemmo appuntamento per le cinque.

La trovai più magra. Con un sobrio tailleur blu scuro, sembrava una signora uscita da un film anni quaranta: una donna sicura di sé e della sua dignità. Ordinammo un assortimento di pasticcini su cui mi lanciai senza complimenti. Dopo qualche sorso di tè, lei cominciò in tono casuale:

– Va tutto benissimo fra mia sorella e il suo collega, sul piano dell'amicizia, voglio dire. Escono nel fine settimana, vanno al cinema, al ristorante...

Capii che aveva in serbo un «però», un problema che sarebbe toccato a me risolvere. Mi misi sulla difensiva.

– Per la verità Garzón non mi racconta molto.

– Lo so, nemmeno Emilia mi dice niente. Entra, esce, si vedono il sabato, la domenica... All'inizio anch'io uscivo con loro, ma poi ho smesso. Bisogna comprendere la natura della loro amicizia.

Ecco il punto dolente, la parte del piano con cui non avevo fatto i conti. Concepción Enárquez era rimasta sola. Ma doveva rendersi conto che io non intendevo far niente al riguardo, che non spettava a me, che ormai ero fuori dal gioco.

– Gli uomini sono strani, vero? – disse all'improvviso.

– Lei crede?

– Difendono in modo eccessivo la loro libertà.

– Tutti difendiamo la nostra libertà.

– Ma loro ci tengono di più a farlo vedere, a sottolineare davanti al mondo che sono liberi, anche se poi si comportano con una certa dipendenza. Lei pensa di risposarsi, Petra?

– Non lo escludo. Il matrimonio non è così male. C'è di peggio.

– Per esempio la solitudine?

– Ah, no, per carità! Non invidio certo chi si sposa per non stare solo. Da soli si sta benissimo.

Annuì senza troppa convinzione, e mordicchiò un biscotto con la sua bocca dipinta di rosso sangue.

– Forse dovrei dedicarmi di più agli affari della clinica.

– Farebbe bene, bisogna lottare!

– Io non ho mai lottato, Petra, per niente e per nessuno. Non ne ho avuto bisogno. Crede che sia una sfortuna?

– Niente affatto.

– Be', io credo di sì. Invidio le donne che si sono fatte strada da sole, che si sono date da fare, che si sono mosse controcorrente.

I suoi occhi rivelavano angoscia e frustrazione. Che cosa ci facevo io lì seduta, ad ascoltare le lamentele esistenziali di una signora attempata? Girai gli occhi in tutte le direzioni cercando una via di scampo. Dovevo fuggire, tagliare la corda al più presto, alzare i tacchi, sparire. Come avevo fatto a cadere in quella trappola? Proprio io, che cerco sempre di evitare le confidenze altrui, che odio i sentimentalismi fino a estremi difficili da immaginare, mi stavo trasformando in una spalla su cui piangere. In preda a un impulso meccanico, mi alzai in piedi. La vedova ci rimase di sasso.

– Cosa succede, ispettore?

– Mi sono ricordata che devo andare. Un impegno urgente di servizio.

– Oh! – esclamò, con vero rincrescimento. – L'ho trattenuta con le mie sciocchezze mentre lei aveva cose più importanti da fare.

– Non si preoccupi. Permetta che paghi io.

Saldai il conto al cameriere e uscii a spron battuto lasciandola del tutto disorientata. Camminando, in strada, feci di tutto per convincermi di avere ragione. Basta con la pietà, Petra! mi dissi. Dove volevo arrivare, alla beatificazione? Stavo subendo un penoso processo di liquefazione delle meningi, di evaporazione dell'intelligenza. Niente mi costringeva ad ascoltare le lagne di una ragazza di buona famiglia ormai avanti con gli anni. Ero un poliziotto, non uno psichiatra, né la presidentessa di un'ONG, e nemmeno una donna solidale con le proprie compagne di sesso.

Quella sera mi preparai una cena a base di formaggi pregiati e vino della Rioja. Poi sorseggiai un bicchiere di Porto e ascoltai una scelta del mio jazz preferito. Eppure, malgrado quelle meravigliose premure, mi sentivo malissimo. Avevo dimostrato un'insensibilità totale nei confronti della povera Concepción, che desiderava soltanto trascorrere un'oretta in compagnia. Che cosa mi sarebbe costato ascoltarla, prestarle un po' di attenzione prima di andarmene come una persona normale? E invece no, l'avevo mollata lì come se avessi il diavolo alle calcagna. Maledizione! Visto che tanto non risolvevo i casi, potevo almeno essere minimamente utile a qualcuno! Un disastro, un cumulo di contraddizioni, ecco cos'ero.

Alle sette ci fu un'altra telefonata. Era il giudice García Mouriños.

– Petra, sto mettendo in ordine i rapporti sul caso Espinet e ci sono delle date che non coincidono con certi ordini di intervento che mi avete richiesto. Possiamo fare un confronto?

– Aspetti, accendo il computer.

Risolvemmo il problema nel giro di dieci minuti.

– Lavora anche al sabato, giudice?

– Bah, passo dal tribunale per togliermi di torno qualche cartaccia, ma fra poco me ne vado. C'è un film *gore* di una produzione indipendente che vorrei vedere. Non è un genere che mi entusiasmi, ma... senta, perché non viene con me?

– Non so, stasera avevo pensato di rimanere a casa.

– Oh, insomma, si tiri su, così non mi sentirò solo! Ci pensi, la chiamo quando ho finito di lavorare. D'accordo?

La solitudine. La solitudine pesava di più sulla gente di una certa età. Sarebbe successo anche a me con l'andar degli anni? Alzai di nuovo il ricevitore e feci il numero di cellulare del giudice.

– Giudice, sono Petra Delicado. Ci ho pensato e mi fa piacere venire. Potrei portare con me un'amica?

– Magnifico! Sarà un piacere. Vi aspetto alle nove davanti al cinema Verdi. Non preoccupatevi per i biglietti, ci penso io.

Quando feci le presentazioni fra Concepción Enárquez e il giudice García Mouriños mi sentii benissimo. Era un esempio perfetto della teoria dello «sfruttamento integrale delle occasioni» da me stessa creata per impressionare Garzón. Due vedovi di età compatibile con l'anima divorata dalla solitudine. Se poi veniva fuori che si detestavano e decidevano di non rivedersi più non erano fatti miei.

A dir la verità, dopo aver visto il film scelto dal giudice non mi sarei stupita se Concepción l'avesse detestato. Ma non fu così. Era il primo film *gore* che vedeva e le venne da ridere. La trama era semplice: una coppia di sposi decide di iscriversi a un *country club* nei pressi di New York. Il direttore del club è un *serial killer* che passa il suo tempo libero ammazzando i soci. Il divertimento, naturalmente, stava nell'orgia di budella e di sangue che esplodeva a ogni nuova vittima. Uscii dal cinema col mal di stomaco. García Mouriños si stava già scusando per averci portate lì, quando Concepción scoppiò nella prima risata.

– Ma è stato divertentissimo! E quando taglia la giugulare alla ragazza? Sembrava una fontana luminosa, mancava solo la musica!

Il giudice la guardò con sorpresa e simpatia.

– Sì, e poi il ritmo della narrazione non era niente male.

Non capirò mai perché Concepción Enárquez reagì a quel modo, ma il fatto è che le sue risate ruppero il ghiaccio. Finimmo tutti e tre a bere *caipiriñas* in un bar brasiliano. Un terzetto improbabile ma ben assortito, il mistero della Santissima Trinità. Il giudice ci raccontò aneddoti della sua vita professionale, depurandoli naturalmente dei nomi, e Concepción sembrava divertirsi come una pazza.

Alle due di notte li salutai. Loro non davano segni di voler abbandonare il campo. Chiacchieravano ancora quando infilai la porta del bar. Perfetto, pensai, due esseri solitari si erano incontrati grazie a me. Non pensavo che da quella felice circostanza dovesse scaturire una folle passione, ma per poco furbi che fossero avrebbero saputo trarne vantaggio. Io mi mettevo la coscienza in pace, con la sicurezza per di più che avrebbero smesso di rompermi le scatole. Ho sempre pensato che se avevo favorito quell'incontro era stato unicamente per alleggerire la sensazione di fallimento riguardo al caso Espinet. Qualcosa di simile mi era successo con l'idea di ricorrere a Delli Martiri come mediatore con i gitani. Avevo bisogno di successi personali. Non mi faccio illusioni sul mio desiderio di aiutare il prossimo.

Il lunedì successivo, quando mi alzai per andare al lavoro, la sensazione di fallimento aveva perso terreno in favore dell'angoscia. Che cos'avrei trovato al mio arrivo sulla scrivania? Niente, questo era il problema, un mucchio di iniziative abortite nella confusione più assoluta. Mi spaventava la sola idea di sedermi di fronte a carte del tutto prive di informazioni utili, di affrontare un *tête-à-tête* col viceispettore senza un solo dato preciso da scambiare.

Tutte le funeste immagini anticipate dalla mia depressione si concretizzarono non appena entrai in commissariato. Accesi il computer e aprii il *file* del caso Espinet. Coronas doveva averlo consultato dal suo ufficio, perché erano stati aggiunti parecchi punti interrogativi qua e là. Avviso ai naviganti: «Rientrate in porto a vele spiegate o cominciate ad ammainare. Non avete tempo da perdere, ragazzi».

Avevo appena cominciato a rivedere il caso per l'ennesima volta, quando mi chiamò Malena Puig. Era la prima volta che lo faceva. Voleva vedermi, non poteva parlare per telefono. Il cuore prese a battermi forte. Possibile che dopo tanto tempo le fosse venuto in mente qualcosa di nuovo? No, non aveva senso. Eppure il suo tono di voce sembrava diverso dal solito. E poi, aggiunse:

– Sarebbe meglio che ci vedessimo da sole, senza il viceispettore Garzón.

– Si tratta di una cosa importante? – domandai, senza riuscire a controllare l'ansia.

– Non lo so, forse no. Forse è meglio che venga io in commissariato, ma devo dire che la prospettiva non mi alletta.

– Ho un'idea, Malena, perché non viene a casa mia? Il caffè non mi riesce bene come a lei, ma posso provarci.

– A mezzogiorno le andrebbe?

– Perfetto.

– Mi dia il suo indirizzo.

Speravo che a quell'ora la donna di servizio avesse già finito. Sarei passata in panetteria e avrei comprato qualcosa di dolce. Dovevo trattarla bene, almeno come lei aveva trattato me. Purtroppo non potevo improvvisare un'atmosfera così accogliente nella mia casa di Poblenou. Passai mentalmente in rassegna il mio soggiorno. Da un pezzo ormai avrei dovuto far venire un imbianchino: le pareti, un po' *fanées*, erano dipinte di bianco, mentre la tendenza più recente imponeva i colori vivaci. Ma per essere la casa di una poliziotta divorziata non era poi così male. Almeno non scadeva nel luogo comune del frigorifero con tre yogurt scaduti e i portacenere pieni di mozziconi. All'improvviso mi resi conto di quale genere di preoccupazioni stesse risvegliando in me la visita di Malena. Stavo galoppando verso la più assoluta idiozia? Detto in altri termini: stavo diventando subnormale? Malena aveva pensato, ricordato o congetturato qualcosa sul caso Espinet, una cosa abbastanza importante da spingerla a cercarmi, e io reagivo pensando alla tinteggiatura del salotto e organizzando un tè delle cinque. Era insolito e scandaloso. La vita del «Paradís», la vita di quelle giovani coppie ben sistemate avevano destato in me un curioso desiderio di normalità sociale, proprio il tipo di normalità che per tutta la mia vita avevo sempre disprezzato e rifuggito con ogni mezzo. La mente ti gioca dei brutti tiri: presto o tardi finisci per rimpiangere quel che hai rifiutato.

Ridimensionai la situazione. Malena Puig non era una mia amica. Non appartenevamo allo stesso mondo né avevamo la stessa età. Io non avevo nessun bisogno di entrare nella dinamica delle giovani signore che si trovano per chiacchierare dei casi loro. L'unico legame che avevo con lei era dettato dalle indagini, e così doveva essere, per quanta simpatia ci fosse tra noi.

Malgrado tutto, comprai dei croissant e preparai la caffettiera. La donna di servizio era già andata via e la casa era in perfetto ordine. Mi sedetti ad aspettare la mia ospite.

Era inutile fare supposizioni su quel che Malena aveva da dirmi. Doveva essere un particolare minimo. Lei se ne stava tutto il tempo sul luogo del delitto mentre gli altri entravano e uscivano dal «Paradís». Lì continuava a sentire commenti dei vicini, delle domestiche.

Alle dodici in punto una piccola Volkswagen gialla parcheggiò davanti a casa. Vidi scendere Malena. Portava un semplice abito beige. Mi sorrise quando le aprii.

– Non avrei mai pensato che lei vivesse in una casa indipendente, in piena Barcellona.

– Be', non è «El Paradís», ma non è poi così male.

– Mi lascia curiosare un po'?

Le mostrai tutte le stanze. Quando arrivammo nel cortiletto giunse al colmo dello stupore.

– Ma ha anche un giardino!

– Non esageriamo. In realtà non ho il pollice verde. Fa tutto la donna di servizio. Pianta e sradica quel che le pare. Io non devo preoccuparmi di niente. E poi, ho un sistema di irrigazione automatico. Ma devo riconoscere che il cortile è una bella cosa, mi piace vedere un po' di verde prima di andare a letto.

– Ha una casa deliziosa, ispettore, davvero.

– Credeva forse che tutti i poliziotti abitassero in appartamenti squallidi pieni di giornali vecchi?

– No, però... – si mise a ridere. – Be', sì, qualcosa del genere. È colpa della televisione e dei romanzi gialli. E poi, dato che lei ha sempre addosso quell'impermeabile spiegazzato...

– È il mio feticcio. Ci sono affezionata.

Ridemmo tutte e due.

– Se si sente delusa, posso mettere un po' in disordine la cucina, disseminare qualche cicca sul pavimento.

– È più facile che io cambi le mie idee preconcette. In ogni caso è appassionante visitare la casa di una donna che vive sola.

– Vivere soli non ha niente di appassionante.
– Io credo di sì. Organizzare i propri orari, muoversi a proprio piacimento. Io non ho mai vissuto sola, nemmeno da studentessa. Sono passata dalla casa dei miei genitori alla routine della donna sposata.
– C'è molta gente che vive sola suo malgrado.
– Anche lei?
– No, io no. A me la solitudine piace.
– Anche a me.
– Il suo caso è diverso. Con i bambini meravigliosi che ha... A proposito...
Mi ero ricordata del regalo che avevo comprato, e i miei ultimi dubbi si erano dissipati. Lo tirai fuori dall'armadio e glielo diedi. Il volto di Malena mostrò prima sorpresa, poi riconoscenza.
– Ma ispettore, è delizioso! Come le è venuto in mente...?
Prese il vestitino fra le mani e lo sollevò in aria.
– Ad Anita starà d'incanto. Lo sa che le vuole bene?
– A me? Ma se mi ha vista un paio di volte!
– I bambini sanno benissimo distinguere le persone.
Capii che quella situazione sarebbe parsa ridicola a chiunque. Anche a rischio di sembrare scortese, mi permisi di troncarla.
– Malena, lei è venuta per parlarmi di qualcosa, vero?
Il suo volto si incupì.
– Sì, è così. Eppure, vede, non so da dove cominciare.
– Si è ricordata di qualcosa che ha a che fare col caso Espinet?
– Mi è molto difficile parlarne.

– Si tratta di qualcosa che potrebbe implicare qualcuno dei suoi amici?

– Implicare è una parola grossa. Non so se il fatto abbia la minima importanza. Non so neppure se valga la pena riferirglielo.

– Io stessa l'ho pregata di informarmi di qualunque particolare.

– Ho la sensazione di fare la spia, e per di più su una cosa che di sicuro è una sciocchezza.

– Immagino come si senta. È normale. Magari la cosa di cui si è ricordata non ha la minima rilevanza, ma è meglio che me la dica, potrebbe portarci a qualche deduzione.

Era preoccupata e nervosa. Le tremava la voce quando riprese a parlare.

– Vede, ispettore, si tratta di Rosa. Non so, è assurdo, ma una settimana prima della morte di Juan Luis mi aveva chiesto di coprirle le spalle.

– Non capisco che cosa intenda.

– Mi aveva pregata di passare sei ore fuori casa e, se qualcuno me lo avesse chiesto, di dire che eravamo state insieme a Barcellona, a far spese o al cinema. E io l'ho fatto. Sono rimasta per sei ore in giro per la città, dalle due del pomeriggio alle otto di sera.

– Le ha detto perché aveva bisogno di quel tempo?

– No. E io non ho voluto chiederglielo. Ho pensato che avesse un amante, che stesse tradendo Mateo e che lui sospettasse qualcosa.

– Le aveva mai chiesto un favore simile prima di allora?

– Mai. Rosa ha la possibilità di muoversi liberamente senza dare spiegazioni a nessuno, anche se immagino che sei ore siano molte, e se Mateo aveva dei sospetti…

– Mateo le ha chiesto se era stata con sua moglie quel giorno?

– No, nessuno me l'ha chiesto.

– Mi segnerò la data e verificherò.

– No, Petra, per favore…

La guardai negli occhi. Era angosciata.

– Non lo faccia, la prego. È molto probabile che questo non abbia niente a che vedere con la morte del povero Juan Luis. Se lei comincia a indagare e a fare domande, Rosa capirà subito che gliel'ho raccontato io e questo mi costerà la sua amicizia.

– Per questo non me lo aveva detto prima?

Si mise a piangere, mi prese un braccio e me lo strinse.

– Petra, la supplico, non avveleni quello che resta del nostro gruppo. Siamo amici da tanti anni e adesso tutto sta andando in pezzi. Trovi un modo di fare le sue indagini che non metta di mezzo me. O meglio, non indaghi. A che scopo? Se Rosa ha un amante, che rapporto può avere questo col delitto? Eppure ci ho pensato e ripensato e non sono riuscita a tacere, non sono riuscita…

Aveva combattuto una dura battaglia con se stessa e adesso era pentita della delazione. Tipico. Se non la tranquillizzavo subito, era probabile che corresse da Rosa per confessarle di aver parlato con me. Cercai di alleggerirle la coscienza.

– Non si preoccupi, Malena, le prometto che agirò con discrezione. Non la tradirò. Interrogheremo di nuovo tutti, in modo che il colloquio con Rosa rimanga uno fra i tanti.

– Se ne accorgerà e mi odierà. E per cosa? Per niente.

Per la prima volta la trattai con durezza.

– Malena, questo non è un gioco da bambini. Si sta parlando dell'assassinio di un uomo. Lei ha la mia parola che cercherò di essere discreta. D'accordo?

Aveva la mia parola sul tentativo, ma non sulla riuscita, e lei lo sapeva perfettamente. È scritto nei libri di psicologia investigativa: tutti coloro che raccontano qualcosa di sospetto su un amico si pentono immediatamente. Di colpo, l'importanza dei fatti rivelati gli appare più che dubbia e vorrebbero fare marcia indietro e ritirare quello che hanno detto. Di una cosa ero sicura: da quel momento in poi Malena non mi avrebbe più guardata con occhi benevoli. Anche se Rosa non fosse mai venuta a sapere della nostra conversazione, lei ormai mi vedeva come una nemica del suo clan. Forse era stata così gentile con me nei primi tempi delle indagini proprio perché si sentiva in colpa, nascondendomi quei fatti. Ma la questione era un'altra, e molto semplice. Quei fatti avevano qualche importanza nel caso Espinet? Per il momento era impossibile azzardare una risposta. Un primo sguardo alla situazione non rivelava alcun sentiero tracciato con chiarezza. Rosa Salvia poteva avere un amante. E allora? Come aveva detto Malena, rischiavamo di sollevare un gran polverone per niente. Era meglio agire con cautela.

Quando riferii tutta la storia a Garzón, lui rimase zitto per un momento. Rifletteva. Alla fine si espresse:

– Non so cosa stiamo aspettando a interrogare Rosa Salvia. Può esserci un nesso.

– D'accordo, ma se invece non c'è, combiniamo un disastro. Bisogna muoversi con tatto.

– Da quando si fa tutti questi problemi, ispettore?

– Le pare eccessivo?

– Mi permette di parlarle con franchezza?

– La prego.

– Spero che non la prenda come una mancanza di rispetto, ma fin dall'inizio mi sono accorto che lei si lascia influenzare dall'elevata condizione sociale degli abitanti del «Paradís».

– Questo non è vero.

– Io credo di sì, invece. Lei stessa ha riconosciuto che uno qualunque degli amici di Espinet, perfino la stessa vedova, potrebbe essere responsabile della sua morte. E noi cosa abbiamo fatto? Li abbiamo trattati con i guanti come se avessimo paura di disturbarli!

– Li abbiamo interrogati, siamo andati venti volte al «Paradís»!

– Molti di questi interrogatori sono stati visite di cortesia! Si è limitata a chiacchierare con quella Malena e a sbaciucchiare sua figlia.

– Le ho estorto un mucchio di informazioni! E grazie a Mateo Salvia e a Jordi Puig sappiamo che Espinet aveva delle amanti! Che poi tutto questo non ci abbia portati da nessuna parte è un altro discorso.

– Ci siamo mossi in punta di piedi, Petra! Questo è quello che penso, e glielo dico con la mano sul cuore.

– Lei è ingiusto, Fermín, molto ingiusto! Come avremmo dovuto muoverci secondo lei? Facendo venire la vedova in commissariato in piena crisi di nervi? Rifilando due ceffoni a Puig perché non sapeva il nome dell'amante di Espinet? Immagino che questo sarebbe stato il suo stile.

Abbassò lo sguardo. Si contenne. Riuscì ad assumere un'espressione piena di dignità.

– Ispettore Delicado, lei sa che sono ai suoi ordini e farò sempre quello che vuole senza fiatare. Mi dica come dobbiamo condurre l'interrogatorio di Rosa Salvia e così faremo. Ora mi dà il permesso di ritirarmi?

– Sì, vada pure.

– Mi trova nel mio ufficio.

Si divertiva, lo stronzo, gli piaceva da matti fare il martire e l'offeso! Ah, Garzón mi conosceva troppo bene! Aveva individuato il mio tallone d'Achille e lì aveva puntato la sua freccia con mira infallibile. Mi ero lasciata influenzare dall'elevata condizione sociale! Ma cosa diavolo diceva? Era un'accusa bella e buona, e delle più ingiuriose! Perché aveva torto, naturalmente, io non mi ero mai sognata... Basta! Mi rifiutavo di sentirmi come un'imputata a un processo. Ci saremmo comportati esattamente come avevo in mente. Avremmo chiesto a tutti gli amici di Espinet di mostrarci la loro agenda della settimana precedente il crimine, in modo che il nostro improvviso interesse per Rosa rimanesse in ombra. Che Garzón pensasse pure quel che voleva.

Non mi andava di comportarmi come un mulo che scalcia ancor prima di salutare. E se questo feriva l'orgoglio di classe del mio aiutante, tanto peggio per lui.

Andai a cercarlo nella sua stanza, dove lo trovai seduto in tranquillo atteggiamento monastico. Gli ordinai di cominciare immediatamente a richiedere le agende di tutto il gruppo del «Paradís».

– Agli ordini, ispettore! – gridò, scattando in piedi.

– Non c'è bisogno di berciare come un sergente! Mentre lei fa la sua parte, io andrò a parlare con Rosa Salvia. Capito?

– Agli ordini, ispettore – ripeté in tono più normale.

Lo odiavo quando decideva di farsi odiare. E finivo sempre per cadere nelle trappole che mi tendeva per mandarmi fuori dai gangheri, ma per quanto cercassi di impormelo, non riuscivo a far finta di niente.

Pensai che sarebbe stato meglio presentarmi nell'ufficio di Rosa senza avvisare. Arrivai che erano le dieci passate. Non riuscii a capire se fosse sorpresa della mia visita, perché una segretaria mi fece aspettare.

Mi sedetti in una piccola sala. C'erano un mucchio di riviste di informazione finanziaria. Le sfogliai. Martedì, 20 agosto, quello era il giorno su cui bisognava indagare. Rosa Salvia era l'assassina di Espinet? Era lei l'amante misteriosa, l'istigatrice di Lali e Olivera? Cercai di arginare la cascata delle supposizioni. L'ultima cosa da fare era ricamare sui fatti senza una base concreta. Cominciai ad assopirmi. Ero stanchissima, anche se non me ne rendevo conto. Assunsi una posizione che potesse dissimulare il sonno quando fossero venuti a chiamarmi. Caddi in un piacevole dormiveglia. L'ingresso della segretaria mi fece trasalire. Era passata quasi un'ora.

Rosa mi chiese scusa per quella lunga attesa. Era gentile e disinvolta.

– Mi dica, ispettore, ci sono notizie sulla morte di Juan Luis?

– Niente di definitivo.

– Avete trovato Lali e il guardiano?

– Non ancora. In realtà siamo in una fase di riepilogo. Per questo stiamo chiedendo a tutti voi che cosa avete fatto la settimana prima del crimine.

– Sospettate di noi fino a questo punto?

– La prego di non dare importanza alla cosa. Come le ho detto, si tratta solo di un riepilogo. Lei ha un'agenda, vero?

– Naturalmente. L'agenda è un prolungamento della mia vita.

– E vi annota proprio tutto?

– Tutto quel che riguarda il lavoro.

– E le cose personali?

– Alcune sì, altre no.

Nel caso di una donna di mondo come Rosa, abituata a condurre trattative d'affari anche sotto pressione, il fatto che reagisse così bene non era significativo. Tuttavia, quando avevo menzionato la sua vita personale, ero sicura di aver percepito in lei un minimo accenno di inquietudine, forse un'accelerazione nel ritmo delle parole.

– Potremmo rivedere insieme la sua agenda?

– Adesso?

– So che è molto occupata, ma credo che questo sarebbe il momento migliore.

Il mio leggero giro di vite, morbido ma fermo, la colse alla sprovvista.

– Caspita, ispettore, non credevo che si trattasse di una cosa così grave.

Si era irrigidita. Per la prima volta ebbi la certezza che ci trovavamo di fronte a qualcosa di importante.

– Potrebbe dire alla sua segretaria di non passarle telefonate mentre sono qui?

– Ma certo.

Tirò fuori l'agenda da un cassetto. La aprì e cominciò a sfogliarla cercando la settimana che le avevo chiesto.

– Permette?

Gliela presi dalle mani e cercai io stessa la data che mi interessava. In effetti, il pomeriggio di quel martedì appariva misteriosamente vuoto, a fronte della gran quantità di appuntamenti e annotazioni che riempivano le altre pagine. Anche la mattina del mercoledì era in bianco.

– Non ha lavorato in questi due giorni, signora Salvia?

– Mi faccia vedere...

Allungò il collo verso gli spazi che le indicavo, in un tentativo di recita che mi parve pessimo.

– No, è vero, non ho lavorato.

– Può spiegarmene il motivo?

– Quel martedì pomeriggio sono andata dal ginecologo, e il mercoledì mattina non stavo bene, così sono rimasta a casa a riposare fino a mezzogiorno.

– Capisco. Come mai è andata dal ginecologo, signora Salvia, aveva qualche problema?

Per la prima volta perse la compostezza e alzò la voce.

– Non credo che i problemi medici dei cittadini debbano riguardare la polizia.

– Mi dispiace, signora, ma in questo caso ci riguardano. Quanto tempo è rimasta nello studio del ginecologo?

– Non so, non mi ricordo. Dove vuole arrivare?

Mi dispiaceva davvero. Ero stata discreta finché le circostanze me lo avevano permesso, ma ora, se avessi continuato a star zitta avrei compromesso le indagini.

– Signora Salvia, lei aveva chiesto a Malena Puig di coprire la sua assenza dall'ufficio per sei ore e voglio sapere perché. Nessuno va dal medico di nascosto e ci rimane per tanto tempo.

– Malena le ha detto questo?

– Non ha potuto farne a meno. È indispensabile che mi dica la verità. In condizioni normali non me ne importerebbe niente di sapere dov'è andata, ma visto che è stato commesso un omicidio solo una settimana dopo, qualunque cosa venga tenuta nascosta è sospetta.

Rimase in silenzio. Mi guardava come se mi vedesse per la prima volta. Non reagiva. Alla fine disse con la massima naturalezza:

– Sono stata dal ginecologo, gliel'ho già detto.

Andai in collera.

– Per la miseria, una visita medica non dura sei ore,

e non vedo cosa ci sia di così clandestino per chiedere un alibi a un'amica!

– La mia ginecologa lavora presso la Clinica Salute. Domandi lì, lei le confermerà che sono stata nel suo ambulatorio.

– Sì, ma Malena Puig ha affermato che lei voleva sparire in quelle sei ore! Perché?

Abbassò la testa perché non le vedessi gli occhi pieni di lacrime. Parlò a voce bassissima.

– Mio marito ed io non possiamo avere figli.

– Questo lo sapevo.

– Abbiamo fatto dei tentativi per curare l'infertilità, ma non hanno dato risultati. Mateo non vuole più provarci, ma io ci tengo a fare ancora degli esami. Preferivo che non lo scoprisse.

– Perché non l'ha spiegato alla sua amica?

– Non volevo che nessuno lo sapesse. Ho dato a intendere a tutti che la maternità era l'ultimo dei miei interessi.

Trovato l'alibi, crollato il sospetto. Fine della corsa. Avevo tradito Malena senza nessuna necessità. Che se la sbrigassero fra loro. Come avrebbe detto Garzón: «Era una faccenda piccolo borghese che non ci riguardava per niente».

Uscendo dall'ufficio di Rosa mi accorsi di avere un forte dolore alla cervicale. Non era stato piacevole interrogarla. Quel che mi aveva raccontato sembrava verosimile. Sotto la ferrea corazza di una donna d'affari piena di senso pratico palpitava l'istinto primario della maternità. Il marito, frivolo e soddisfatto della vita che conduce, non vuole neppure sentir parlare di nuovi esami di fertilità. Allora lei va da sola in una clinica, ma preferisce che nessuno sappia della sua debolezza, nemmeno Malena, alla quale ricorre per avere le spalle coperte. Sì, tutto tornava. Eppure, quando la raccontai al viceispettore, la storia non gli parve per niente convincente. Quell'ansia di maternità a tutti i costi gli sembrava poco credibile. Insistette perché verificassimo l'alibi alla Clinica Salute. Lui, da parte sua, aveva recitato l'inutile commedia che gli avevo imposto, senza trovare la minima incongruenza nelle agende degli amici di Espinet. Lo guardai negli occhi cercando una riconciliazione.

– Che ne dice, Fermín, ci stiamo muovendo?

– Per lo meno adesso abbiamo qualcosa da fare. Dà tutta un'altra sensazione. Stare fermi senza combinare niente è terribile.

– Eppure, ormai, non possiamo più accontentarci di sensazioni. Abbiamo bisogno di fatti concreti.

– Non disperi, ispettore. I fatti compariranno quando meno ce lo aspettiamo, nascosti sotto le foglie come funghi.

– Molto poetico.

– Anche se le confesso che a me questa faccenda degli esami di fertilità suona ben strana. Questa mania della maternità che si mettono in testa le donne per sentirsi realizzate mi sembra una presa per il culo.

– E allora le gatte, le femmine di scimpanzè, perfino le femmine di coyote nel deserto? Tutte si farebbero ammazzare per i loro piccoli.

– Sì, cavolo, ma non ho mai visto una coyote che si fa inseminare artificialmente.

– Perché noi esseri umani siamo arrivati a un livello di progresso tecnico che si ripercuote anche sugli aspetti naturali della vita.

– E allora, se siamo così progrediti, perché non facciamo a meno degli istinti?

– Continuiamo a fare l'amore.

– Ma avere un figlio è un'altra faccenda. Mi dica lei perché vuol fare un figlio una donna come Rosa Salvia, con tutti i problemi che le creerebbe. Ha già tutto: soldi, potere, bellezza... Lei stessa ha ammesso che non sarebbe arrivata dov'è se avesse avuto dei bambini.

– Sono contraddizioni in cui tutti cadiamo.

– Sulle contraddizioni lei è certo più esperta di me.

– Crede davvero?

– Me l'ha dimostrato. Detesta i preti e patteggia con un cardinale. Fa la donna indipendente e va in brodo di giuggiole tutte le volte che vede la figlia di Malena Puig. Per non parlare di...

– Di cosa?

– Disprezza il matrimonio e l'amore, ma si diverte a fare la mezzana.

– Che cosa intende dire?

– Mi ha fatto un bel servizio presentando Concepción al giudice! Adesso usciamo tutti e quattro insieme e mi tocca sciropparmi certe serate al cinema... Prima io ed Emilia andavamo a cena fuori, ma da quando è saltato fuori García Mouriños, si mangia qualcosa di leggero e via al cinema! Poi bisogna commentare il film. Noioso com'è il giudice!

Non riuscii a evitare un attacco di ilarità. Garzón mi guardava con aria di rimprovero.

– Sì, sì, rida pure. Se continua così, le conviene aprire un'agenzia matrimoniale.

– Non se la prenda, Fermín, non è che un altro esempio di sfruttamento integrale delle occasioni. Con questo intervento mi sono liberata di Concepción, e al tempo stesso il giudice non mi romperà più le scatole perché vada al cinema con lui.

– Fantastico, così lo rifila a me!

Ridevo senza fermarmi, e Garzón era contento. Gli piaceva che lo trovassi buffo. Eravamo di nuovo buoni amici.

– Adesso, viceispettore, lasciamo perdere le faccende personali. Mi dica qual è il passo successivo nelle indagini. Oggi mi sono stancata di decidere tutto io.

– Ovviamente bisogna andare a controllare l'alibi della maternità. Spero che in quella clinica saremo ben ricevuti.

Eravamo di ottimo umore. Forse s'intravedeva una piccola luce in fondo al tunnel. Garzón, al volante, canticchiava. Per lui le cose non si mettevano tanto male come diceva. Sarebbe diventato un cinefilo, magari devoto di un regista in particolare. Il mio stratagemma era riuscito. Ero perfino sorpresa della mia capacità di sistemare le situazioni. Nel modo più impensato avevo messo insieme una combriccola che pareva funzionare a gonfie vele. Non avrebbe dovuto essere il compito futuro di ogni poliziotto? Nessuno poteva assicurare che un giorno, quando il nostro fosse diventato un mondo perfetto e il delitto fosse stato sradicato dalla pratica comune, i tanto disprezzati sbirri non si sarebbero dedicati a servizi di tipo sociale. Immaginai Coronas affidarmi casi di vecchietti solitari, di malati cronici bisognosi di cure o di compagnia. Non mi venne neppure in mente di illustrare la mia utopia al viceispettore, non l'avrebbe accettata neppure come oggetto di discussione teorica.

La Clinica Salute aveva come caratteristica principale quella di non assomigliare per niente a una clinica. Moderna, fredda e minimalista, costruita interamente in legno e granito, sarebbe potuta passare per una palestra di lusso o un palazzo per congressi. Alla reception, due signorine in uniforme di ispirazione spaziale accoglievano il pubblico con un sorriso immutabile. Qualunque segno potesse far pensare alla malattia era stato completamente sottratto alla vista. Niente medici in camice e zoccoli per i corridoi, né robusti barellieri occupati a parlare di calcio negli angoli. Asepsi totale. Si sarebbe detto che venissero ammessi soltanto pazienti in piena salute.

La receptionist che ci toccò in sorte credette che ci fossimo sbagliati quando la informammo che eravamo poliziotti. Dichiarò, in perfetta buona fede:

– Questa è una clinica.

– Certo, e di sicuro ha un direttore, vero? – disse Garzón, con intenzioni bellicose. – Bene, è con lui che vogliamo parlare.

La ragazza, spaventata, prese una decisione d'emergenza.

– Avvertirò l'addetta alle pubbliche relazioni.

Ci staccammo di qualche passo dal banco. Il viceispettore sbuffava. Cercai di salvare la situazione.

– Fermín, per favore, la prego di essere cortese. Non voglio complicazioni inutili.

– Il nostro tempo è pagato dai contribuenti.

– Glielo ricorderò quando mi proporrà di prendere una birra in orario di lavoro.

Per fortuna l'addetta alle pubbliche relazioni arrivò subito. Ci osservò con lo stesso sorriso professionale delle altre ragazze. Era una quarantenne elegante e molto truccata. Le spiegammo che avevamo bisogno di informazioni su una paziente.

– Ma signori, questo è impossibile! La nostra è una clinica privata. Non possiamo infrangere il segreto professionale.

Intervenni prima che lo facesse il mio collega.

– Lo sappiamo, tutto a questo mondo è privato. Ciascuna delle persone che vivono in questo paese ha assolutamente diritto alla sua *privacy*. Ma le leggi che la polizia deve far rispettare riguardano tutti allo stesso modo. Vorrebbe essere così gentile da farci parlare col direttore?

Il sorriso congelato sul suo volto non si alterò minimamente.

– Quello che voglio dire è che i nostri clienti non hanno niente a che fare con la giustizia. Qui non arriva nessuno con una coltellata nella pancia.

Garzón non si tenne più.

– Senti, carina, o avvisi il direttore, o porto qui una bella squadra di agenti e ti monto un numero da circo proprio sulla porta.

Finalmente lei smise di sorridere e sparì con aria sostenuta senza aggiungere una sola parola. Mi voltai verso il mio collega con espressione carica di ironia.

– Lei ha un concetto molto ampio della cortesia.

– Quella mi stava già rompendo i coglioni col suo sorriso.

Non erano passati neppure cinque minuti quando una specie di hostess ci condusse nell'ufficio del direttore, che risultò essere una direttrice. Sobria, concisa, sessant'anni ben portati, ci accolse in modo asciutto e indifferente.

– Quindi volete solo verificare un alibi. Va bene. Non abbiamo mai fatto niente di simile, ma immagino sia nostro dovere. Guarderemo sul terminale e vedremo quale dei nostri medici si occupa abitualmente della signora.

Mise mano alla tastiera. Garzón ed io ci scambiammo un rapido sguardo di sollievo e complicità.

– Sì. Eccola qui. Rosa Massens in Salvia. È in cura dalla dottoressa Climent. Se volete possiamo consultare la sua agenda degli appuntamenti per quel giorno.

– No, preferiremmo parlare direttamente con la dottoressa.

– D'accordo, vedrò che cosa posso fare.

Si assentò dall'ufficio con i passettini corti ma decisi di una donna cinese. Garzón balzò immediatamente in piedi e curiosò nella stanza.

– Ha visto? Questa signora non è un medico. C'è il suo diploma di laurea in economia e commercio appeso alla parete.

– È normale. Si limita a dirigere la clinica.

– Non so se è tanto normale. Questa clinica non sembra una clinica.

– Lo fanno perché il paziente non si deprima in un ambiente ospedaliero.

– A me deprimerebbe di più stare in un posto che sembra la filiale di una banca.

– Ma lei è tutto speciale, Fermín. In realtà ho intenzione di fare un corso sulla sua personalità, perfino un master, pensi un po'.

Il ritorno della direttrice non ci permise di concludere la nostra schermaglia verbale. La seguiva una giovane dottoressa dall'aria impeccabile, che non parve agitata né sorpresa. Parlava in tono monocorde e scandito.

– Sì, ho visitato io la signora Salvia quel giorno.

Ci porse un foglietto che aveva portato con sé. Vi si leggeva la conferma di ciò che aveva appena detto.

– Dottoressa, il trattamento cui ha sottoposto la signora Salvia è durato sei ore?

– Sì, più o meno.

– Com'è possibile che fosse così lungo?

– È rimasta per qualche ora in osservazione.

– Può dirmi quale tipo di trattamento le è stato praticato?

– No, mi dispiace, non posso dirlo.

– È stato un trattamento di fecondazione?

Gli occhi della dottoressa accusarono una leggera sorpresa. Li rivolse immediatamente verso la direttrice, che prese la parola.

– No, signori, la dottoressa Climent non è autorizzata a fornire informazioni su questo punto. Si tratta di un dato assolutamente confidenziale.

– Ma è stata la stessa Rosa Massens a dircelo, è solo questione di confermare.

– Mi dispiace, non possiamo confermare né smentire.

– Nemmeno con un mandato giudiziario?

– Purtroppo lei è male informata, ispettore. Su questo punto la legge è chiara. Nessun giudice può imporci di infrangere il segreto professionale. È un diritto inalienabile. Ma se avete qualche dubbio, chiamerò il nostro legale perché vi dia ulteriori spiegazioni.

– Sapete che siamo qui per far luce su un omicidio?

– Anche se fosse una strage, ispettore, le cose non cambierebbero. E poi, mi riesce difficile credere che una delle nostre pazienti possa andare in giro ad ammazzare la gente.

Il disprezzo che le ispiravamo si rifletteva chiaramente nel suo sguardo. La ringraziai con la massima freddezza e ce ne andammo. Garzón era su tutte le furie.

– Ha sentito che cos'ha detto? «Nessuna delle nostre pazienti». Non intendeva mica dire che Rosa fosse una brava ragazza, ma che il delitto non si addice alla loro levatura sociale. Che coraggio!

– Non mi rompa le scatole con la sua coscienza proletaria, Fermín!

– È una cosa che non sopporto.

– Si preoccupi piuttosto del fatto che non siamo riusciti a farci dire la verità.

– Sappiamo che Rosa è stata lì per sei ore.

– Sì, ma perché non hanno voluto dirci cosa le hanno fatto? E che bisogno aveva di farsi coprire da Malena? Sarei più tranquilla se sapessi come sono andate esattamente le cose.

– Lo vede anche lei che non è tanto facile. Se hanno diritto di star zitti...

– Chiederemo a García Mouriños. Magari gli verrà in mente qualche cavillo legale.

– Ne dubito.

– Miseria, Garzón! Capisco che possa starle antipatico, ma è un ottimo giudice con molti anni d'esperienza.

– No, non mi è mica antipatico... – disse senza convinzione, e si mise a guardare da un'altra parte.

Garzón difendeva il suo territorio dagli altri maschi, comportamento prettamente animale. Potevo capirlo. In realtà tutti noi difendiamo il nostro piccolo fazzoletto, così come faceva la clinica con i suoi pazienti.

Mi domandai che cos'avessi io da difendere, quale fosse il nucleo sacro per cui avrei lottato se se ne fosse presentata l'occasione. La mia indipendenza. Non mi venne in mente nient'altro, e quel pensiero mi rattristò.

8

García Mouriños ci confermò che ottenere informazioni mediche per vie legali era molto difficile, soprattutto se i sospetti che intendevamo confermare non rappresentavano la prova decisiva per far luce su un delitto.

– Solo pochi mesi fa... – decretò – la corte di cassazione ha annullato una sentenza basata su dati clinici rivelati da un medico a un'amica dell'accusato.

Credo che per tutta risposta mi sfuggì un'imprecazione fra i denti. Il giudice, all'altro capo del filo, si preoccupò.

– Petra, è sempre lì?

– In prima linea, giudice.

– Mi sa che le restano poche cartucce da sparare. Legalmente non c'è modo di risolvere la questione. Era molto importante?

– Non lo so neppure. Ma non si preoccupi, in qualche modo faremo.

– Certo Petra. A proposito, non so se gliel'hanno detto, ma Concepción ed io siamo diventati molto amici.

– Mi fa piacere.

– Sua sorella esce col viceispettore Garzón. Com'è piccolo il mondo, vero? Devo dire però che il suo collega non sembra troppo contento, forse non gli piace il cinema.

– Ma no! Al contrario, lo adora. Lo porti al cinema più spesso che può, giudice, e se sono film d'amore, tanto meglio, così si farà un po' di cultura.

Ah, quel disgraziato di Garzón! Tutti noi ci vedevamo coinvolti in una situazione inaspettata per colpa sua, e lui non faceva altro che boicottarci. Si meritava un intero ciclo di cinema francese degli anni sessanta! Be', se non altro ora potevo dedicarmi alle indagini senza preoccuparmi delle sue conquiste e relative conseguenze. Come li capivo gli artisti, quando dicevano che le piccole distrazioni della vita avvelenano la creazione! Se si considera il lavoro investigativo come un atto creativo, era ovvio che nel caso Espinet non mi era stata concessa la minima possibilità di concentrarmi. Troppi fronti erano aperti, i probabili esecutori materiali erano scomparsi, troppa gente era stata esclusa dalla rosa dei sospetti e ci era finita di nuovo dentro. Troppi passi falsi, troppi ingredienti sbagliati perché la torta riuscisse bene. E poi tutti quei fastidi collaterali: la visita del Papa, il caso dei gitani, i problemi amorosi di Garzón. No, dovevo fare un po' di mente locale e rimettere insieme le cose, riflettere su quell'alluvione di dati inconcludenti, cercare spiegazioni al cumulo di sospetti senza un chiaro fondamento che si abbatteva sul caso senz'ordine alcuno.

Guardai l'ora. Dovevo comunicare al mio vice che con la Clinica Salute non c'era niente da fare. Ma non avevo voglia di vedere nessuno. Uscii a fare una passeggiata in plaza de la Catedral. L'immensa scenografia pontificia era quasi pronta. Le impalcature metalliche e le tavole di legno davano alla piazza un'aria strana. Era come se si dovesse disputare un torneo medievale, un mercato rinascimentale.

Il numero dei curiosi era cresciuto. C'erano intere scolaresche al seguito degli insegnanti. L'idea era che i fanciulli assistessero a un evento storico. Squillò il mio cellulare. Era Garzón.

– Ispettore, dove diavolo è finita? Non dovevamo fare il punto della situazione? Cos'ha detto il giudice?

– Venga in plaza de la Catedral, il punto lo faremo prendendoci un caffè.

– Non ci sarà mica anche quel prete?

– No, stia tranquillo, sono sola.

Ero stanca, depressa, frustrata. Quando vidi arrivare Garzón con quella sua aria da cuoco italiano mi sentii ancora peggio. Anticipai la sua domanda.

– Il giudice non può darci un mandato.

– Merda! La sfortuna ci perseguita. Tutte le strade sbarrate!

– Garzón, il caffè. Se non prendo un caffè immediatamente, svengo.

– Non esageri.

– Ma perché non mi prende mai sul serio?

– Al contrario! – rispose, mentre entravamo in un bar. – Quello che dice mi fa sempre pensare. Ricorda la teoria dello sfruttamento integrale delle occasioni?

Lo guardai di sottecchi.

– Sì.

– Ispettore, con il caso dei gitani ha funzionato. Perché non la applichiamo di nuovo?

– Vuole che il cardinale vada alla Clinica Salute?

– No, voglio che le sorelle Enárquez ci diano una mano. Loro sono azioniste di una clinica di lusso. Di sicuro conoscono la direttrice della Clinica Salute e possono convincerla a passarci le informazioni sottobanco!

La teoria dello sfruttamento integrale delle occasioni, che idiozia! Certo che l'idea di Garzón non era del tutto irragionevole. Ci pensai su.

– Però, anche se scoprissimo qualcosa, non potremmo utilizzarlo come prova legale.

– Ma potremmo agire in un senso o nell'altro, costringere Rosa a parlare... arrivare alla verità!

– Ha ragione.

– Che belle parole, dette da lei, ispettore! «Ha ragione». Non le dimenticherò mai!

– Si metta all'opera e non faccia tanto lo spiritoso. Magari le sorelle Enárquez non vorranno neppure sentir parlare di una cosa simile.

– Non si preoccupi, ci penso io.

Fece una ridicola faccia da seduttore. Lo odiai. Se la svignò senza nemmeno salutare. Ordinai un altro caffè, solo per far passare il tempo. I miei pensieri tornarono al punto cruciale. Era possibile che alla clinica mentissero sulla permanenza di Rosa in quelle sei ore? Forse alla clinica no, ma la dottoressa Climent poteva benissimo essere una sua amica ed essersi impegnata a coprirla come Malena. Ma allora, cos'era successo quel giorno? Rosa si era messa d'accordo con Lali e Olivera per eliminare Juan Luis? E perché? Tutte quelle domande non facevano che confondermi ancora di più, il trotto agile delle idee si trasformava in un galoppo sfrenato. Tornai in commissariato e occupai tutto il mio tempo nella stesura di rapporti che non riportavano niente di utile, la cui lettura è d'obbligo per superiori che non li leggono mai.

Alle sette andai all'ultima riunione per la visita papale. Poi ci sarebbero state le prove generali del piano di sicurezza. Il cardinale mi salutò con un lieve abbassare di palpebre in stile ecclesiastico. Forse ormai non vedeva l'ora di tornare agli intrighi vaticani. Il suo momento di protagonismo l'aveva avuto partecipando alla nostra indagine. Anche i cardinali sognano di fare i detective da grandi? Non so se fosse il suo caso. Ma era di certo quello delle sorelle Enárquez. Loro facevano parte di quell'ampia fetta di popolazione che desidererebbe almeno per una volta nella vita poter confrontare indizi, formulare ipotesi, interrogare testimoni. Questo fu chiarissimo quando il viceispettore spiegò che cosa ci aspettavamo da loro.

Invece di tirarsi indietro in nome della prudenza, degli interessi economici o dell'etica negli affari, quelle due pazze deliziose furono affascinate dal progetto. Il rischio e la novità le entusiasmavano. Immaginai che il viceispettore avesse fatto non poco perché trovassero l'idea così allettante. Doveva averla adornata di risvolti romantici di cui in realtà era del tutto priva, attribuendole un'importanza per la risoluzione del caso che non era minimamente certa. Non fidandomi troppo delle promesse che il viceispettore poteva aver fatto alle sue reclute, misi in chiaro la situazione così come stava. Ma loro non si persero d'animo. In salotto, davanti a un bicchiere di whisky, si disposero a ideare un piano.

Ci tennero per prima cosa a dichiarare, da buone cittadine, la loro adesione ai principi della Polizia Nazionale. Poi, dopo questo promettente inizio, Concepción Enárquez mise finalmente i piedi per terra.

– Mi domando come faremo – esclamò, dando segni di preoccupazione.

– Non conoscete nessuno che occupi posti direttivi alla Clinica Salute?

– Ma certo! Abbiamo incontrato molte volte la direttrice e l'amministratore delegato a riunioni di settore. Solo che... be', non so se possa servire a qualcosa parlare con loro. Lo sa come si comportano certi amici quando si scende sul terreno professionale, potrebbero sottrarsi a qualunque richiesta con la scusa degli scrupoli di coscienza.

Emilia uscì dal suo mutismo con l'energia di una ragazzina avventurosa.

– Possiamo parlare con l'amministratore delegato senza raccontargli tutta la verità!

– E come facciamo a giustificare una richiesta di dati così confidenziali? – replicò la sorella. All'improvviso, il suo volto si illuminò. – Senti, Ramona lavora sempre lì?

– Starà per andare in pensione, se non l'ha ancora fatto.

Le due sorelle si guardarono con gioiosa furbizia negli occhi.

Ramona era una caposala da manuale. Andammo a trovarla. Era alta, rubiconda, nubile, capace e servizievole. Aveva cominciato a lavorare giovanissima per il padre delle Enárquez e nutriva per la famiglia una venerazione senza limiti. Fummo d'accordo con le due sorelle sul fatto che fosse la persona ideale per un compito così delicato. Dopo tanti anni di servizio si muoveva alla Clinica Salute come un pesce nell'acqua, e l'accesso alle cartelle cliniche non era un problema per lei. Ci guardò con grande attenzione quando le spiegammo cosa volevamo esattamente.

– È molto semplice, Ramona. Deve soltanto verificare se Rosa Massens è stata in clinica per sei ore e che tipo di trattamento ha ricevuto. Nient'altro.

Annuiva, serissima, come se si preparasse a far parte di un commando suicida.

– Subito dopo l'orario d'ufficio, vado in segreteria e consulto il terminale.

– Se qualcuno dovesse sorprenderla…

– Non preoccupatevi, so io cosa fare.

Le due sorelle sorrisero con orgoglio. Avevano scelto la guerrigliera giusta.

Rimanemmo d'accordo che l'azione avrebbe avuto luogo il giorno dopo. Io ero convinta che sarebbe andata a buon fine. Rimaneva da vedere se potesse esserci utile. Se quel che ci aveva raccontato Rosa era vero, non c'era alcun motivo per sospettare di lei. Se invece il suo appuntamento in clinica era servito a creare un falso alibi, era giunto il momento di spolparla fino all'osso.

Al mio ritorno in commissariato ebbi la graditissima notizia che il commissario Coronas voleva vedermi. Non era arrabbiato con me. Me ne stupii, ultimamente aveva un diavolo per capello.

– Petra, ho deciso che nel piano di sicurezza per la visita del Papa lei farà da guardaspalle personale al cardinale Delli Martiri.

– Posso chiederle perché ha preso questa decisione?

– Molto semplice, me l'ha chiesto lui stesso.

– Credevo che quel giorno sarei stata esentata dal servizio. Siamo in un momento molto delicato del caso Espinet. Abbiamo bisogno della massima concentrazione.

– Un poliziotto deve saper fare più cose insieme. Questa è la formazione che ha ricevuto.

– Lo so, commissario, ma le indagini richiedono particolari attenzioni.

– Petra, non si ossessioni con il caso Espinet. Se va avanti così, dovremo archiviarlo, o per lo meno metterlo in secondo piano.

– Sarebbe un peccato, perché stiamo andando bene.

– A me non pare. In ogni caso, adesso lo sa, il suo obiettivo per il giorno X sarà il cardinale, e soltanto lui.

– Molto bene, signor commissario.

Non riuscivo a capire come mai il prelato avesse scelto proprio me come sua protettrice. O aveva uno scarso attaccamento alla vita, o voleva prendersi il gusto di vedermi lavorare per lui. In ogni caso, non importava, ormai dovevo sciropparmi la messa e assistere alla farsa seduta in prima fila. Non c'era molta speranza che Delli Martiri decidesse di andarsi a bere un bicchiere mentre il Papa faceva il suo bagno di folla. Telefonai a Garzón.

– Le va di venire a pranzo con me?

– Ma con piacere.

Attraversammo la strada, ci sedemmo alla Jarra de Oro e ordinammo il menu a prezzo fisso. Garzón, dopo il mio sintetico resoconto, disse che il cardinale voleva solo portarmi a letto. Non risi, non ero in vena di scherzi. Ero molto preoccupata per quel che aveva detto Coronas. Aveva ragione, le indagini stavano andando malissimo. Avevamo dimostrato la più completa mancanza di iniziativa. Ci eravamo lasciati trascinare dai fatti come burattini.

Il viceispettore intanto finiva la sua bistecca senza che nulla turbasse il piacere che gli infondeva ogni volta l'atto quotidiano di mangiare. Lo guardai con invidia. Mi sarebbe piaciuto essere come lui, libera da ogni senso di colpa, felice delle cose più semplici.

– Non ci siamo dimostrati all'altezza, Fermín. Il caso verrà archiviato.

– Bah, non si faccia il sangue cattivo! Abbiamo fatto tutto il possibile. Nessuno è tenuto a dare di più. E poi, vedrà, Ramona ci fornirà i dati che ci servono.

– E cosa ce ne faremo? Quei dati confermeranno solo l'alibi di Rosa, che per di più non è neppure sospettata.

– Be', però saranno un elemento in più.
– Di elementi ne abbiamo da vendere.
– Non se la prenda, benedetta donna, andrà tutto bene.

Ci mancava solo questa. Il «benedetta donna» in tono biblico e la falsa preveggenza di un roseo futuro erano proprio quel che ci voleva per tranquillizzarmi.

Salutai il mio collega senza neanche aspettare il dolce. Le sue rassicurazioni avevano ottenuto l'effetto contrario.

– Vado a riposare un po'. Trovi una scusa se qualcuno chiede di me.
– Non si preoccupi. Dirò che è andata dal dentista.
– Dica piuttosto dallo psichiatra, sarebbe più realistico.

Decisi di raggiungere il mio quartiere a piedi. Una camminata mi avrebbe fatto bene. Per la strada incrociavo gente che si muoveva decisa, come se sapesse dove andare. Persone d'ogni età e condizione che di sicuro avevano qualche impegno preciso nella vita, un'occupazione in cui vi fosse qualche corrispondenza logica fra sforzo e risultato. Le invidiai. Ero pronta a invidiare chiunque quel giorno, non stavo bene nella mia pelle.

Arrivai a casa in stato quasi ipnotico. Non guardai nemmeno la posta, ordinatamente impilata sul tavolo dalla donna di servizio, né ascoltai i messaggi della segreteria telefonica. Il mio unico desiderio era quello di dormire. Crollai sul sofà e lasciai cadere le scarpe con due colpi pesanti. Mi annullai nel sonno.

Mi svegliai all'imbrunire. Di colpo, l'ansia s'impadronì di me. Ero rimasta in stato di incoscienza per troppe ore mentre tutti gli altri avevano continuato a vivere. Detesto questa sensazione di perdita. Tirai su meccanicamente il telefono e feci il numero di Garzón.

– Ispettore, l'ho vista così stanca che non ho avuto il coraggio di chiamarla.

Scossi la testa per svegliarmi.

– Cosa intende dire?

– Cose grosse, ispettore. Abbiamo i dati dell'infermiera.

– E allora?

– L'alibi di Rosa è confermato. È stata in clinica per sei ore. E sa per cosa?

– Inseminazione.

– Al contrario.

– Insomma, Garzón, cosa sarebbe il contrario?

– IVG. Interruzione volontaria di gravidanza. Un aborto, tanto per capirci.

– Da quando l'ha saputo?

– Me l'ha detto Emilia Enárquez subito dopo pranzo.

– E lei ha avuto la sfacciataggine di lasciarmi dormire con una notizia del genere fra le mani?

– Petra, mi è parso che lei non fosse in condizioni di…

– La prossima volta lo decido io se sono in condizioni o no. Vengo subito. Convochi l'infermiera e non parli con nessuno della cosa, capito?

Non c'è nessuno a vegliare su di noi quando decidiamo di sottrarci al mondo. Bisogna sempre stare all'erta, con gli occhi aperti, in perenne vigilanza. È stancante, ma è così.

Avrei dovuto almeno lavarmi la faccia, ma non lo feci. Uscii come un ciclone. Perfino respirare mi sembrava superfluo, finché non avessi avuto davanti Fermín Garzón.

– Interruzione volontaria di gravidanza praticata su un feto di tre settimane. Così dice la cartella clinica.

La caposala non sembrava affatto scossa dalla bomba che aveva fatto scoppiare.

– Credo che non sia legale in questo paese.

– Tutto è legale in una clinica privata, ispettore Delicado.

– Basta pagare.

– Più o meno. Pratichiamo interventi di interruzione su donne di tutte le età, ma soprattutto su adolescenti che hanno avuto un imprevisto. Naturalmente, col consenso dei genitori. È meglio che dover volare a Londra, non le pare?

– Immagino di sì. Siamo sempre stati convinti che Rosa Massens si fosse sottoposta a trattamenti contro l'infertilità.

– Infatti. Ma la causa di infertilità nel suo caso era il marito. Solo che loro non hanno mai voluto ricorrere alla banca del seme. Sulla cartella clinica c'è tutto.

– In questo caso...

– In questo caso, la paziente doveva essere incinta di un uomo che non era suo marito. Può essere una buona ragione per decidere di interrompere la gravidanza, non crede, ispettore?

– Certo. Si può sapere chi è il padre? Vengono conservati campioni di tessuto del feto o qualcosa del genere?

– No. Un feto è soltanto un feto. Registrarne il gruppo sanguigno o altri dati genetici non è di nessuna utilità.

– Capisco.

– C'è un'altra cosa che deve capire. Come ha potuto vedere, la mia lealtà nei confronti della famiglia Enárquez è totale. Finché il padre ha diretto la clinica, ho sempre lavorato lì. Ma è evidente che negherò di aver fornito alcun dato confidenziale.

– Lo capisco benissimo. In ogni modo l'informazione, così com'è stata ottenuta, non può costituire prova incriminante. Stia tranquilla, ne faremo solo un uso interno.

– In caso contrario, sarò costretta a metterla nei pasticci, ispettore. Dirò che non l'ho mai vista.

Quando se ne andò, riflettei sulla leggenda che attribuisce alle infermiere una vena di spietatezza. Forse c'era qualcosa di vero. Garzón mi guardò, inquieto.

– E adesso, cosa pensa di fare?

– Parlerò con Rosa a quattr'occhi.

– E di cosa?

– La accuserò della morte di Juan Luis Espinet, il padre del bambino di cui si è liberata.

– È molto azzardato.

– Non abbiamo altra scelta. Se non possiamo usare questa prova in quanto tale, dobbiamo usarla come apribottiglie. Una volta tolto il tappo, il resto verrà fuori da sé.

Sapevo che le metafore lo irritavano, quindi non insistetti.

– Forse sarà meglio che io non sia presente, dato l'argomento.

– Ci ho già pensato, ma credo che la signora debba rendersi conto che la sua situazione è molto compromessa, e se ci sarà anche lei, viceispettore, si sentirà sottoposta a una maggiore pressione.

– Petra, crede davvero che sia stata lei a farlo uccidere?

– Si svegli, Fermín! Erano amanti, lei è rimasta incinta, ma Espinet non ha nemmeno voluto sentir parlare di lasciare la famiglia. È stata costretta ad abortire, con tutto il dolore che questo può comportare per una donna che non ha avuto figli e che vorrebbe averne. Il suo risentimento è stato terribile, ed è cresciuto per una settimana, tanto che ha deciso di farlo assassinare.

– Servendosi di quei due. E cosa gli ha dato in cambio?

– Denaro, naturalmente, perché potessero andarsene e farsi una vita insieme. Rosa maneggia parecchio denaro. Anche se l'ispettore Sangüesa non ha trovato nessuna irregolarità nei suoi conti bancari, è facile pensare che avesse una valigetta di banconote nascosta da qualche parte.

– E come poteva sapere che Lali sarebbe stata disposta ad accettare un'offerta del genere? Come l'aveva conosciuta al di fuori dei suoi rapporti con gli Espinet?

– Non lo so, Garzón, non lo so. Speriamo che sia lei a dircelo.

Garzón scrollava il capo pesantemente come un macrocefalo tormentato dal dubbio.

– E se il bambino fosse stato di un collega di lavoro, dell'uomo del gas?

– Non dica assurdità, viceispettore. Ma anche se così fosse, cosa vuole che facciamo, presentarci cortesemente da lei e chiederle: di chi sei rimasta incinta, carina? Bisognerà forzare la macchina, vedere da che parte esce il vapore.

– Il marito verrà a saperlo.

– Probabilmente sì.

– Bella mazzata, no?

– Una bella mazzata, certo.

Convocammo Rosa in commissariato per le sette di sera, al termine della giornata di lavoro. Lo scopo era di sorprenderla con quel che sapevamo, quindi non volli farla chiamare con urgenza.

Arrivò con venti minuti di ritardo, il che, trattandosi di lei, rappresentava il massimo della puntualità. Portava un elegante tailleur grigio e una bellissima camicetta bianca. Era splendida, non capisco come non mi fossi accorta fino a quel momento di quanto fosse attraente. L'amante segreta di Espinet? Certo, perché no? Una donna di grandi qualità, stanca di un marito superficiale, un figlio di papà che senza alcun dubbio la riempiva di corna. Quanto a Espinet... un seduttore occulto, sempre accanto a una moglie immatura e dipendente. Aveva trovato in Rosa qualcosa di meglio di quel che potevano offrirgli le sue avventure occasionali. Lei si era innamorata, lui no, lasciare tutto per lei sarebbe stato troppo. Il dispetto dell'amante delusa, l'aborto... ecco il dramma servito. Come nei migliori feuilleton hollywoodiani che piacevano tanto a García Mouriños.

Si sedette davanti a noi perfettamente tranquilla, come se non avesse niente da nascondere.

– Qual è il problema? Devo dichiarare di nuovo le stesse cose?

– Speriamo che non siano le stesse, signora Salvia, perché ora la sua situazione è cambiata.

Rimasi in silenzio per accrescere l'effetto teatrale delle mie parole. Fece la faccia di chi non capisce. Sorrise, esitò.

– Va bene, dite pure.

– Signora Salvia, quando lei è stata ricoverata per sei ore alla Clinica Salute le è stata praticata un'interruzione di gravidanza. Abbiamo motivo di credere che il padre del bambino fosse Juan Luis Espinet.

I suoi begli occhi sapientemente truccati si socchiusero con dolore. Poi si abbassarono, e cominciarono a sgorgarne grosse lacrime.

– Può raccontarci tutta la verità? – intervenne Garzón, giustificando la sua presenza nella stanza.

Lei fece uno sforzo per parlare, ma non alzò lo sguardo. Disse in un sussurro.

– Malena. Dio mio! Soltanto ieri mi ha giurato che non vi aveva raccontato tutto.

– Infatti non è stata lei. L'abbiamo saputo per altre

vie, che ora non è il caso di menzionare. Immagino lei sappia fino a che punto questa scoperta la comprometta.

Annuì tristemente.

– Lo so, mio marito verrà a saperlo, anche Inés...

– Se ha un avvocato, è meglio che lo chiami subito, prima di continuare a rispondere alle nostre domande.

Alzò la testa di colpo.

– Perché?

– Chiederemo al giudice un'incriminazione per la morte di Juan Luis Espinet.

Il dolore si trasformò in panico. Si alzò in piedi e mi afferrò per il braccio.

– No, ispettore, per favore, non faccia questo sbaglio, io non l'ho ucciso!

– E chi l'ha fatto, allora?

– Non lo so! Sono rimasta agghiacciata la notte del delitto, l'ho saputo insieme agli altri. Non capivo cosa fosse successo. Glielo giuro!

Aveva perso del tutto il suo *aplomb* di donna sicura di sé. Si aggrappava al mio braccio come una pazza.

– Chiami il suo avvocato, Rosa, glielo dico per il suo bene.

– Non voglio un avvocato! Non ne ho nessun bisogno! Io non ho ucciso Juan Luis. Non avrei mai potuto farlo, e poi sapete bene che ero con gli altri alla festa.

– Ha pagato Lali e il suo amante perché lo uccidessero.

– Ma questo è assurdo, ispettore!

– Gli ha dato molto denaro.

– No!

Era sconvolta. Si mise a piangere apertamente.

– Come potete pensare una cosa simile? È atroce!

– Lei lo amava. Pensava che la sua gravidanza l'avrebbe indotto a lasciare la moglie, ma lui le ha detto di no. Come unica soluzione le ha proposto di abortire.

– No, ispettore, parliamone, le spiegherò. Una parte di quello che dice è vero. Ero innamorata di Juan Luis. Ci vedevamo di nascosto da mesi. Sono rimasta incinta, ma non l'ho fatto apposta, anche se per dire la verità non ho preso sufficienti precauzioni. Ma non è stato un piano per incastrarlo. Sapevo che non c'era la minima possibilità che lasciasse la famiglia, e sono stata io a decidere di abortire, lui non me l'ha mai chiesto.

– L'ha abbandonata proprio quando aveva bisogno di aiuto e lei l'ha odiato per questo.

– No. La colpa è stata tutta mia. Lui non mi aveva mai promesso niente. La vita professionale contava moltissimo per lui, non si sarebbe mai permesso uno scandalo. La gravidanza ha precipitato la nostra rottura, ma ci saremmo lasciati ugualmente. Io...

Non riuscì a continuare. Le si spezzò la voce. Piangeva a dirotto, senza controllo, inconsolabile. Fece un ultimo sforzo per articolare una domanda disperata:

– Mi crede, vero, ispettore? Mi crede?

– Mi dispiace, ma tutto è contro di lei. Faccia una telefonata al suo avvocato, verrà trattenuta qui finché non potrà parlare col giudice.

Ci alzammo in piedi, pronti a uscire. Allora le sentimmo dire in tono più lucido:

– Ispettore Delicado, mi faccia un favore. Lasci che sia io a dirlo a mio marito.

– Certo, come vuole.

In corridoio mi accorsi che Garzón era scosso. Le lacrime femminili lo mettevano in difficoltà.

– Bel casino per quella ragazza, no, Petra?

– Non vorrei essere al suo posto, ma non mi sarebbe piaciuto nemmeno essere nei panni di Espinet.

– Pareva sincera nella sua reazione.

– Ammettere un omicidio non è facile, ma finirà per farlo, vedrà.

Chiesi al viceispettore di stendere un rapporto sugli ultimi fatti per trasmetterlo al giudice. Io, nel frattempo, dovevo sistemare una cosa.

Dato che, a quanto pare, Malena Puig era al corrente della gravidanza di Rosa, anche se aveva deciso di non dirmelo, la sua testimonianza poteva servire come prova incriminante. Non dovevamo più preoccuparci se le informazioni di cui disponevamo erano state ottenute in modo poco ortodosso.

Il mattino dopo entrai ancora una volta al «Paradís». Negli ultimi giorni non era cambiato per niente. Il paradiso aveva il potere di autorigenerarsi. Parcheggiai in una zona autorizzata e mi avviai a piedi verso gli «Ibischi». La casa pareva insolitamente silenziosa. Suonai il campanello e dovetti attendere un po' prima che arrivasse qualcuno. Finalmente Malena mi aprì. Aveva addosso il suo camicione da pittrice pieno di macchie fresche. Questa volta non sorrise nel vedermi, anzi, il suo viso si fece scuro.

– Ispettore, come sta?

– Posso parlarle?

Si fece da parte ed entrai.

– Venga con me nel salone.

Ci sedemmo l'una di fronte all'altra. Mi guardò con espressione neutra e impenetrabile. Non mi offrì il caffè, né accennò ad accogliermi nell'intimità della cucina.

– Stava dipingendo?

– Sì.

– Posso vedere il suo lavoro?

Si strinse nelle spalle e si alzò in piedi.

– Venga, se vuole, anche se non credo che valga la pena. Oggi non sono molto ispirata.

La seguii e salimmo le scale in silenzio. A quanto pare il tempo delle chiacchiere e dell'amicizia era finito.

Nello studio regnava il relativo disordine che già conoscevo. La tela a cui Malena stava lavorando era uno di quei tetri paesaggi a colori scuri. Ombra dopo ombra, un sentiero tortuoso si perdeva fra nuvole basse verso un orizzonte in tempesta. Rimasi a guardarlo a lungo.

– Insomma, Malena, se dovessimo interpretare questo quadro da un punto di vista convenzionale, non sembrerebbe che lei sia in preda a un attacco di ottimismo.

– Per una volta, questo è vero.

Fece un profondo sospiro e si sfregò gli occhi con aria stanca.

– Ci siete arrivati, non è così?

– Come lo sa?

– Rosa mi ha telefonato per dirmi che era stata convocata in commissariato –. Si voltò bruscamente e mi scrutò ben bene. – L'avete lasciata andare?

– No. Verrà incriminata per l'omicidio Espinet.

– Ma perché?!

Tirai fuori una sigaretta con irritazione. La accesi e soffiai fuori nubi di fumo come una locomotiva.

– Malena, cosa vuole che le risponda? È stata lei a metterci sulla pista. Perché non mi ha detto che Rosa era incinta di Espinet? Si è sentita la coscienza più tranquilla così? Magari sa anche che è stata lei a ucciderlo e ha deciso di star zitta.

Si rivoltò, furente.

– No, non è vero! Lei non l'ha ucciso! L'hanno ucciso Lali e quello là; solo che ve li siete lasciati scappare e adesso volete scaricare la colpa su qualcun altro.

– Non c'è motivo di prendersela così. Nessuno la accuserà di favoreggiamento.

Abbassò il tono di voce fino a un sussurro.

– Come se me ne importasse. Se avesse sentito le cose che mi ha detto Rosa quando ha telefonato, il disprezzo e il rancore che prova per me...

Si mise a piangere silenziosamente. Capivo quale battaglia interiore si fosse svolta dentro di lei. Aveva fatto bene a tradire per metà le confidenze di un'amica? E se adesso quell'amica fosse stata accusata di un crimine che non aveva commesso? La tragedia del falso colpevole avrebbe pesato per sempre sulla sua coscienza. La vergogna del tradimento, l'infamia della collaborazione con la polizia, tutti i più spregevoli cliché si abbattevano ora sulle sue spalle come un pesante fardello. Il modo che aveva scelto per risolvere il problema, dicendo soltanto una mezza verità, era stato chiaramente infantile. Era la reazionc che ci si poteva aspettare da una persona rimasta sempre lontana dalle durezze della vita. Mi chiesi quante donne del suo ceto sociale passassero anni e anni così, lontano dal traffico immondo dell'esistenza, vedendo soltanto una parte della realtà, quella più rosea. Ma questo era criticabile? Probabilmente no. Tutti ci siamo inteneriti qualche volta davanti alla vecchietta innocente resa incantevole da una grazia puerile. Molto di più che davanti alla donna matura strapazzata dalla vita e lacerata dalle offese della bassezza quotidiana. Ebbi pietà di quella bambina dall'aria falsamente risoluta cui erano crollate di colpo tutte le difese. Le misi una mano sulla spalla.

– Si calmi, Malena.

Si sottrasse dolcemente.

– Lasciami stare, Petra, lasciami stare – disse, dandomi per la prima volta del tu.

Io feci lo stesso con lei.

– Ti chiameranno a deporre. Cerca di dire tutta la verità, questa volta. Altrimenti non farai che complicarti le cose, credimi.

– Lei non può essere un'assassina – mormorò.

– Questo si vedrà. Non abbiamo intenzione di attribuirle un crimine che non ha commesso. Verrà condotta un'istruttoria capillare sulla base delle prove. Di questo non devi preoccuparti.

Rimase in silenzio. Si asciugò le lacrime. La salutai. Quando ormai ero quasi sulle scale la sentii dire con voce esangue:

– Anita sta benissimo con quel vestitino.

Mi voltai. Sorrideva tristemente. Ricambiai il suo sorriso e la lasciai lì, circondata dai suoi paesaggi tenebrosi, forse giustificati in quell'occasione.

Mentre camminavo attraverso i giardini impeccabili, col cinguettio degli uccelli in sottofondo, sentii che quella scena mi aveva lasciato in bocca un sapore amaro. Un omicidio lancia schizzi di sangue in tutte le direzioni. Nessuno ne esce completamente indenne. Ogni cosa ne viene sporcata, contaminata. Perché avevo scelto un mestiere come quello? Quale strana tendenza autopunitiva mi aveva condotta fino al limite da cui si scorge l'oscuro abisso dell'animo umano? Avrei potuto trovarmi al sicuro in un luogo dove giungessero soltanto le risate di bambini tutti miei. Otto o dieci, possibilmente.

9

Il giudice García Mouriños individuò sufficienti elementi nelle nostre ultime scoperte per incriminare Rosa Massens. Fissò una cauzione di dieci milioni di pesetas, dal momento che non vedeva alcun pericolo di fuga da parte della presunta colpevole. Mateo Salvia pagò senza problemi. Garzón era presente quando questi andò a prendere la moglie.

– Era in collera? – gli chiesi.

– No, e la cosa mi ha stupito. Sembrava cinico, piuttosto, come se non gliene importasse niente. Senta, ispettore, non ci staremo sbagliando? L'assassino potrebbe essere lui.

– Crede davvero?

– Potrebbe, per gli stessi motivi per cui può esserlo lei. Sapeva della relazione di sua moglie e...

– E quindi aspetta solo che Rosa ce lo racconti.

– Magari lei cerca di proteggerlo.

– Non complichiamo le cose. Le decisioni del giudice non vanno affatto in questa direzione.

– Che cosa ha chiesto?

– Un supplemento d'indagine sui movimenti bancari di Rosa. E poi vuole che continuiamo a interrogarla.

– Finché non confessa?

– Finché non confessa e, soprattutto, finché non dice dove si nascondono Lali e Olivera, se lo sa.

– Questo significa che il caso è ancora in alto mare.

– Be', proprio in alto mare... Di certo non è chiuso. Diciamo che i risultati delle nostre indagini non hanno ancora portato a una conclusione definitiva.

– Il Papa arriva dopodomani.

– Per me può fare quello che vuole! Non so cosa c'entri il Papa con tutto questo.

– Sì che lo sa, Petra. Se non riusciamo a chiudere il caso in due giorni, Coronas ci rimuoverà dall'incarico e le indagini passeranno sotto la responsabilità della polizia giudiziaria.

– Be', non sarebbe certo una tragedia.

– Supponendo che Rosa sia davvero l'assassina, no; ma se ci stessimo sbagliando...

– Lei insiste con i dubbi.

– Io interrogherei il marito.

Ormai avrei dovuto essere abituata al carattere recalcitrante del mio collega, alla sua naturale tendenza a non essere mai d'accordo su niente. Ma ciascuno di noi, a livello inconscio, si rifiuta di ammettere che gli altri rimangano sempre gli stessi fino alla morte. Accettare una cosa simile significa accettare che anche noi non cambieremo mai, e questo non ci piace. E poi, in quell'occasione, capivo che Garzón fosse restio a lasciare le cose come stavano. Le indagini avevano tutta l'aria di chiudersi male, in modo non conclusivo. Sarebbe diventato uno di quei casi detestabili e frustranti in cui gli accusati rimangono per mesi e per anni nelle condizioni di presunti colpevoli, fino al giorno del processo. Mai, neppure quando è stata emessa la sentenza, si ha la certezza di avere davanti la verità completa.

Accettai, senza farmi troppo pregare, di interrogare di nuovo Mateo Salvia. Lo convocai nel mio ufficio. Dato che Garzón nutriva pregiudizi soggettivi contro di lui, decisi che non fosse presente. Così non mi avrebbe influenzata. Accettò il mio ordine senza fiatare.

Prima che Salvia facesse il suo ingresso nel mio ufficio, mi aspettavo di vedere un uomo finito, schiacciato dall'enormità dei fatti. E invece non fu così. Salvia si presentò elegante, leggero come sempre, col suo sorriso fra l'amaro e l'ironico esibito al limite della sfacciataggine. E tuttavia un osservatore perspicace poteva accorgersi che sotto i suoi occhi si erano disegnati due semicerchi scuri. Ma niente era mutato nel suo atteggiamento calmo e nel tono della sua voce, lento e venato di un cinismo che semmai si era perfino accentuato.

Io non avevo ancora chiaro in mente da dove cominciare, quindi decisi di esordire in modo generico sperando che dalla conversazione nascessero spunti interessanti.

– E allora, Mateo, cosa mi dice di questa storia?

– Be', è una minestra che non mi piace per niente, eppure devo mandarla giù.

Nell'ironia con cui mi sorrise indovinai un'enorme tristezza, un gran sfinimento. Poi aggiunse, più serio:

– Rosa non l'ha ucciso. Ne sono sicuro. Lei non avrebbe mai pagato quei due morti di fame. Non è nel suo stile. E poi li conosceva appena. È un'accusa assurda.

Scarabocchiai qualche appunto fasullo che mi desse il tempo di pensare.

– E lei, li conosceva?

– No. La domestica degli Espinet l'avevo vista, naturalmente, ma non sapevo nemmeno come si chiamasse. Il guardiano di giorno dubito di averlo mai incontrato. Cosa pensa, che io sia l'assassino, il complice o qualcosa del genere? Mi dica lei perché avrei dovuto mettermi in un casino simile.

– Per i motivi classici: gelosia, risentimento, onore ferito...

Scoppiò in una risata.

– Onore! Credevo che non esistesse più un'idea del genere.

– Be', adesso si chiamerà narcisismo, autostima, ego, non importa. Ma è sempre la stessa cosa.

Tamburellò sul tavolo e mi guardò negli occhi.

– Vuole che le confessi una cosa, ispettore?

– Siamo qui per questo.

– Non ero nelle condizioni di sentirmi ferito se Rosa mi avesse detto di essere incinta di Espinet, cosa che non ha fatto.

– Posso sapere perché?

– Non so che idea lei si sia fatta degli abitanti del «Paradís», ma le assicuro che le apparenze ingannano. Per un certo periodo Inés Espinet ed io abbiamo avuto una relazione.

Colpita e affondata. Qualcuno offre di più? Il gioco è aperto, pensai, se riuscivo ancora a pensare lucidamente.

– Dice sul serio?

– Certamente. Lei era stanca di un marito che non la considerava e io mi trovavo a passare di lì.

– Qualcuno l'ha saputo?

– Nessuno. Abbiamo agito con la massima discrezione e non abbiamo commesso errori.

– Be', non so cosa dire.

– Spero lei capisca che non sono certo la persona più indicata per una vendetta passionale.

– Come mai è finita la sua storia con la signora Espinet?

– Tutto ha un inizio e una fine. Abbiamo passato dei bei momenti insieme e poi siamo rimasti amici. Questo si chiama avere classe. Non le gravidanze e gli aborti di un romanzo d'appendice.

– E adesso cosa pensa di fare?

– Mi separerò da mia moglie, cos'altro posso fare? Ormai lo scandalo è scoppiato, mandando all'aria il delicato equilibrio generale. Non ci sono alternative.

– Lei è un tipo che non si fa illusioni, signor Salvia.

– Non me le sono mai fatte. Avere dei rimpianti mi è sempre parso volgare, come riconoscere in pubblico le proprie debolezze.

Tornò a sorridere con la sua aria stanca. Ebbi l'impressione di avere davanti un uomo logorato più che sconfitto. Lo lasciai andare senza ulteriori domande e chiesi al centralino di non passarmi telefonate. Avevo bisogno di pensare, di assimilare quella rivelazione. L'inconsolabile Inés! La moglie bambina incapace di superare la perdita del marito. Forse avrei dovuto iscrivermi al più presto a un corso di psicologia della vita quotidiana. Bene, fin lì la reazione umana, il brivido del pettegolezzo, la curiosità. Ora però dovevo inserire il nuovo elemento nel rompicapo e vedere come alterava il quadro complessivo. C'erano molte possibilità. Per esempio: Inés e Mateo se la intendono. Espinet lo scopre e, per dispetto, si mette con Rosa. Inés viene a sapere della storia fra Rosa e Espinet e, sopraffatta dall'ira, lo fa uccidere. Nessuno come lei conosce il punto debole della propria domestica. Certo che, al di sopra di tutto e prima di tutto, c'era l'aborto, unico fatto tangibile in quell'intrico di infedeltà a letti incrociati. Accidenti, gli elementi del rompicapo combaciavano, ma su due o tre lati indifferentemente!

Riferire la novità al viceispettore e vederlo cadere in preda a un furore ciclopico fu tutt'uno. Bestemmiò in molte più lingue di quelle che conosceva.

– Guardi, ispettore, in questo casino non si possono più fare congetture né cercare moventi validi. Qui chiunque se la intendeva col vicino! Alla fine le persone che avrebbero avuto motivi passionali accettabili per far fuori Espinet sono tre.

– Sì, però solo una ha dovuto abortire a causa sua.

– In effetti, abortire è un passo in più.

– L'unico computabile.

– Procediamo per fatti, Petra.

– Lo stiamo facendo.

– Se solo beccassimo i due fuggiaschi! Ma come sempre la polizia spagnola non è capace di combinare niente.

– Non dica fesserie, Garzón! Lo sa meglio di me che quelli possono essere ovunque. È come cercare un ago in un pagliaio. Siamo noi che non abbiamo combinato niente.

– Anche noi siamo la polizia spagnola –. Sorrise come un bambino che ha segnato un punto contro un adulto.

– Può anche scherzarci su, ma così come stanno le cose il giudice proscioglierà Rosa per mancanza di prove. E sa che cosa significa questo? Che le indagini non sono state ben condotte, nient'altro.

– Proprio ieri sera sono uscito col giudice. Siamo andati a vedere un film di Kurosawa.

– Viceispettore! Lei ormai padroneggia i grandi nomi con disinvoltura!

– Sono un esperto: Buñuel, Godard, Jarmush e gli ultimi film del gruppo Dogma.

– Incredibile!

– Butto giù certi mattoni! Un giorno o l'altro metto su un cineforum in commissariato.

– E il giudice le ha detto qualcosa sul caso Espinet?

– Continua a riporre molte speranze nelle indagini finanziarie dell'ispettore Sangüesa.

– Sangüesa ha già indagato a suo tempo senza risultati.

– Ma adesso sta passando al setaccio i conti di Rosa. A proposito, quante volte l'abbiamo interrogata?

– Parecchie, ma non pare disposta a confessare.

– Adesso devo andare, ispettore. Il commissario vuole vedermi.

– E me no?

– Credo ci abbia rinunciato.

– Figuriamoci. Sta solo aspettando che finisca la storia del Papa per darmi la stoccata finale.

– Non si preoccupi, quando sarà morta pregherò per lei.

– Spero che lo faccia il Papa, già che viene da queste parti...

Almeno con Garzón si poteva scherzare. Da quando aveva un'amicizia stabile con Emilia Enárquez anche il suo umore si era stabilizzato. Sì, tutto quello che avevamo affrontato sulla base della teoria dello sfruttamento integrale aveva funzionato a meraviglia, salvo il caso Espinet. Sì, una bottiglia sigillata, ecco cos'era il caso Espinet. Forse eravamo riusciti a svuotarla attraverso una fessura, ma il tappo era ancora al suo posto. La possibilità che saltasse fuori un nuovo elemento sorprendente e rivelatore era sempre più remota. Saremmo stati costretti a forzare la confessione di Rosa. Il vecchio sistema poliziesco di mettere alle strette il presunto colpevole fino a fargli sputare l'osso non mi piaceva per niente. Era come catturare un coniglio e spellarlo vivo a poco a poco, un giorno un brandello di pelle, il giorno dopo un altro... un modo orribile di lavorare. Minare la resistenza di un essere umano non era nel mio stile: io il coniglio avrei voluto tirarlo fuori bianco e immacolato dal cilindro. Ma non c'era altra soluzione.

Decisi di andare io stessa da Rosa, al «Paradís», invece di convocarla nuovamente in commissariato. Era un cambiamento di strategia minimo, che forse si sarebbe rivelato efficace. Entrare là dentro cominciava a risultarmi tremendamente sgradevole. Tutto ciò che prima mi dava un'illusione di libertà: fiori, uccelli e bambini, ora mi produceva una sensazione di claustrofobia. L'aria era soffocante. Lì tutti quei giovani patrizi, con la loro vita da catalogo di lusso, escogitavano i mille e un modi per essere infelici.

L'effetto negativo crebbe dentro di me via via che mi avvicinavo alla casa dei Salvia. Sapevo bene che ormai non potevo più aspettarmi il caffè fumante di Malena Puig né il tepore del corpo di sua figlia, ma la tragedia sotterranea di una donna in pezzi.

Rosa mi aprì la porta. Era invecchiata di colpo. Indossava una vestaglietta leggera sotto la quale si intravedeva il pigiama. Non si era pettinata. Mi guardò come se non mi riconoscesse.

– Posso parlarle?

Mi fece entrare con espressione assente. Nell'ingresso c'erano diverse valigie impilate e una sacca da golf.

– Mateo se ne va – disse senza salutarmi. Poi, camminando con le spalle curve, si avviò verso il salone. Si lasciò cadere su un divano. Mi sedetti di fronte a lei. – Dice che per ora andrà a stare in un *residence* perché non può né deve rimanere qui. Lei lo capisce, ispettore? Sono molti anni che viviamo insieme. Abbiamo sopportato tutto l'uno dell'altro: l'indifferenza, il cattivo umore, le rispettive infedeltà... ma adesso non riesce a stare in questa casa un momento di più.

Mi strinsi nelle spalle e la lasciai parlare.

– Eppure, andavamo d'accordo, avevamo costruito un rapporto amichevole, fatto di affetto e comprensione. Ci incoraggiavamo a vicenda quando qualcosa non andava, ci facevamo compagnia, andavamo insieme alle feste, ridevamo. Ma stamattina non ha voluto nemmeno rivolgermi la parola.

– Sono successe cose molto gravi, signora Salvia.

Si voltò con inaspettata energia.

– Cos'è successo? Cosa? Che l'ho tradito con Juan Luis? Lui stesso ieri mi ha confessato di aver avuto una storia con Inés. Che sono rimasta incinta? Ma se ho abortito! C'erano stati altri amanti nella mia vita, lui lo sapeva benissimo, e non gliene è mai importato niente.

– Lei dimentica che è stato commesso un omicidio.

– Non dica assurdità, ispettore, io non l'ho ucciso! Posso capire che all'inizio abbiate avuto dei dubbi su di me, ma non ha senso pensare che sia stata io, non ha senso! Lei lo pensa davvero?

Aveva ritrovato la forza e la determinazione che la caratterizzavano.

– Il mio compito non è pensare.

– E qual è, allora?

– Scoprire la verità. Può raccontarmi la sua versione dei fatti?

– Quante volte dovrò ripetere le stesse cose?

– Tutte le volte che sarà necessario.

– Ma se sa già tutto! Ero l'amante di Juan Luis. Sono rimasta incinta e ho deciso di abortire. Questo ha affrettato la nostra rottura. È tutto, non c'è altro.

– Lei nutriva delle speranze sul fatto che Espinet lasciasse la moglie?

– No.

– Chi aveva dato inizio alla relazione?

– Io, ma lui non si era fatto pregare.

– Si è arrabbiato quando lei gli ha detto di essere incinta?

– No, è rimasto solo sorpreso.

– Che cosa le ha detto?

– Non mi ricordo bene. Che era stato un errore imperdonabile, o qualcosa del genere.

– È stato lui a chiederle di abortire?

Rimase zitta per un momento. Vedevo il suo petto palpitare sotto la vestaglia leggera.

– Forse me l'ha suggerito.

Feci un salto sulla poltrona, mi innervosii.

– Insomma, Rosa, per Dio! Dice che non le aveva mai parlato di aborto e adesso viene fuori che gliel'ha suggerito. Come si sono svolte le cose? Come in un consiglio di amministrazione? «Le suggerisco cortesemente di abortire per il bene dell'azienda»? Su, siamo seri! Lei gli ha chiesto di lasciare Inés e lui si è rifiutato. Avete litigato. Lei gli ha detto che non aveva nessuna intenzione di disfarsi del bambino e lui ha preteso che lei lo facesse. Non era disposto a far scoppiare uno scandalo.

– Non ha preteso niente! Mi ha pregata di farlo per il mio bene.

– Perfetto! E lei gli ha risposto con la massima educazione: «Non ti preoccupare, caro, abortirò».

– No, non è andata così!

– Certo che no! Lei si è impuntata, l'ha minacciato. Vi siete presi per i capelli. Juan Luis l'ha perseguitata per una settimana cercando di convincerla con tutti i mezzi a interrompere la gravidanza, finché lei non ha più retto alle sue pressioni e l'ha fatto.

Mi affrontò piena di furia.

– Sì, e questo cosa prova?

– Prova che lei gli serbava un rancore terribile. In primo luogo il suo amante aveva dimostrato di non amarla affatto, e in secondo luogo l'aveva costretta a disfarsi del figlio che aveva sempre desiderato.

Sul suo volto si lesse il colpo terribile inferto dalle mie parole. Continuai, forse eravamo alla fine e avrebbe confessato.

– Il risentimento che provava presto si è trasformato in odio. Prima ha pensato di raccontare la storia a tutti quanti e far scoppiare uno scandalo. Poi si è detta che avrebbe potuto uscirne danneggiata lei stessa. C'era un sistema più drastico, più definitivo, che in quel momento le è parso perfino giusto: ucciderlo.

– Io ero con gli altri quando Juan Luis è stato ucciso.

– Insomma, Rosa, non mi faccia ridere! Lei sapeva che Lali e Olivera stavano insieme, che erano due sprovveduti senza un soldo. Gli ha fatto una proposta che loro non potevano rifiutare.

– No, io non sapevo niente di quei due! Cosa potevo saperne? Ho altre cose di cui occuparmi, io! Non passo le giornate a parlare con le donne di servizio come Malena! Come poteva venirmi in mente di ricorrere a una mezza subnormale come Lali?

– Non le credo, Rosa, non le credo. E mi dispiace davvero.

– Ma se nessuno vuol credere alle mie parole, perché mi fate parlare tanto? Lei in realtà pensa che se una donna abortisce è capace di qualunque cosa.

Si alzò in piedi con dignità.

– Se ne vada, ispettore. Non le permetto di giocare sulla mia pelle.

– Le assicuro che non si tratta di un gioco. La sua situazione è molto delicata.

– Esca da casa mia. Io non l'ho ucciso. Non sono il tipo che ammazza la gente.

Mi alzai e andai verso la porta.

– Si stupirebbe se vedesse certi assassini, Rosa. Non hanno la faccia dei delinquenti né vanno in giro col coltello nascosto dietro la schiena. Se decide di parlare, mi chiami.

Era probabile che crollasse non appena me ne fossi andata, ma apparentemente la mia visita aveva rafforzato il suo orgoglio.

Mi domandavo perché una simile guerriera si fosse fatta fregare a quel modo. Noi donne siamo incorreggibili, pensai. Alla fine cadiamo immancabilmente nei più vieti luoghi comuni: l'amore fatale per l'uomo sposato bello e impossibile. Maledizione, ci eravamo liberate della supremazia maschile ma non avevamo fatto un solo passo avanti nell'emancipazione della nostra vita sentimentale! Rosa aveva fondato un'azienda, l'aveva fatta quotare in borsa, non poteva compensare la crisi del suo matrimonio con qualche storia senza troppo impegno? No, eccola lì, impantanata in una tragedia passionale che non avrebbe stupito le nostre bisnonne. Al diavolo tutto! Nella prossima vita speravo di nascere uomo o, meglio ancora, serpente o mandrillo, o qualunque altra bestia, piuttosto che una brutta copia di Anna Karenina o Madame Bovary.

Bene, la confessione non l'avevo avuta e per di più mi ero presa una bella incazzatura. Che Rosa se ne stesse pure lì a tu per tu con la sua coscienza e col telefono sotto controllo. Magari avrebbe riflettuto su quel che le conveniva fare.

Non mi venne neppure in mente di passare da Malena a far due chiacchiere. Di sicuro era pentita di avermi aiutata, e la mia presenza le avrebbe ricordato il tradimento nei confronti dell'amica. Ero così assorta quando imboccai il vialetto centrale che ci misi un po' a riconoscere la donna che mi stava chiamando dal finestrino di una macchina.

– Ispettore, ispettore Delicado!

Mi avvicinai. Era Ana Vidal, la vicina che aveva visto la signora Domènech aggirarsi nei giardini la notte del crimine.

– Come sta? Stavo andando al supermercato e l'ho vista passare. È vero quel che si dice?

– Cosa si dice?

– Che la moglie di Salvia è stata incriminata per l'assassinio di Espinet.

– Le notizie volano.

– Sa com'è, nei posti piccoli. È terribile che sia stata Rosa, no?

– Attenzione. Non si confonda. Rosa non è colpevole finché non verrà processata e il giudice non la dichiarerà tale.

– Penso anch'io la stessa cosa. Si ricordi della povera signora Domènech. Sarei morta di vergogna se fosse stata accusata ingiustamente per colpa della mia testimonianza! In realtà le avevo parlato di quel fatto solo perché Malena Puig aveva insistito tanto.

– Come?

– Oh, be', è stato per puro caso! Avevo incontrato Malena nella zona dei bimbi e le avevo raccontato di aver visto la signora Domènech in giro per i giardini, quella notte. Non avevo intenzione di testimoniare perché mi pareva che la cosa non avesse alcun rapporto con il crimine, ma Malena mi ha ripetuto un mucchio di volte che dovevo farlo. Per questo mi sono decisa.

– Come mai non mi ha parlato di questo intervento di Malena?

– Non so, non mi sembrava importante. Perché?

– No, niente.

– Bene, ispettore, io me ne vado a fare la spesa. Speriamo che tutto si risolva al più presto!

– Sì, speriamo.

Mise in moto e si allontanò. Io rimasi ferma dov'ero, a pensare. Malena. In quell'indagine il suo nome saltava fuori a ogni passo. Aveva davvero preso a cuore il suo dovere di cittadina al servizio della giustizia. All'inizio ci aveva fornito informazioni su Lali, sullo stesso Espinet, sulla vedova. Adesso scoprivo che senza il suo intervento Ana Vidal non ci avrebbe mai riferito di aver visto la signora Domènech aggirarsi per i giardini la notte del delitto. Poi aveva convinto suo marito a rivelarci le confidenze di Espinet. E, per finire, la sua testimonianza era stata determinante per fare di Rosa Salvia la principale indiziata. Era stato tutto un caso? O Malena sapeva fin dal principio chi era l'assassino? Mi sembrava improbabile. In fondo lei era l'unica fra gli amici di Espinet a essere libera da impegni professionali, era abbastanza normale che si fosse lasciata coinvolgere più degli altri. Eppure mi era entrata una pulce nell'orecchio. Non dimenticavo le accuse di debolezza che mi erano state lanciate da Garzón, e non appena rientrai in commissariato, gli esposi le mie riflessioni sul reiterato concorso di Malena nelle indagini. Mi interessava la sua opinione.

– È strano, certo. Eppure lei, ispettore, continua a essere convinta che siano state le sue domande a farla parlare.

– Sì, è quello che penso.

– In ogni modo, bisognerà approfondire.

– Ma che motivi avrebbe per coprire l'assassino di Espinet?

– Magari è suo marito.

– Oh, no, Garzón!

– Come no? In un ambiente dove tutti se la facevano con tutti, qualunque cosa è possibile. Certo che se seguiamo le tracce di ogni singola scopata, alla fine potremmo trovarci con più indiziati che cadaveri.

– È un modo un po' rozzo di descrivere la situazione.

– Comunque, adesso s'impone una breve sosta tecnica. Domani arriva il Papa e più tardi abbiamo le prove generali del piano di sicurezza. Se ne era dimenticata?

Era come se non volessi ricordarmene. Per un mese la polizia di Barcellona aveva affilato le armi per un balletto finale perfetto. Il Papa sarebbe atterrato quella notte all'aeroporto di El Prat dopo aver mobilitato l'intera città. Avrebbe alloggiato al Palazzo di Pedralbes. Fortunatamente la mia partecipazione si sarebbe limitata alla messa.

Con quest'idea in mente mi recai alle prove generali in plaza de la Catedral. Il cardinale Delli Martiri occupava un posto fisso nella coreografia e il mio compito era quello di stargli accanto. Andai a cercarlo. Ci salutammo cortesemente. Da quando ci aveva prestato il suo aiuto non avevamo scambiato una sola parola. Rimanemmo entrambi in silenzio per tutta la durata della faccenda. Non appena quell'assurda prova ebbe termine raggiunsi il viceispettore.

– Cosa fa stasera, Fermín, di nuovo al cineclub?

– Non se ne parla nemmeno.

– Allora ho una proposta da farle.

– Erotica?

– Sì, erotismo poliziesco. La invito a cena a casa mia, e come materiale dell'orgia le propongo di portare tutti i fascicoli del caso Espinet.

– Me lo immaginavo. Che cosa pensa di fare?
– Esame di coscienza, atto di dolore, penitenza.
– È una cosa della Bibbia, no?
– Del catechismo. Domande e risposte.
– A che ora vuole che venga?
– Alle dieci.
– Va bene, ma la avverto che domani dobbiamo alzarci presto per il Papa.
– Se saremo mezzi addormentati, ci comprenderà. Il Signore comprende sempre le debolezze degli uomini.
– Le è presa la vena religiosa, eh?
– Questa volta ci tocca.

Può darsi che Garzón avesse i suoi difetti, può anche darsi che il nostro rapporto fosse guastato dal contatto, ma non si poteva negare che, quando gli chiedevo una cosa, fosse letteralmente disposto a mettermi prima del Papa.

Andai in un *drugstore* aperto tutta la notte e comprai insalate pronte e spaghetti. Arrivai a casa appena in tempo per cucinare.

Chiunque avrebbe detto che imbarcarsi in una revisione completa delle indagini quando ormai il caso era praticamente chiuso fosse un'assurdità. Ma dovevamo provarci. Tassativamente escluso il whisky dopo cena.

Alle dieci in punto arrivò il viceispettore, equipaggiato di dischetti e cartelline piuttosto voluminose. Scaricò tutto sul tavolo del soggiorno e seguì la traccia olfattiva del cibo fino in cucina. Cenammo lì, parlando del più e del meno. Individuare gli errori è molto più difficile che cominciare da zero, quindi avevamo bisogno di un po' di relax prima di immergerci in una sessione intensiva di lavoro.

Giunti che fummo al dolce, il mio collega adottò un tono confidenziale.

– Non si torturi, ispettore. Nel caso Espinet abbiamo fatto tutto il possibile.

– Lo spirito con cui dobbiamo affrontare quest'ultimo tentativo è esattamente opposto a quel che mi sta suggerendo, Garzón. Siamo passati davanti a una porta senza aprirla. Per questo non facciamo che accumulare dubbi. Dobbiamo riconoscere che non siamo stati all'altezza e riesaminare tutto senza la minima certezza sul nostro operato, capisce?

Annuì guardandomi negli occhi e fece una domanda che mi rianimò.

– Ha del caffè?

– Una piantagione intera.

Ci alzammo da tavola senza sparecchiare e andammo nel soggiorno. Il computer era su un tavolo laterale; ci sedemmo lì.

Io declamavo le domande, e Garzón rispondeva consultando i fascicoli.

– Analisi delle impronte?

– Correttamente eseguite.

– Autopsia?

– Unico indizio, il graffio.

– Prima indiziata: la signora Domènech. «Dove vai uccellino, chi sei tu?».

– Secondo la nostra ipotesi l'uccellino è Lali che esce dalla porta posteriore preoccupata per il suo amante. La filippina ci riferisce la frase temendo che la signora Domènech possa dire qualcosa. Nel contempo fa ricadere i sospetti su di lei. Giusto?

– Si presume di sì.

– Indagini e interrogatori sui Domènech?

– Parecchi. Perfino un sopralluogo nell'abitazione. Esclusa la loro colpevolezza.

– E i guardiani?

– Olivera, scomparso. Presunto autore materiale. L'altro non c'entra niente.

– Sicuro?

– Sì.

– E l'agenzia per cui lavoravano? Sono state fatte delle indagini, è stata verificata la contabilità?

– Ma ispettore! Non c'era nessun indizio che potesse giustificarlo.

– Non importa. Ricordi che stiamo cercando di individuare che cosa ci è sfuggito. Faremo un sopralluogo negli uffici e interrogheremo di nuovo il direttore. Potremmo richiedere anche una verifica dei suoi conti bancari.

Garzón, senza troppa convinzione, cominciò a stendere una lista. Bella roba, pensai, stiamo per chiedere tante di quelle indagini dell'ultima ora che Coronas ci toglierà non solo l'incarico, ma anche lo stipendio.

Indizio dopo indizio, ora dopo ora, la lista di Garzón si allungava. Alle tre del mattino le operazioni in programma erano le seguenti: nuovo controllo sulle dichiarazioni dei redditi di Mateo Salvia. Nuova verifica della pratica di immigrazione di Lali Dizón. Nuovo interrogatorio alla vedova Espinet, questa volta menzionando la sua relazione con Mateo.

Con gli occhi velati dal sonno, Garzón si alzò in piedi. Avevamo finito. Non restava nient'altro da rivedere. Si passò le mani sulla faccia, fece un giretto per la stanza e si voltò verso di me.

– E Malena Puig? – domandò. – Tutta quest'ansia revisionista le è venuta perché non la convincevano tutte quelle coincidenze nel corso delle indagini.

– L'ho lasciata di proposito per il finale. Voglio che verifichi ogni cosa che la riguarda, ha capito? Tutto: il suo passato, chi sono i suoi genitori... vada fin dove può arrivare.

– Mi fa piacere sentirglielo dire.

– Non so se a me faccia piacere o no.

Riguardammo la lista finale. Non c'era un solo punto davvero promettente, ma almeno così potevamo essere certi di sparare fino all'ultima cartuccia. Poi... la giustizia avrebbe fatto il suo corso in base agli elementi che le avremmo messo in mano.

– Vada a casa, viceispettore. Oppure vuole fermarsi a dormire qui per guadagnare tempo?

– No grazie, l'orso torna sempre nella sua tana.

– Cerchi di riposare, non mi piacerebbe che domani confondesse il Papa con un'altra persona.

Rise.

– Può scommettere di no.

Dalla finestra della cucina lo vidi incamminarsi verso la macchina. Povero Garzón. Reggeva il peso della stanchezza con dignità. Pensai che quando lui fosse andato in pensione, la vita professionale avrebbe perso ogni interesse per me. Sarebbe stata come una primavera senza fiori, come un ballo senza musica, come un cappuccino senza croissant.

Mi guardai intorno. C'era un grande disordine, ma decisi di chiudermi la porta alle spalle. Lasciai perdere gli avanzi della cena, l'aleggiare dei sospetti e del fumo. Andai a letto difilato e dormii bene, come un tronco alla deriva su un mare calmo.

Non avrei mai immaginato che a Barcellona ci fossero tante suore. Gli abiti non avevano più niente a che fare con le cuffie alate e i soggoli bianchi che davano loro un tempo un'aria fra l'infantile e il sacro. Ora portavano divise orrende: vestiti grigi, marroni o beige a mezza gamba, un pezzo di tela informe sulla testa e scarpacce maschili a buon mercato. Qualunque rapporto con la mistica era escluso. Avevano perso perfino l'aria sobria e severa che avrebbe potuto identificarle come militanti del Signore. Erano squallide.

Accorsero a migliaia alla messa del Papa. Procedevano a gruppi agitati e chiassosi, entusiaste di assistere all'esibizione del loro idolo.

Il resto del pubblico non mi parve più attraente. Sembravano messi insieme da un circolo di escursionismo. Parlavano con evidente franchezza, ridevano forte, si muovevano con gran disinvoltura. Erano avvolti dall'indefinibile aura delle sette. Probabilmente dedicavano parte del loro tempo a far compagnia ai vecchietti o a qualche altra attività sociale encomiabile, ma ciò non toglieva che mi suscitassero una certa avversione.

Alcuni gruppi si erano seduti in cerchio per terra a cantare e a suonare la chitarra. Facevano parte di un segmento sociale del tutto démodé, gente virtuosa e gioviale al servizio delle istituzioni ecclesiastiche.

La dotazione di polizia assegnata a plaza de la Catedral era ingente. Finché non fosse comparso il corteo papale non avevamo altro scopo che passeggiare fra la gente svolgendo un compito di vigilanza teorica. Tutti eravamo equipaggiati di ricetrasmittenti connesse in rete e alla centrale operativa. Mi era stato affidato il settore sud-est ed ero abbastanza lontana da Garzón.

Ero nervosa, di pessimo umore. Ogni volta che passavo davanti a uno di quei gruppi canori lanciavo occhiate furibonde. Li avrei volentieri arrestati per schiamazzi. Non avrei mai perdonato Coronas per avermi tuffata in quella festa.

Via via che si avvicinava il momento della messa, affluiva più gente. Il traffico era stato interrotto in tutto il quartiere. I fedeli arrivavano a ondate, dalla zona destinata al parcheggio degli autobus. Ma era stato previsto uno sbarco di quelle dimensioni? Non mi sarebbe affatto piaciuto morire travolta dalla valanga cattolica.

Verso le undici del mattino l'affluenza di pubblico cessò. Tutti occuparono i posti in cui sarebbero rimasti durante la cerimonia. Alcuni dei miei colleghi avevano cominciato a perquisire zaini troppo voluminosi.

Mi stupì vederli agire con tanta professionalità. Era improbabile che fra i fedeli vi fosse qualche attentatore con le pedule impegnato nel canto celestiale.

Vidi avvicinarsi Coronas e feci il possibile per avere l'aria del poliziotto zelante. Venne direttamente verso di me.

– Si può sapere a che gioco sta giocando, Petra?

– A cosa si riferisce, commissario?

– Perché ha chiesto tanti supplementi d'indagine?

– Sta parlando del caso Espinet?

– Sa benissimo di cosa sto parlando.

– Mi dispiace, signor commissario, ma sono così immersa in questa operazione che mi coglie di sorpresa.

– Fantastico! È un mese che cerco di convincerla a dedicare anche solo cinque minuti del suo tempo a questa operazione, e lei non mi ha mai dato retta. Adesso le parlo del caso Espinet e la colgo di sorpresa. Immagino che l'unica cosa che vuole è contraddirmi.

– Niente affatto. Vede, ho chiesto tutte quelle verifiche perché sono convinta che possono emergere elementi nuovi.

– Ha la minima idea del lavoro che ha accumulato?

– Lo so, ma...

– Petra, non voglio annullare i suoi ordini, ma quando saremo più tranquilli voglio che passi nel mio ufficio per parlare del caso Espinet.

Bene, il dado era tratto, e le ore, contate. Coronas non mi avrebbe permesso di prendermela comoda e di risolvere il caso a colpi di revisioni successive. Non ci rimanevano molte opportunità.

A mezzogiorno fummo avvisati via radio che il corteo papale stava lasciando il Palazzo di Pedralbes. Avrebbe sfilato a velocità moderata lungo l'avenida Diagonal, poi avrebbe svoltato in paseo de Gracia e sarebbe giunto in plaza de Cataluña. Lì i cardinali sarebbero scesi dalle auto e avrebbero proseguito a piedi fino alla cattedrale. Solo il Pontefice avrebbe continuato il percorso a bordo della *papamobile*, che l'avrebbe depositato proprio sotto l'altare.

Ci mettemmo in stato d'allerta. I tiratori scelti appostati sui tetti, più numerosi delle antenne televisive, caricarono le loro impressionanti armi telescopiche. L'aspetto dei tiratori scelti, contrariamente a quanto si crede, è caratterizzato dalla bassa statura, che permette di rinchiudersi nel bagagliaio di un'auto tanto quanto di introdursi in una casa attraverso una piccola breccia o fra le sbarre di un'inferriata. Il viceispettore Garzón ne era affascinato. Ammirava la loro enorme forza fisica e lo sviluppo atletico dei loro muscoli. Immaginai che in fondo quell'operazione lo divertisse un mucchio. Io, da parte mia, cominciavo a sentirmi come la comparsa di un film.

All'una meno un quarto l'atmosfera della piazza cambiò. La gente cominciò ad agitarsi. Quelli che se ne stavano seduti a terra si alzarono in piedi e si diffuse una voce: «Il Papa! Arriva il Papa!». Mi beccai un paio di spintoni e andai a sistemarmi al mio posto, in attesa dei cardinali. Numerosi colleghi vestiti da guardaspalle fecero lo stesso.

Dieci minuti dopo il pubblico era galvanizzato. Tutti cominciarono a vibrare come insetti nella canicola estiva. La formazione dei cardinali fece il suo solenne ingresso nella piazza. Scorsi Delli Martiri con una pianeta verde e oro che gli donava moltissimo. Camminava assorto, come chiuso in se stesso. Tutti gli altri prelati incedevano con la stessa compostezza. Lo seguii alla distanza stabilita per evitare che qualcuno si lanciasse su di lui con intenzioni omicide, cosa che naturalmente non accadde. Salì sull'altare e io, insieme agli altri ispettori, occupai la prima fila davanti ai fedeli, tutti in piedi. Sembravamo il servizio d'ordine di un concerto rock.

Se fino a quel momento la folla aveva vibrato, all'apparire della *papamobile* esultò. Non essendo mai stata a una partita di calcio, fui colta di sorpresa da quell'esplosione collettiva. C'era chi piangeva, chi applaudiva, chi pregava. Saltarono fuori dal niente cartelli e striscioni. «I giovani con il Papa», «Papa, ti amo», «Dio è gioventù». Migliaia di mani si agitavano al passaggio dello strano veicolo, a metà fra l'acquario e l'urna funeraria. L'esaltazione era autentica, aveva un'origine profonda che a me sfuggiva. Era qualcosa per cui non ero dotata, addestrata o istruita. Mi sentivo come quando mi trovo davanti a una pagina scritta in una lingua sconosciuta, a uno strumento che non so suonare o a un problema matematico che non sono in grado di risolvere. Evidentemente, quel giubilo spirituale aveva senso per chi era capace di interpretarlo, ma non per me.

La *papamobile* compì un giro trionfale per la piazza e finalmente giunse davanti all'altare perché ne scendesse il Pontefice. Lo fece con gran difficoltà, aiutato dai suoi vicari. Lo circondava un nugolo di guardaspalle privati, oltre ad alcuni dei nostri. Si trascinò fino a un trono posto alla destra dell'altare. Di lì avrebbe assistito alla messa celebrata dai cardinali, alla quale non avrebbe preso parte per motivi d'età e di salute. Solo alla fine era prevista una breve omelia in castigliano e in catalano, che si sarebbe conclusa con una benedizione generale.

Sedette, curvo, il volto chiuso in un'espressione straordinariamente severa.

La messa si svolse in tutto il suo pomposo splendore, secondo una coreografia infinitamente ripetuta. Al termine del rito, il Papa parlò con l'intonazione monocorde di chi memorizza i suoni senza conoscerne il significato. Poi impartì la benedizione ai fedeli raccolti in religioso silenzio. Garzón mi aveva informata che quella benedizione aveva particolare valore, a quanto pare liberava da tutti i peccati commessi in passato e credo garantisse perfino qualche vantaggio futuro.

Bene, ormai era finita. Bambini e bambine si avvicinavano al Santo Padre con mazzi di fiori. Adesso si trattava solo di aspettare che il Pontefice se ne andasse e poi di accompagnare Delli Martiri al suo minibus. E per una cosa simile centinaia di poliziotti erano stati impegnati un mese intero...

All'improvviso successe qualcosa che non era in programma. Delli Martiri mi guardò e mi fece un cenno come per dirmi che si sarebbe mosso per conto suo. Senza aspettare la mia risposta, si diresse verso la prima fila di fedeli. Sorpresa e allarmata, lo seguii. Si voltò verso di me e disse sottovoce:

– Mi aspetti qui, per favore, non corro alcun pericolo.

La zona verso la quale si incamminava, vicinissima al Papa, era infestata di agenti. Obbedii e rimasi a osservarlo con gli occhi bene aperti, mentre si avvicinava a un gruppo di persone confuso fra il pubblico e parlava con loro. Non ci misi molto a riconoscere Dolores Carmona e i suoi parenti. Accanto a loro c'era anche una rappresentanza del clan degli Ortega. Dopo aver parlamentato per qualche istante, tutti quanti, accompagnati da Delli Martiri, si diressero verso il Papa, che scendeva in quel momento dal suo piedistallo, appoggiandosi a un bastone a forma di crocifisso stilizzato. Senza dubbio quella scena era stata opportunamente preparata. Le due famiglie gitane circondarono il Pontefice ed ebbero con lui un breve conciliabolo. Lui posò le braccia sulle spalle di alcuni di loro come in una mischia di rugby e, un attimo dopo, fece un passo indietro per benedirli con gesto tremulo. Un mucchio di fotografi immortalò il fatto. Gli assistenti del Papa si precipitarono a soccorrerlo perché pareva sul punto di svenire. Appoggiandosi a loro, il Pontefice si avviò verso il suo veicolo-vetrina, sul quale tornò a prendere posto. I Carmona e gli Ortega si persero fra la gente. Delli Martiri mi venne incontro e mi disse gentilmente:

– Ora può accompagnarmi all'autobus.

Mi misi al suo fianco e ci avviammo lentamente, in silenzio, costeggiando il palco. Alla fine mi decisi a chiedergli:

– Era questo il patto con le famiglie gitane, Sua Eminenza? Che se i colpevoli si fossero consegnati avrebbero avuto il perdono personale del Papa?

Eravamo arrivati al veicolo. Delli Martiri, molto serio, mi guardò.

– Io sono solo un umile intermediario del Signore. Dio non scende a patti, concede o rifiuta.

Sorrise, e mi tese una mano coperta da un guanto scarlatto, che io strinsi sentendo in quel gesto così abituale qualcosa di strano e solenne.

– Ispettore Delicado, mi ha fatto molto piacere conoscerla. Peccato che lei non veda il cattolicesimo con simpatia. Una donna forte come lei potrebbe fare molto per la Chiesa.

– Nemmeno lei sarebbe male come poliziotto.

Raccolse con una mano le abbondanti vesti e salì sul minibus, dove già avevano preso posto quasi tutti gli altri prelati.

Mi allontanai cercando di riorganizzare le idee. La piazza era nel caos più completo. Cercai inutilmente Garzón. Il pubblico aveva cominciato a disperdersi disordinatamente. Il mio cellulare suonò. Riuscii a malapena a sentire la voce del viceispettore:

– Petra, la aspetto al bar Castillo. Nascosti in un vicolo, riusciremo a stare tranquilli finché la folla non se ne sarà andata.

Era una buona idea. Mi diressi verso il bar affrontando la truppa euforica per l'apparizione del suo leader. Dopo dieci spaventosi minuti di immersione nella calca, raggiunsi finalmente il Castillo. Non so come avesse fatto Garzón ad arrivarci, ma sta di fatto che era lì, con i baffi imperlati di birra spumeggiante.

– Un brindisi, ispettore, alla salute del Papa! È andato tutto benissimo: né una bomba, né una granata, nemmeno una misera molotov. Missione compiuta.

Ordinai una birra gelata e me la gustai con piacere. Il viceispettore insisteva:

– È stato emozionante, vero?

– Più di un discorso di Winston Churchill durante la Seconda Guerra Mondiale.

– Dico sul serio, ispettore. Anche se non siamo credenti, era bello vedere la fede degli altri. La fede muove le montagne!

– E le masse, esattamente come il rock, la politica o il calcio.

– Ma non è la stessa cosa! Io non sono mai uscito dallo stadio libero dai peccati.

Scoppiammo a ridere.

– Mi fa piacere vederla così allegra.

– Non lo sono per niente. Coronas ci ha dato il primo avvertimento serio.

– Il caso Espinet continua a tormentarle i neuroni.

– Può ben dirlo.

– Be', io ho la sensazione che non scopriremo niente di nuovo. Non so, mi capita come con la religione, non ho fede.

– Speriamo nella rivelazione, allora.

– Sta parlando della fede o del caso?
– Di tutti e due, già che ci siamo.

Di sicuro a quel punto Coronas era pronto a bloccarci e chiudere le indagini, ma non lo fece. Sono sempre stata convinta che se ci concesse una settimana di tregua fu soltanto grazie alla grande risonanza che ebbe l'intervento del Papa nel caso dei gitani. La notizia si diffuse ovunque suscitando innumerevoli commenti. Secondo l'opinione generale, il fatto ebbe ripercussioni positive tanto sull'immagine della polizia catalana quanto su quella della Chiesa. Mossa perfetta.

Proprio alla fine di quella settimana cominciarono ad arrivare i risultati dei supplementi d'indagine che avevamo richiesto. Li passai in rassegna. La parte economica, su cui riponevamo tante speranze, fu una completa delusione. Niente di niente.

Aprii il fascicolo sull'immigrazione di Lali. Nemmeno lì trovai rivelazioni inaspettate. Aveva ottenuto il permesso di soggiorno nel '95, e, nello stesso periodo, aveva cominciato a lavorare dagli Espinet.

Mancavano le informazioni su Malena raccolte da Garzón e il nuovo interrogatorio a Inés. Mi misi al telefono decisa a occuparmene immediatamente. Se avessi tenuto conto della sua reazione quando le dissi che volevo parlarle, l'avrei immediatamente accusata di avere ucciso suo marito. Tergiversò, si tirò indietro, argomentò che non aveva tempo, e solo quando insistetti in tono ufficiale accettò di incontrarmi. Insisté sul fatto che non ci vedessimo a casa dei suoi genitori né in commissariato, al punto che accettai di recarmi al «Paradís».

È l'ultima volta che vengo qui, pensai mentre parcheggiavo sotto gli alberi che cominciavano a perdere le foglie. E può anche darsi che sia una visita inutile. Non mi aspettavo molto da quell'interrogatorio.

Inés mi aprì la porta delle «Margherite» con faccia di circostanza. Mi fece accomodare nel salone e sedette davanti a me col broncio infantile di sempre. Accesi una sigaretta e la osservai. Era a disagio, nervosa. Di colpo, cominciò lei...

– Ispettore, se i miei genitori potessero rimanere fuori da...

La interruppi in malo modo.

– Davvero crede di poter tenere segreta la sua storia con Mateo Salvia? Si svegli, signora Espinet! Ci sarà un processo in cui tutto verrà alla luce!

– Ma la mia relazione con Mateo non ha niente a che vedere col delitto.

Mi infuriai.

– Ma insomma, suo marito è stato assassinato, e lei era l'amante del marito della donna accusata di aver commesso il crimine. Davvero crede che questo non c'entri niente? Le raccomando un po' di maturità.

All'improvviso si tese, la sua faccia si contrasse in una smorfia di rabbia ed esplose in modo inaspettato.

– Eccola qui anche lei, con la storia della maturità! Chi le ha detto che sono immatura? La sua intima amica, donna Perfetta?

– Come?

– Sì, certo, Malena le ha parlato di me. Lei si crede una santa, lei è al di sopra del bene e del male. Sempre a darmi consigli: «Dovresti maturare un po', cara». Lei è pura come una madonnina e adesso è l'unica a uscire pulita da tutto questo casino.

Cercai di interrompere quello che mi sembrava un capriccio infantile in piena regola.

– Signora, per favore, tutto questo è assurdo.

– No, non lo è! La santa accusa le sue amiche di omicidio, la santa racconta alla polizia che la povera Inés è una bambina immatura. Forza, le chieda se lei è davvero migliore delle altre, le chieda se non si droga a forza di caffè, le chieda se non si fa un bicchierino quand'è sola!

Mi alzai in piedi.

– Basta, signora Espinet, basta!

Si morse il labbro e si mise a piangere. L'avrei strangolata sul posto. Com'era possibile che un uomo come Juan Luis Espinet si fosse innamorato di quella bambina viziata e inconsistente? Capivo bene che avesse una lista di amanti lunga come un treno. Cercai di calmarmi. Aspettai qualche istante, tirai fuori il taccuino, le feci quattro domande di routine e me ne andai.

In quattro falcate ero già in macchina. Quel caso era uno schifo. Mediocrità, immaturità e sesso, quelli erano gli unici tre ingredienti della storia. Probabilmente Espinet era stato ucciso dall'amante, piena di rancore per l'abbandono e per quell'aborto imposto. Non c'era da sperare in risvolti più complessi, il caso era da chiudere e basta.

– Ehi, ispettore! Cosa fa da queste parti? – Era Malena Puig. – È successo qualcosa di nuovo?

– Mi dispiace, Malena, ma non ho voglia di parlare, oggi.

Rimase sorpresa, abbassò la testa e disse molto lentamente:

– Ah, allora mi scusi.

– Devo andare.

– Non vuole vedere Anita? È a casa, con Azucena.

– No, grazie, sarà per un'altra volta.

Misi in moto e mi allontanai, lasciandola lì, vicino a un'aiuola fiorita.

Non so come non ebbi un incidente mortale rientrando a Barcellona. Guidavo con la mente completamente da un'altra parte. Cercai di analizzare quel che mi aveva detto Inés nel suo stupido attacco d'ira. Malena non era perfetta. D'accordo, nessuno lo è. Si drogava col caffè? Era un'accusa assurda. Beveva? Facevo fatica a crederlo. Il funzionamento perfetto di casa sua, il modo in cui educava i figli, la sua stessa personalità... niente faceva pensare allo squallore, così comune, della casalinga frustrata che si ubriaca in solitudine. Ma il punto della questione non stava nelle sue virtù di padrona di casa, quanto in una semplice domanda: Malena Puig era complice di Rosa Salvia? Avevano ucciso Espinet dandosi manforte? Malena aveva agito per solidarietà femminile aiutandola a compiere la vendetta?

Me ne andai a casa, avevo bisogno di riflettere. Entrai in cucina a prepararmi qualcosa da mangiare. Meccanicamente, misi a bollire i fagiolini già preparati dalla donna di servizio. Poi mi diressi come uno zombie in camera da letto e mi cambiai. Con un paio di pantaloni comodi e una camicia maschile avrei pensato meglio.

Malena Puig. Ma allora perché Rosa non faceva parola della loro colpevolezza condivisa? In fin dei conti, se era stata incriminata, lo doveva solo alle dichiarazioni della sua amica.

Chiusi gli occhi. Malena Puig, sempre così sollecita, così pronta a collaborare. Come conciliare il suo comportamento sereno ed equilibrato con la possibilità che fosse complice di un delitto? Dal giorno in cui l'avevo conosciuta mi era parsa una donna privilegiata, uno di quegli esseri fedeli a una scala di valori semplice: veder crescere i propri figli, avere una bella casa, godere di ogni piccola cosa quotidiana, vivere una vita senza sorprese, senza grandi aspirazioni ma nemmeno frustrazioni inaspettate. Quale sentimento avrebbe potuto essere così forte da sottrarla a quella tranquillità? Lei e Rosa erano amanti?

Mi venne il capogiro. Quando si entra nel mondo dei sentimenti «l'effetto ciliegia» complica le cose all'inverosimile. Tiri una ciliegia e questa si trascina dietro tutte le altre fino a formare un grappolo informe. Saltano i confini delle leggi e dei costumi, della logica e della morale. Tutto diventa possibile, perfino l'eventualità più assurda e aberrante: Olivera innamorato di Espinet, la signora Domènech di Rosa… solo la piccola Anita era al di sopra di ogni sospetto, per il momento. Ma anche lei un giorno avrebbe potuto diventare una donna disperata e sofferente capace di uccidere per una delusione d'amore. Gli unici a salvarsi sono gli animali, che accoppiandosi a fini esclusivamente biologici rimangono immuni da sentimenti divoratori.

Suonò il cellulare. Era il giudice García Mouriños.

– Petra, il commissario Coronas ed io stiamo pensando di chiudere il caso Espinet.

– Giudice, non può aspettare ancora un giorno?

– Che cosa vuole ottenere in un giorno, il gran ribaltamento finale? Certe cose succedono solo al cinema.

– Allora dovrebbe concedermelo, a lei piace il cinema.

– Ma questa è la vita reale.

– Giudice, ho buone ragioni per chiederle un giorno.

Rimase un attimo in silenzio. Poi la sua voce dal potente accento gallego si fece sentire di nuovo.

– Va bene, ma faccia in modo che la scena finale valga la pena. Sa cosa intendo, qualcosa di spettacolare: grande inseguimento di macchine, caccia all'uomo, duello al sole. Ah, e che trionfi la giustizia!

– Farò quel che potrò. Porterò la macchina a ingrassare e chiederemo un mitra per Garzón.

Scoppiò a ridere e riattaccò. Nemmeno lui aveva fede. Guardai l'ora. Era ancora presto. Mi buttai lunga distesa sul sofà. Mi addormentai.

Non so per quanto tempo rimasi in stato di completa incoscienza, ma la prima sensazione che ebbi al risveglio fu di carattere olfattivo. Un odore spaventoso appestava l'aria. Corsi in cucina. Sul gas, la pentola a pressione ormai rovente esalava gli ultimi neri sospiri dei fagiolini che avevo messo a bollire. C'era da aspettarselo. A chi mai può venire in mente di concedersi pasti sani e casalinghi quando l'animo è sottosopra?

Quasi a impedirmi ogni tetro compiacimento per quel disastro, suonò il telefono. Era il viceispettore.

– Dove diavolo era finita, Petra?

– A casa mia, no? Ma anche qui mi perseguita la sfortuna.

– Forse ora non più.

– Cosa intende dire?

– C'è una novità. Vorrei parlare con lei. Perché non mi invita a cena?

– La aspetto. Non posso sapere niente della novità?

– Arriverò non appena il traffico me lo permette. Le spiegherò.

Detestavo i misteri di Garzón. Magari la sua scoperta era sufficientemente importante per improvvisare un finale cinematografico secondo i gusti del giudice. Ma di sicuro non avrebbe risolto il problema di staccare mezzo chilo di fagiolini dal fondo di una pentola a pressione.

Presi il telefono e ordinai un paio di pizze con doppia razione di mozzarella, proprio come piaceva al mio collega. L'abbondanza di mozzarella era l'unico omaggio gastronomico che ero in grado di offrirgli quella sera.

10

Che Garzón avesse in serbo qualcosa di grosso era evidente. Bastava guardarlo in faccia. La sua era l'espressione soddisfatta di chi non ha perso tempo. In casi del genere strappargli di bocca le informazioni non era facile, amava farsi pregare per accrescere il mio interesse.

– Mi lasci annusare l'aria prima di entrare.

– Perché, che odore dovrebbe esserci?

– L'odorino di qualche piatto prelibato fatto con le sue mani.

– Se lo scordi. Stasera ci accontentiamo di pizze telefoniche.

– Per la miseria! Ma almeno me la darà una birra fresca.

– Questo sì.

Entrammo in cucina e il viceispettore tornò a fiutare l'aria come un segugio.

– Adesso che ci penso, direi che c'è odore di bruciato.

– Perché non tiene in serbo il suo olfatto per le indagini?

– E la birra?

Tirai fuori dal frigo un paio di bottigliette e le posai sul tavolo. Ci sedemmo. Lui immerse i folti baffi nel bicchiere e bevve con gusto. Aspettai pazientemente.

– Ah, una bella birretta fresca di tanto in tanto è uno dei regali che il Signore ci manda! Tedesca, vero? Sono sicuro che Dio abbia creato la Germania pensando alla birra.

La mia pazienza cominciò a cedere.

– Senta, Fermín, vuol dirmi che cos'ha scoperto o devo aspettare una rivelazione divina?

I suoi occhi da diplodoco impagliato mi fissarono con serietà.

– Petra, credo che stiamo trattando Malena con troppa cortesia.

– Questo me l'ha già detto una volta.

– Però adesso lo ribadisco e vorrei che mi desse ragione.

– Vada al sodo.

– Ispettore, sa dove ha lavorato Malena per un certo periodo?

– È laureata in giurisprudenza, faceva l'avvocato.

– Non sempre gli avvocati fanno gli avvocati. Lei stessa ne è un esempio, Petra.

– E allora? Dove ha lavorato?

– All'Ufficio Immigrazione.

Suonarono alla porta. Era il ragazzo delle pizze. Mentre pagavo, la mia testa non la smetteva di lavorare. Tornai di corsa in cucina.

– Sono sicura che la pratica di Lali Dizón è passata per le sue mani.

– Verificheremo.

Rimasi zitta. Garzón intanto apriva i cartoni delle pizze e addentava un pezzo della sua masticando in modo meccanico.

– Vada avanti – disse, fra morso e morso.

– Le pare eccessivo pensare che Malena avesse riscontrato qualche grave irregolarità nella pratica di Lali e l'avesse aiutata a coprirla spinta dalla pietà?

– Sì, d'accordo, ma questo cosa significa?

– Che questo vecchio favore potrebbe essere stato utilizzato a scopo di estorsione molto tempo dopo. Di fatto, per una ragazza ignorante e innamorata come Lali, il rischio di essere scoperta ed espulsa dal paese poteva essere motivo di terrore.

– Al punto da spingerla a un crimine?

– Sì. Malena a questo punto non appare solo come complice, ma anche come mandante dell'omicidio di Espinet.

– Manca il movente – replicò Garzón. – Perché Malena avrebbe dovuto fare una cosa simile?

– Per solidarietà. Quando Rosa va a parlarle, dopo l'aborto, è distrutta. Le dice che vuole vendicarsi, e fra tutte e due...

– E poi lei ce la consegna?

– È avvocato. Sa che così come stanno le cose la sua amica non può essere condannata. Ce la consegna e ci infila in un vicolo cieco da cui non possiamo uscire senza prove.

– Sì, è possibile.

– Se tutte queste deduzioni funzionano, allora Malena mi ha raggirata fin dall'inizio. Ho bisogno di prendere qualcosa di forte, mi fa compagnia?

Tirai fuori una bottiglia di whisky. Ne versai due bicchieri e bevvi il mio in un colpo solo.

– Petra, non vorrei che ora lei si sentisse in colpa. Quella ragazza ha approfittato della sua sensibilità, mettendole sotto gli occhi la sua bella bambina, e lei, forse lasciandosi trascinare da...

Dovevo impedire che proseguisse su quel cammino sdrucciolevole.

– Lasci stare, Garzón. Adesso abbiamo bisogno di prove. Non possiamo fermarci qui.

– Sì, ispettore. Domani verificheremo all'Ufficio Immigrazione se davvero è stata Malena a occuparsi della pratica di Lali. Che gliene pare?

Annuii. Il mio subordinato si alzò in piedi e mi mise una mano sulla spalla.

– Me ne vado, ispettore. La aspetto domattina. Farebbe meglio a dimenticare tutto e ad andare a dormire.

– Sì, non si preoccupi, lo farò.

Cercai di riordinare la cucina concentrandomi su quel che facevo, ma era inutile. Misi un bicchiere vuoto in frigorifero e mi bruciai con l'acqua calda. La mia testa correva a cento all'ora in tutt'altra direzione. Alla fine lasciai le cose come stavano.

Provai a calmarmi leggendo un libro. Impossibile. Misi un disco. I *Notturni* di Chopin. Nemmeno quello funzionò. Quella sera neppure le sette arti messe insieme sarebbero riuscite a liberarmi dalla mia ossessione. Rosa e Malena, complici fino in fondo dell'assassinio di Espinet. Ma perché, perché Malena si era messa in un pasticcio simile? Aiutare la sua amica nella vendetta non mi pareva motivo sufficiente. Forse aveva soltanto suggerito a Rosa di utilizzare Lali e Olivera e poi si era pentita, ma questo non la rendeva meno complice.

Mi alzai dal divano, feci diversi giri per la stanza, sviluppando una gran comprensione per i leoni allo zoo. Mi versai un altro whisky e all'improvviso mi tornò in mente una cosa che da un po' di tempo premeva alle porte della mia coscienza. Era una semplice frase: «Mio figlio ha tre anni adesso, e Lali l'ha visto nascere quando è entrata in casa». L'aveva detto Inés in mia presenza. Invece la pratica di immigrazione faceva risalire il contratto con gli Espinet a due anni prima. Ecco che cosa non tornava. Quel particolare mi aveva colpita subito, ma non mi ci ero soffermata per più di un minuto. L'avevo semplicemente cancellato.

Mi ero lasciata coinvolgere dal rapporto umano con Malena in modo vergognoso, al punto da escludere da un'osservazione coscienziosa tutto quanto ruotava intorno a lei. Un errore tremendo, che non avrei mai pensato di poter commettere. Non ero sempre stata io la fredda, la scettica, quella che non si lascia intrappolare dalla rete dei sentimenti? Avevo agito in modo inqualificabile. Tutta presa dai pettegolezzi, dalle chiacchiere e dagli impulsi di un'amicizia fasulla, avevo ridotto il lavoro del poliziotto a un cumulo di frivolezze. E tutto questo perché? Perché mi sentivo frustrata nell'istinto materno, come insinuava il viceispettore? Perché vedevo in Malena Puig tutto quel che avrei potuto essere e non ero stata? Il disprezzo per me stessa si fece così intenso che mi detestai, e non esiste sensazione più orrenda che detestare se stessi.

Presi l'impermeabile e uscii. Come sempre a Barcellona l'autunno era tiepido, ma quella sera cominciavano a soffiare i primi venti di tramontana. Non ero abbastanza coperta, ma non me ne importava, mi sembrava che il freddo mi facesse bene. Forse avevo bisogno di autopunirmi, sia pure in modo superficiale.

Raggiunsi il commissariato a piedi. Salutai appena gli agenti in servizio. Entrai nel mio ufficio e cercai nei fascicoli. Sì, la prima indagine su Lali parlava chiaro: risultava assunta dagli Espinet cinque anni prima. La verifica da noi richiesta lo confermava. Se a suo tempo avessi dato peso alla frase di Inés e avessi verificato quello scarto di due anni, avremmo fatto enormi passi avanti, o forse avremmo raggiunto la soluzione definitiva. Fantastico, Petra, bel colpo! Che cosa può consigliare uno psicologo di fronte a una situazione simile? «Rilassati, ama te stesso, dimentica»? Al diavolo gli psicologi! Guardai l'orologio. Erano le undici passate, un'ora inappropriata per telefonare a chiunque, e francamente impensabile per chiamare a casa dei genitori di Inés. Tanto peggio! Avevamo già avuto fin troppi riguardi nei suoi confronti, in fin dei conti avevano ammazzato suo marito, non il suo cane.

Feci il numero. Rispose una voce femminile. Chiesi di Inés.

– Parla l'ispettore Petra Delicado.

Non mi ero mai annunciata con tanta pomposità, ma volevo mettere i puntini sulle i fin dal principio. Riconobbi la voce di Inés, ridotta a un sussurro.

– È successo qualcosa, ispettore?

– Voglio farle una domanda.

– A quest'ora?

– A quest'ora, sì.

– Dica.

– Ricorda se erano tre anni che Lali lavorava da voi?

– Tre anni, certo.

– Ne è sicura?

– Perfettamente.

– Lali le ha mai detto dove aveva lavorato prima?

– No... non credo. Mi aveva raccontato che nelle Filippine lavorava in campagna, ma a parte questo...

– Lei non le aveva chiesto referenze?

– No, me l'aveva consigliata Malena, e io, naturalmente, mi ero fidata.

– D'accordo. Questo è tutto.

– L'avete trovata?

– No. Ancora no.

Riattaccai. Non c'erano dubbi, per qualche ragione Lali Dizón aveva ricevuto in regalo due anni di contratto inesistente. Malena era stata in grado di farlo. Non ci restava che verificare. Morivo dalla voglia di andare al «Paradís» e di chiedere a Malena perché, come e quando. Ma questa volta bisognava muoversi con la massima cautela, non commettere errori.

Uscii. La Jarra de Oro stava chiudendo. Non avevo ancora voglia di rientrare, ero certa che non appena avessi varcato la soglia di casa i pensieri autopunitivi sarebbero tornati a tormentarmi. L'unica soluzione era camminare, una lunga passeggiata alla luce di una luna quasi invisibile nel cielo cittadino. E così feci, camminai e camminai fino ad avere le gambe indolenzite e la schiena a pezzi.

Alle tre del mattino mi arresi. Entrai in casa con passo felpato, come se la mia inquietudine fosse addormentata da qualche parte e non volessi svegliarla. Andai in camera, appesi i vestiti nell'armadio e mi infilai nel letto completamente nuda. Le lenzuola erano così fredde che rabbrividii. Adottai la posizione fetale, rannicchiandomi come un pulcino nel nido, e probabilmente qualche gallina misericordiosa e materna mi prestò il suo calore, perché subito mi addormentai.

Il mattino dopo pioveva. Mi stupii io stessa di aver dormito così profondamente, tutta una tirata. Aprii gli occhi, e senza muovermi dal letto osservai l'acqua che scorreva lungo i vetri. Non avevo voglia di alzarmi, sotto le coperte si stava bene. Il letto è un'isola dove ci si rifugia, al riparo dal mondo esterno. Accesi la radio e ascoltai le notizie accompagnate dal rumore della pioggia. L'orologio segnava le nove in punto. Suonò il telefono. Lo lasciai suonare. Poi risposi. Era il viceispettore. Aveva già i dati dell'Ufficio Immigrazione. I nostri sospetti erano confermati: Malena si era occupata della pratica di Lali. Lo ringraziai e misi giù. Presi la decisione che dovevo prendere. Impugnai di nuovo il ricevitore e feci il numero di Malena Puig.

– Malena? Voglio parlarle.

– Immagino che sia per motivi di lavoro.

– Sì.

– D'accordo. La aspetto.

Mi feci una doccia calda. Mi vestii molto lentamente. Feci colazione. Non mi concessi nemmeno un'ipotesi, nemmeno un pensiero, nemmeno una congettura sul caso Espinet.

Alle dieci entrai per la penultima volta in quel maledetto quartiere. Parcheggiai e mi diressi a piedi verso gli «Ibischi». Viali e giardini erano deserti a causa della pioggia. Si alzò un venticello gelido che mi fece rabbrividire.

Suonai il campanello dei Puig. Malena tardò ad arrivare. Quando aprì la porta, mi sorrise, si fece da parte per lasciarmi passare, ma non mi parlò. Mi guardai le scarpe infangate.

– Non vorrei sporcarle la casa.

– Non importa. Salga nello studio, ispettore, ho preparato la colazione lì.

– Mi dispiace, Malena, ma credo che ormai non abbia più senso...

Mi interruppe con dolcezza.

– La prego, sarà l'ultima volta.

Mi precedette. Mentre salivamo le scale vidi che i suoi movimenti erano rallentati, come impacciati, per qualche ragione che non riuscivo a capire.

Nello studio era disposto un vassoio con un thermos, due tazze e un piattino di biscotti, con la cura che Malena metteva in ogni cosa.

– Si sieda, per favore.

Mi guardava fisso negli occhi. Tirai fuori un piccolo registratore. Mi accorsi che mi era sempre più difficile respirare normalmente. Presi una sigaretta, cercando di non tremare.

– Ne dà una anche a me?

La estrasse dal pacchetto con molta attenzione. Gliela accesi. Aspirò una profonda boccata e poi si appoggiò allo schienale della poltrona esalando il fumo con forza.

– Lei mi ha reso le cose difficili, Malena. Le indagini sono durate molto più di quanto mi aspettassi.

Il sangue cominciò a pulsarmi ritmicamente nelle tempie.

– Che cosa intende dire?

– Non mi costringa a fare una scenata finale, Malena. Confessi, sarà più facile per tutti. Lei ha fatto uccidere Juan Luis Espinet, lei, da sola. Rosa non c'entra niente.

Si alzò in piedi. Andò alla finestra e rimase a guardare la pioggia in silenzio. Quando si voltò aveva gli occhi pieni di lacrime.

– Non trascini oltre questa pazzia. Confessi. Abbiamo trovato la pratica di Lali Dizón che lei aveva alterato.

Una lacrima le scivolò sulla guancia, lei se la asciugò goffamente col dorso della mano. Mi guardò.

– Sono stanca, sì. Non ce la faccio più.

– È stata lei.

– Sì.

– Dove sono Lali e Olivera?

– Aspetti un momento, devo spiegarle...

– Dove sono?
– A Castelldefels. Nascosti in un appartamento.
– Mi dica esattamente dove. L'indirizzo.
– Calle de la Floresta 18.
Chiamai immediatamente Garzón.
– Viceispettore, è urgente. Prenda con sé degli agenti e vada immediatamente al numero 18 di calle de la Floresta a Castelldefels. Lì troverà Lali e il guardiano. No, no, adesso no. Poi le racconto.
Guardai Malena. Lei tornò a sedersi, tranquilla, con i begli occhi attenti a ogni mio movimento.
– Si sieda, non scapperò, non mentirò. Le racconterò tutto, davvero. Ho preso un sedativo, sto bene.
– Lei ha incaricato Lali e il suo amante di uccidere Juan Luis.
– Sì.
– Perché?
– Lo amavo tanto, ispettore, tanto! Lei ha mai amato qualcuno in vita sua? Ma amato fino all'estremo limite, fino alla fine?
La osservai senza aprire bocca.
– Di sicuro no. Amare così succede a pochi. E a me è successo.
– Eravate amanti.
– Non ha visto Anita? È uguale a Juan Luis. Gli stessi modi eleganti, gli stessi capelli biondi, gli stessi occhi.
– È figlia sua?
– Sì, ma Juan Luis non aveva intenzione di lasciare Inés, naturalmente. Inés rappresentava lo *status*, il pre-

stigio sociale e professionale. Se l'avesse lasciata, sarebbe stato esposto allo scandalo, e questa era una cosa che lui non poteva permettersi. Lo capivo, cos'altro potevo fare? E poi, quando si ama si spera sempre. Forse più avanti, quando i bambini fossero cresciuti... Credevo che lui soffrisse quanto me. In più c'era sua figlia! Una figlia di tutti e due. Era una specie di garanzia. Lui sapeva di essere il padre, ero sicura che un giorno si sarebbe deciso a dare un calcio a tutto, a rivelare la verità...

– E invece un giorno Rosa è venuta da lei confidandole di essere rimasta incinta di Espinet e di avere abortito.

– Esatto! – Rise amaramente. – È stato un colpo tremendo. Come se mi avessero sparato in faccia. Addio, mio amore! Se lo immagini: la povera illusa che conserva gelosamente il suo segreto perché sa di essere amata in silenzio. E invece no, Juan Luis andava a letto con Rosa, e per di più la ingravidava... Un vero toro da monta!

La sua risata era sinistra, gelava il sangue.

– Mi domandai che posto mi fosse toccato fra le sue amanti: il numero venticinque, il numero trenta? Ci aveva numerate o ci metteva dei nomi in codice? La manager, la casalinga... io ero la casalinga, di sicuro, questo sono, e nient'altro.

– E allora cos'ha fatto?

– Ho ascoltato le confidenze di Rosa, l'ho consolata, l'ho rassicurata. La prima cosa che mi è venuta in mente, in quel momento, è stata chiedere spiegazioni al mio amante: Oh, scellerato, perché mi dicevi che mi amavi?! Poi ho pensato di far scoppiare un bello scandalo. Ma perché avrei dovuto fare del male anche a me stessa? E allora sa cos'ho fatto? Sono andata da Juan Luis e gli ho detto soltanto: «Ti ammazzo. Fai pure quello che vuoi, ma non ne esci vivo». Lei mi avrebbe presa sul serio?

– Forse no.

– Nemmeno lui l'ha fatto. Se ne fregava, mi ignorava. Io ormai facevo parte del passato. È stato allora che ho deciso di ammazzarlo davvero.

Fece una pausa e si mise a servire tranquillamente il caffè. Adesso sì che sembrava serena, come se quella fosse una conversazione normalissima, come se mi stesse raccontando la trama di un film.

– Lali mi doveva un favore.

– Lo so. Perché aveva alterato le date sulla sua pratica?

– Nei primi due anni in cui era stata illegalmente in Spagna aveva fatto la prostituta in un bar. Con quei precedenti non avrebbe mai trovato un lavoro normale. È così isterica e ignorante che solo a sentir parlare della possibilità di essere espulsa si è messa a mia completa disposizione. E poi anche lei aveva la sua storia amorosa! Le ho promesso cinque milioni di pesetas che avevo messo da parte. Lei e il suo uomo avrebbero lasciato passare qualche mese e poi se ne sarebbero andati lontano, a rifarsi una vita, finalmente insieme! Ha funzionato, e a voi non è venuto nemmeno in mente che io potessi avere un mio conto bancario.

– Come sapeva che Juan Luis sarebbe uscito di casa dopo cena?

– Semplicissimo. Quando siamo rimasti soli un momento, gli ho detto che gli avevo lasciato una lettera sotto la ruota della macchina. Naturalmente, temendo che qualcuno potesse trovarla, è andato subito a prenderla con la scusa della bottiglia.

– Facile. Un'aggressione a scopo di furto. Nessun problema. Solo che la signora Domènech ha visto Lali.

– Questo ha complicato tutto. È uscita come una stupida dalla porta di dietro, preoccupata per Olivera, e allora la signora Domènech le ha gridato quella frase: «Dove vai, uccellino, chi sei tu?». Lali si è spaventata. Al mattino, mentre voi già stavate girando qui intorno, è venuta a dirmelo e io, con una decisione che poi si è rivelata un errore, le ho suggerito di raccontarlo anche a voi. Che cos'avevamo da perdere? Nel caso che la signora Domènech dicesse di aver visto Lali, il fatto che anticipassimo la testimonianza di una donna disturbata, per di più con quella frase ridicola dell'uccellino, allontanava ogni sospetto.

– E poi ha incontrato Ana Vidal.

– Quando mi ha detto di aver visto la signora Domènech aggirarsi nei giardini la notte del delitto, ho pensato... questi poliziotti non se ne vanno, perché non incolpare una donna che in fondo non potrà mai essere condannata?

– E così ha cominciato a prendersi gioco di me, vero, Malena?

– Lei mi ha reso le cose facili, Petra. Le piaceva tanto Anita...! E poi le ero simpatica, vero che le ero simpatica?

– Non mi tiri fuori queste cose, adesso.

– Mi scusi, oltre alla pastiglia ho anche bevuto un po'.

– Il giorno in cui Inés era qui e ha detto che Lali lavorava a casa sua da tre anni, è stata lei a spaventarsi. Ha temuto che io cominciassi a sospettare qualcosa, che la interrogassi di nuovo, e li ha fatti fuggire tutti e due.

– Sì, gli ho chiesto di affittare un appartamento a Castelldefels. Sapevo che ci sono molti condomini semideserti d'inverno. Sarebbero rimasti lì per un po', finché voi non aveste smesso di girarci intorno, e poi sarebbero scappati nelle Filippine o da qualche altra parte. Ma poi le indagini si sono prolungate e adesso mi chiedono altri soldi, soldi che non sono in grado di dare. E non ce la faccio più, Petra, sono stanca. La tensione è troppa. Voglio essere rinchiusa, voglio poter dormire.

– Si è sentita assediata al punto da consegnarmi la sua amica Rosa.

– Be', dovevo fare attenzione, non dire tutto quello che sapevo e confidare nel fatto che voi scopriste il resto. Sembrava che il problema fosse risolto. Rosa veniva incriminata, ma con prove così scarse che sarebbe stata prosciolta. Con tutti gli errori che avevo commesso, non mi era andata poi così male, eppure... Lei era come uno di quei cani ostinati che non mollano mai la presa, che non vogliono saperne di aprire le mandibole, che preferiscono fare a pezzi il trofeo piuttosto che liberarlo.

– Ma come può ragionare su queste cose con tanta freddezza?

– Non lo so. Sono fatta così. Non ho ucciso personalmente Juan Luis. Non l'ho nemmeno visto morto. È stato come un gioco, un gioco malriuscito.

– Lei perderà tutto, Malena, tutto quello che ha, la casa, i bambini... Anita. Ne valeva la pena?

Mi guardò con una fissità sconcertante. La sua voce si fece grave, imponente, seria:

– Per una sola ora con Juan Luis avrei lasciato tutto mille volte. Non me ne importa più niente. Adesso questa tortura è finita. So che finché sarò in carcere lui non sarà da nessuna parte, solo nella mia testa.

Si alzò e raccolse le tazze con aria tranquilla.

– Bene, ispettore, immagino di dover venire con lei. È già tutto sistemato. Quando i bambini torneranno da scuola, Azucena chiamerà mio marito per dirgli di rientrare prima dall'ufficio. La prego di telefonargli verso le sei e di informarlo su dove mi trovo, in commissariato, in tribunale, insomma, lei saprà cosa dire. Stamattina ho chiamato mia suocera, a Burgos, e le ho detto che abbiamo bisogno di lei. Dovrà occuparsi dei bambini finché Jordi non avrà organizzato la sua nuova vita.

– Tutto perfettamente coordinato, vero, Malena?

– Lo vede, è il mio ruolo. Tutto è sempre stato perfetto a casa mia, perché dovrebbe cambiare? Posso chiederle un favore? Non dica a Jordi che Anita non è figlia sua. Non c'è nessun bisogno di farlo soffrire più del dovuto. È un uomo così buono! Io sono tranquilla, i bambini staranno benissimo con lui.

Scendemmo in cucina. Posò il vassoio del caffè sul tavolo e sciacquò le tazze. Nell'ingresso, si mise il soprabito.

– Piove ancora? Be', non c'è bisogno dell'ombrello.

Stava per chiudere la porta, ma ebbe un'esitazione.

– Aspetti un momento. Vado a prendere le pastiglie di Trankimazin. Quando mi passerà l'effetto, potrei fare delle scenate in pubblico. E non mi piacerebbe. In commissariato me le toglieranno?

– Credo di no, per il momento... no.

Tornò indietro e ricomparve dopo un istante.

– Adesso possiamo andare.

Portava uno di quei giacconi imbottiti dall'aria sportiva, jeans, stivali di cuoio naturale. Mentre salivamo in macchina, suonò il mio telefono. Era il viceispettore.

– Petra? Li abbiamo presi.

– Bene, Fermín.

– Stiamo andando in commissariato. Si può sapere dov'è e come ha saputo...?

– Parleremo dopo, Garzón. Siamo per strada.

– Siete? Ma con chi è?

– Dopo, viceispettore, dopo.

Non parlammo per tutto il viaggio. Lì in macchina, sedute a guardare distrattamente il traffico e la pioggia, sembravamo due signore che vanno a far spese in città.

Chiesi a Garzón di occuparsi personalmente di Lali Dizón e Pepe Olivera, non avevo molta voglia di affrontarli. E poi ero sicura che quando il viceispettore avesse finito mi avrebbe fatto una cronaca dettagliata di tutto quanto, come puntualmente accadde.

– Si sono abbracciati e non si staccavano più, ispettore. Questo sì che è amore! Capisco che abbiano ucciso, temendo di venir separati. Eppure adesso sono separati per sempre.

– Sembra che per lei l'amore possa giustificare l'assassinio.

– No, però mi fanno un po' pena. Sono ignoranti, sono poveri, sono soli al mondo. L'unica cosa che avevano era il loro amore.

– Vuole difenderli lei al processo? Ci riuscirebbe bene.

– Non c'è niente da fare, si beccheranno un mucchio di anni. E sa che cosa penso? Che la vera colpevole, l'unica, forse, è Malena. Lei sapeva quel che faceva.

– Anche lei ha agito per amore.

– Dica piuttosto per vendetta. E l'ha fatto con calcolo e premeditazione.

– Aveva più risorse.

– Lei la difenderebbe al processo?

– No, io no. Ma troverà chi la difenderà.

Vidi Malena per un'ultima volta. Doveva essere di nuovo ascoltata da García Mouriños. Andai da lui per consegnargli gli ultimi rapporti e la incontrai nel suo ufficio. Mi sorrise. Chiese il permesso di poter rimanere sola con me per un istante, e il giudice glielo concesse. Ma prima mi accompagnò fuori in corridoio e mi disse:

– Due minuti, Petra, non uno di più. So che cosa vuole da lei: che consegni una lettera a suo marito. L'ho letta e non ci sono problemi, ma sa bene che quando le parlerà non dovrà passarle nessuna informazione.

– Lo so, non si preoccupi.

– È incredibile, è serena, ragiona... parla del fatto come se uccidere un amante fosse la cosa più normale del mondo.

– È ovvio che ci aveva pensato su bene.

– Sì, non l'ha accecata la passione.

– Quando la passione si raffredda, può assumere forme mostruose, signor giudice.

Entrai nell'ufficio, dove Malena mi aspettava seduta, rilassata, con lo sguardo rivolto al pavimento.

– Il giudice le ha detto qual è il favore che desidero chiederle?

– Sì. Ma perché non consegna la lettera al suo avvocato?

– Voglio che sia lei a dargliela. È l'ultimo desiderio del condannato.

– Non ho niente in contrario, lo farò.

– Ho chiesto per telefono a Jordi di non venire a trovarmi, di non comparire al processo e, naturalmente, di non portare i bambini. Mai. Nemmeno in visita quando sarò in carcere. Non ce la farei a vederli, sarebbe troppo doloroso per me. Sarà meglio per loro che mi pensino morta. Una madre morta è più facile da accettare.

– Molto bene, se è questo che ha deciso...

– Nella lettera mi limito a chiedergli perdono. Lui non merita tutto questo, ma...

– Preferirei che mi risparmiasse i particolari, per favore.

– Mi serba rancore, Petra?

– È una domanda fuori luogo, un poliziotto non serba rancore a un delinquente, fra loro non c'è nulla di personale. E adesso mi scusi, devo andare.

– Ci rivedremo?

– Non credo.

– Allora...

La interruppi con un sorriso forzato.

– Allora... addio.

Uscii dall'ufficio senza darle il tempo di reagire. Il «fattore umano» aveva già pesato troppo fra noi due. In genere provo una certa pietà per il colpevole. Considero la sua situazione, analizzo le motivazioni e penso che nella sua vita ci sia stata sufficiente miseria morale da spingerlo al delitto. Ma nel caso di Malena era diverso, non riuscivo a capire fino in fondo che cosa l'avesse spinta a uccidere Juan Luis Espinet. Senza dubbio non avevo mai sperimentato la passione amorosa con la stessa intensità di Malena. Mi ero persa qualcosa o l'avevo scampata bella? Immagino che non lo saprò mai anche se vivessi cent'anni. A meno che... a meno che un giorno la passione non mi travolga. Allora ci sarà solo da sperare che l'esito di un sentimento così divorante non sia necessariamente distruttivo, non faccia di me un'assassina, né semini il dolore fra quelli che mi stanno intorno, perché sarebbe molto duro ammettere che tutte le grandi passioni finiscono male.

Quella sì che fu l'ultima volta che entrai al «Paradís». Avrebbe dovuto sembrarmi differente, ma mi apparve come sempre: case e giardini, tranquillità e strilli di bambini.

Davanti al cancello degli «Ibischi» c'era un camion dei traslochi. Due facchini stavano portando fuori i mobili dei Puig. Visto che il cancello era aperto, entrai e mi diressi verso la casa. In quel momento ne stava uscendo Jordi Puig. La sua faccia paffuta e infantile non poté evitare una lieve contrazione di fastidio quando mi vide. Ma il suo tono fu sereno e cortese.

– Buongiorno, ispettore, come sta?

– Mi scusi, avvocato, vedo che non è un buon momento, ma ho una cosa per lei.

– Sì, lo so.

Gli porsi la lettera e lui la infilò nella tasca dei pantaloni, senza guardarla.

– Non posso nemmeno invitarla a entrare, è tutto sottosopra...

– Ve ne andate?

– Ho trovato un appartamento a Barcellona, sarà più facile per me. Metterò in vendita la casa e poi... poi vedremo.

– La venderà di sicuro, è una casa splendida.

– Sa, ci sono molte case in vendita qui al «Paradís». I signori Domènech se ne sono andati, e anche i Salvia, e Inés.

Mi guardò tristemente. Gli tesi la mano e lui me la strinse.

– Vuole salutare i bambini? Sono dentro, con mia madre. Adesso sarà lei ad aiutarmi, anche se Azucena rimane con noi.

– No, lasciamo stare gli addii. Va bene così. Arrivederla, avvocato.

– Arrivederla.

Gli voltai le spalle e mi incamminai lentamente verso la macchina. Non sapevo se Malena mi avesse affidato la lettera con la speranza che dicessi qualcosa a sua discolpa. Ma non avevo niente da dire. Una volta che ebbi aperto la portiera e mi fui seduta, guardai nella direzione di Jordi Puig. Mi accorsi che non si era mosso dal punto in cui ci eravamo lasciati, e che i suoi tre figli erano con lui. I due maschietti ai lati e la bambina fra le gambe. Mi salutarono con la mano e io risposi. L'immagine di quell'uomo vissuto nell'inganno senza ingannare nessuno mi commosse. Era una delle cose più tristi che avessi mai visto.

Ebbene, tutti quanti erano stati cacciati da quel paradiso dove i serpenti della tentazione non scarseggiavano di certo. Una similitudine biblica forse un po' facile, ma abbastanza calzante. Decisi di sfoderarla davanti a Garzón quando fossi tornata in commissariato. Devo riconoscere che a lui piacque, e la mise subito in relazione con qualcos'altro. Esclamò:

– A proposito, Petra, è arrivata una lettera dal Vaticano indirizzata a lei.

– Il Papa mi invita a prendere il tè?

– Senza scherzi, è vero. Guardi, eccola qui. Gli agenti di guardia sono tutti in subbuglio.

Mi tese una busta con i bei francobolli dello Stato Pontificio. La aprii. Era una lettera del cardinale Delli Martiri, scritta, con mia sorpresa, in uno spagnolo perfetto e accademico.

Egregio Ispettore Delicado,

Le invio questa breve missiva perché credo di doverLe una spiegazione. Nella mia opera di mediazione fra le famiglie Ortega e Carmona un particolare è rimasto da chiarire, senza che io potessi trovarvi una soluzione. In realtà non ho nessuna garanzia che le due persone incriminate, ora in carcere in attesa di giudizio, siano i veri colpevoli dei delitti. Loro mi hanno promesso che avrebbero consegnato un uomo per ciascuna famiglia, ma è stato umanamente impossibile indurli a dichiarare che quegli uomini sono effettivamente gli assassini. Tuttavia costoro mi hanno giurato che taceranno per sempre e salderanno il loro debito con la giustizia in nome dell'intero clan. Speriamo che Dio conceda loro la forza necessaria per giungere fino alla fine. In ogni caso è necessario che lei sappia la verità, dovesse mai verificarsi qualche imprevisto.

Le faccio pervenire la mia benedizione per grazia di Dio.

Suo affezionatissimo

PIETRO DELLI MARTIRI

La sorpresa e la rabbia che provai mi fecero ammutolire. Porsi la lettera al viceispettore. Lui la lesse. Mi guardò impassibile.

– E tutto questo cosa vuol dire?

– Vuol dire che in ogni momento quei due che stanno in galera possono dire di non essere colpevoli e tirar fuori degli alibi per dimostrare che è vero.

Quindi, mio caro viceispettore, la confessione resa a Delli Martiri non ha più valore di quelle che facevano a lei o a me.

– Merda! E allora perché quel prete ha organizzato tutto quel casino tirando dentro anche il Papa?

– Ma perché si è preso tutti i meriti, ha fatto far bella figura al Pontefice sui giornali e in televisione e per di più si è tolto un problema! Le pare poco?

– Che disgraziato!

– Avrei dovuto immaginarlo. La Chiesa ha molti secoli di vantaggio su di noi, Fermín.

– E adesso cosa facciamo?

– Dovremmo dirlo.

– Ah, no, non se ne parla neppure! Perché poi Coronas ci carichi di miserie? Sa cosa le dico Petra? Che se Dio ha voluto così, un motivo ci sarà. Di sicuro quei due che sono in carcere non diranno neanche be'. Avranno paura del castigo divino.

– Non so se…

– Si rilassi e si prenda un po' di riposo, per favore, non ho nessuna intenzione di ricominciare col caso dei gitani.

– Va bene, tanto il caso è suo.

– Proprio quando stavo per annunciarle i grandi festeggiamenti doveva saltare fuori questo!

– Quali festeggiamenti?

– Il giudice García Mouriños ci invita a cena domani sera tutti e quattro. Le sorelle Enárquez, lei ed io. E poi il commissario ha detto di passare nel suo ufficio. Vuole farle i complimenti.

Che cosa dovevo fare io se le cose avevano deciso di funzionare per il verso giusto? Comportarmi da guastafeste e raccontare la verità? Ah, no, che ciascuno se la vedesse con la sua coscienza! Dio, come si dice, scrive diritto sulle righe storte, e per me, fosse anche stato analfabeta, era proprio lo stesso.

Coronas si congratulò con me. Riconobbe che la mia insistenza e testardaggine avevano fatto del caso Espinet un completo successo. Gliene fui grata. Il mio ego ha sempre bisogno di complimenti. Ne avrei fatto scorta per i futuri momenti di difficoltà.

Quanto alla cena a casa del giudice, come dire? Fu anche quella un successo. Chiacchierammo, mangiammo, bevemmo, ridemmo a crepapelle e, per finire, ci godemmo una visione speciale della *Corazzata Potëmkin*, che il magistrato ci propinò imperterrito col suo videoregistratore. Mentre sullo schermo scorreva quell'opera immortale, vidi García Mouriños e Concepción Enárquez lanciarsi di tanto in tanto sguardi estatici, il viceispettore ciondolare la testa, e la bella Emilia gustarsi il film con interesse, rilassata e pacifica. Allora capii che la teoria dello sfruttamento integrale delle occasioni aveva dato origine a un piccolo club dal funzionamento impeccabile e ne fui felice.

Alle tre del mattino si accesero le luci. Ci alzammo un po' insonnoliti e raccogliemmo i cappotti. Quando ormai eravamo pronti ad andarcene, il giudice ci sorprese tutti dicendo:

– E adesso, signore e signori, a ballare, che domani

è sabato! Conosco un locale dove la vita comincia proprio adesso. Vi piacerà!

Nessuno si fece pregare, nessuno tranne me. La mia idea di divertimento non cominciava con Ejzenštejn né finiva con le note dei boleri. E così, per quanto insistessero, declinai l'invito.

Li vidi allontanarsi a piedi mentre raggiungevo la mia macchina. Quando già stavo per mettere in moto, sentii la voce del viceispettore, che mi era corso dietro.

– Petra, è sicura di star bene andandosene a casa adesso?

– Ma certo, sicurissima.

– Ha pensato a quel che le ho detto, di adottare una bambina cinese?

– Sì, ci ho pensato, e alla fine ho deciso che per me sarebbe meglio un giovane senegalese ben dotato. Approva?

La risata gli sfuggì da sotto i baffi che lottavano per rimanere seri.

– Certo che lei, ispettore, quando ci si mette è proprio volgare!

– Come direbbe Delli Martiri, Dio mi ha fatta così. Buonanotte, Fermín. Vada, la stanno aspettando.

Tornò a raggiungere il gruppetto e sparirono tutti nella notte. Povero Garzón! Gli dispiaceva di lasciarmi sola. Non sapeva che in quel momento l'unica cosa che mi mancava per essere completamente felice era veder passare gli stormi delle anatre selvatiche. E quell'anno, ne ero sicura, non ci sarei riuscita. Forse l'anno dopo, o quello dopo ancora, oppure chissà quando. Il giorno in cui finalmente si compiono le promesse di felicità che tutti hanno in serbo nell'angolo più riposto del cuore.

Vinaroz, 15 agosto 2001

Indice

Serpenti nel Paradiso

Questo volume è stato stampato
su carta Palatina
delle Cartiere Miliani di Fabriano
nel mese di gennaio 2006

Stampa: Officine Grafiche Riunite, Palermo

Legatura: LE.I.MA. s.r.l., Palermo

La memoria

1 Leonardo Sciascia. Dalle parti degli infedeli
2 Robert L. Stevenson. Il diamante del Rajà
3 Lidia Storoni Mazzolani. Il ragionamento del principe di Biscari a Madama N.N.
4 Anatole France. Il procuratore della Giudea
5 Voltaire. Memorie
6 Ivàn Turghèniev. Lo spadaccino
7 Il romanzo della volpe
8 Alberto Moravia. Cosma e i briganti
9 Napoleone Bonaparte. Clisson ed Eugénie
10 Leonardo Sciascia. Atti relativi alla morte di Raymond Roussel
11 Daniel Defoe. La vera storia di Jonathan Wild
12 Joseph S. Le Fanu. Carmilla
13 Héctor Bianciotti. La ricerca del giardino
14 Le avventure di Giuseppe Pignata fuggito dalle carceri dell'Inquisizione di Roma
15 Edmondo De Amicis. Il "Re delle bambole"
16 John M. Synge. Le isole Aran
17 Jean Giraudoux. Susanna e il Pacifico
18 Augusto Monterroso. La pecora nera e altre favole
19 André Gide. Il viaggio d'Urien
20 Madame de La Fayette. L'amor geloso
21 Rex Stout. Due rampe per l'abisso
22 Fiòdor Dostojevskij. Il villaggio di Stepàncikovo
23 Gesualdo Bufalino. Diceria dell'untore
24 Laurence Sterne. Per Eliza
25 Wolfgang Goethe. Incomincia la novella storia
26 Arrigo Boito. Il pugno chiuso
27 Alessandro Manzoni. Storia della Colonna Infame
28 Max Aub. Delitti esemplari
29 Irene Brin. Usi e costumi 1920-1940
30 Maria Messina. Casa paterna
31 Nikolàj Gògol. Il Vij
32 Andrzej Kuśniewicz. Il Re delle due Sicilie

33 Francisco Vásquez. La veridica istoria di Lope de Aguirre
34 Neera. L'indomani
35 Sofia Guglielmina margravia di Bareith. Il rosso e il rosa
36 Giuseppe Vannicola. Il veleno
37 Marco Ramperti. L'alfabeto delle stelle
38 Massimo Bontempelli. La scacchiera davanti allo specchio
39 Leonardo Sciascia. Kermesse
40 Gesualdo Bufalino. Museo d'ombre
41 Max Beerbohm. Storie fantastiche per uomini stanchi
42 Anonimo ateniese. La democrazia come violenza
43 Michele Amari. Racconto popolare del Vespro siciliano
44 Vernon Lee. Possessioni
45 Teresa d'Avila. Libro delle relazioni e delle grazie
46 Annie Messina (Gamîla Ghâli). Il mirto e la rosa
47 Narciso Feliciano Pelosini. Maestro Domenico
48 Sebastiano Addamo. Le abitudini e l'assenza
49 Crébillon fils. La notte e il momento
50 Alfredo Panzini. Grammatica italiana
51 Maria Messina. La casa nel vicolo
52 Lidia Storoni Mazzolani. Una moglie
53 Martín Luis Guzmán. ¡Que Viva Villa!
54 Joseph-Arthur de Gobineau. Mademoiselle Irnois
55 Henry James. Il patto col fantasma
56 Leonardo Sciascia. La sentenza memorabile
57 Cesare Greppi. I testimoni
58 Giovanni Verga. Le storie del castello di Trezza
59 Henryk Sienkiewicz. Quo vadis?
60 Benedetto Croce. Isabella di Morra e Diego Sandoval de Castro
61 Diodoro Siculo. La rivolta degli schiavi in Sicilia
62 George Meredith. La vicenda del generale Ople e di Lady Camper
63 Bernardino de Sahagún. Storia indiana della conquista di Messico
64 Andrzej Kuśniewicz. Lezione di lingua morta
65 Maria Luisa Aguirre D'Amico. Paesi lontani
66 Giuseppe Antonio Borgese. Le belle
67 Luisa Adorno. L'ultima provincia
68 Charles e Mary Lamb. Cinque racconti da Shakespeare
69 Prosper Mérimée. Lokis
70 Charles-Louis de Montesquieu. Storia vera
71 Antonio Tabucchi. Donna di Porto Pim
72 Luciano Canfora. Storie di oligarchi
73 Giani Stuparich. Donne nella vita di Stefano Premuda
74 Wladislaw Terlecki. In fondo alla strada
75 Antonio Fogazzaro. Eden Anto
76 Anonimo. Storia del bellissimo Giuseppe e della sua sposa Aseneth
77 Vanni e Gian Mario Beltrami. Una breve illusione
78 Giorgio Pecorini. Il milite noto
79 Giuseppe Bonaviri. L'incominciamento
80 Leonardo Sciascia. L'affaire Moro

81 Ivàn Turghèniev. Primo amore
82 Nikolàj Leskòv. L'artista del toupet
83 Aleksàndr Puškin. La solitaria casetta sull'isola di Vasilij
84 Michaìl Čulkòv. La cuoca avvenente
85 Anita Loos. I signori preferiscono le bionde
86 Anita Loos. Ma... i signori sposano le brune
87 Angelo Morino. La donna marina
88 Guglielmo Negri. Il risveglio
89 Héctor Bianciotti. L'amore non è amato
90 Joris-Karl Huysmans. Il pensionato signor Bougran
91 André Chénier. Gli altari della paura
92 Luciano Canfora. Il comunista senza partito
93 Antonio Tabucchi. Notturno indiano
94 Jules Verne. L'eterno Adamo
95 Manuel Vázquez Montalbán. Assassinio al Comitato Centrale
96 Julian Stryjkowski. Il sogno di Asril
97 Manuel Puig. Agonia di un decennio, New York '78
98 Victor Zaslavsky. Il dottor Petrov parapsicologo
99 Gesualdo Bufalino. Argo il cieco ovvero I sogni della memoria
100 Leonardo Sciascia. Cronachette
101 Enea Silvio Piccolomini. Storia di due amanti
102 Angelo Rinaldi. L'ultima festa dell'Empire
103 Luisa Adorno. Le dorate stanze
104 James M. Cain. Il bambino nella ghiacciaia
105 Enrico Job. La Palazzina di villeggiatura
106 Antonio Castelli. Passi a piedi passi a memoria
107 Wilkie Collins. Tre storie in giallo
108 Friedrich Glauser. Il grafico della febbre
109 Friedrich Glauser. Il tè delle tre vecchie signore
110 Mary Lavin. Eterna
111 Aldo Alberti. La Rotonda dei Massalongo
112 Senofonte. Le Tavole di Licurgo
113 Leonardo Sciascia. Per un ritratto dello scrittore da giovane
114 Mario Soldati. 24 ore in uno studio cinematografico
115 Denis Diderot. L'uccello bianco. Racconto blu
116 Joseph-Arthur de Gobineau. Adelaide
117 Jurij Tynjanov. Il sottotenente Summenzionato
118 Boris Hazanov. L'ora del re
119 Anatolij Mariengof. I cinici
120 I. Grekova. Parrucchiere per signora
121 Corrado Alvaro. L'Italia rinunzia?
122 Gian Gaspare Napolitano. In guerra con gli scozzesi
123 Giuseppe Antonio Borgese. La città sconosciuta
124 Antonio Aniante. La rosa di zolfo
125 Maria Luisa Aguirre D'Amico. Come si può
126 Sergio Atzeni. Apologo del giudice bandito
127 Domenico Campana. La stanza dello scirocco
128 Aldo Alberti. La Lega delle Dame per il trasferimento del Papato nelle Americhe

129 Friedrich Glauser. Il sergente Studer
130 Matthew Phipps Shiel. Il principe Zaleski
131 Ben Hecht. Delitto senza passione
132 Fernand Crommelynck. La martingala rovesciata
133 Rosa Chacel. Relazione di un architetto
134 Walter De la Mare. L'artigiano ideale
135 Ludwig Achim von Arnim. Passioni olandesi
136 Rudyard Kipling. L'uomo che volle essere Re
137 Senofonte. La tirannide
138 Plutarco. Sertorio
139 Cicerone. La repubblica luminosa
140 Luciano Canfora. La biblioteca scomparsa
141 Etiemble. Tre donne di razza
142 Marco Momigliano. Autobiografia di un Rabbino italiano
143 Irene Brin. Dizionario del successo dell'insuccesso e dei luoghi comuni
144 Giovanni Ruffini. Il dottor Antonio
145 Aleksej Tolstoj. Il conte di Cagliostro
146 Mary Lamb. La scuola della signora Leicester
147 Luigi Capuana. Tortura
148 Ljudmila Shtern. I Dodici Collegi
149 Diario di Esterina
150 Madame de Vandeul. Diderot, mio padre
151 Ortensia Mancini. I piaceri della stupidità
152 Maria Mancini. I dispiaceri del Cardinale
153 Francesco Algarotti. Saggio sopra l'Imperio degl'Incas
154 Alessandro Manzoni. Quell'innominato
155 Jerre Mangione. Ricerca nella notte
156 Friedrich Glauser. Krock & Co.
157 Cami. Le avventure di Lufock Holmes
158 Ivan Gončarov. La malattia malvagia
159 Fausto Pirandello. Piccole impertinenze
160 Vincenzo Consolo. Retablo
161 Piero Calamandrei. La burla di Primavera con altre fiabe, e prose sparse
162 Antonio Tabucchi. I volatili del Beato Angelico
163 Fazil' Iskander. La costellazione del caprotoro
164 Ramón Gómez de la Serna. Le Tre Grazie
165 Corrado Alvaro. La signora dell'isola
166 Nadežda Durova. Memorie del cavalier-pulzella
167 Boris Jampol'skij. La grande epoca
168 Vito Piazza. La valigia sotto il letto
169 Eustachy Rylski. Una provincia sulla Vistola
170 Jerzy Andrzejewski. Le porte del paradiso
171 Madame de Caylus. Souvenirs
172 Principessa Palatina. Lettere
173 Friedrich Glauser. Il Cinese
174 Friedrich Glauser. Il regno di Matto
175 Gianfranco Dioguardi. Ange Goudar contro l'Ancien régime
176 Palmiro Togliatti. Il memoriale di Yalta

177 Mohandas Karamchand Gandhi. Tempio di Verità
178 Seneca. La vita felice
179 John Fante. Una moglie per Dino Rossi
180 Antifonte. La Verità
181 Evgenij Zamjatin. Il destino di un eretico
182 Gaetano Volpi. Del furore d'aver libri
183 Domostroj ovvero La felicità domestica
184 Luigi Capuana. C'era una volta...
185 Roberto Romani. La soffitta del Trianon
186 Athos Bigongiali. Una città proletaria
187 Antoine Rivarol. Piccolo dizionario dei grandi uomini della Rivoluzione
188 Ling Shuhua. Dopo la festa
189 Plutarco. Il simposio dei sette sapienti
190 Plutarco. Anziani e politica
191 Giuseppe Scaraffia. Il mantello di Casanova
192 Enrico Deaglio. Cinque storie quasi vere
193 Aleksandr Bogdanov. La stella rossa
194 Eáca de Queiroz-Ramalho Ortigão. Il mistero della strada di Sintra
195 Carlo Panella. Il verbale
196 Severino Cesari. Storie per quattro giornate
197 Charlotte Robespierre. Memorie sui miei fratelli
198 Fazil' Iskander. Oh, Marat!
199 Friedrich Glauser. I primi casi del sergente Studer
200
201 Adalbert Stifter. Pietra calcarea
202 Carlo Collodi. I ragazzi grandi
203 Valery Larbaud. Sotto la protezione di san Girolamo
204 Madame de Duras. Il segreto
205 Jurij Tomin. Magie a Leningrado
206 Enrico Morovich. I giganti marini
207 Edmondo De Amicis. Carmela
208 Luisa Adorno. Arco di luminara
209 Michele Perriera. A presto
210 Geoffrey Holiday Hall. La fine è nota
211 Teresa d'Avila. Meditazioni sul Cantico dei Cantici
212 Mary MacCarthy. Un'infanzia ottocento
213 Giuseppe Tornatore. Nuovo Cinema Paradiso
214 Adriano Sofri. Memoria
215 Carlo Lucarelli. Carta bianca
216 Ameng di Wu. La manica tagliata
217 Athos Bigangioli. Avvertimenti contro il mal di terra
218 Elvira Mancuso. Vecchia storia... inverosimile
219 Eduardo Rebulla. Carte celesti
220 Francesco Berti Arnoaldi. Viaggio con l'amico
221 Julien Benda. L'ordinazione
222 Voltaire. L'America
223 Saga di Eirik il rosso
224 Cristoforo Colombo. Lettere ai reali di Spagna

225 Bernardino de Sahagún. I colloqui dei Dodici
226 Sergio Atzeni. Il figlio di Bakunìn
227 Giuseppe Gangale. Revival
228 Alfredo Panzini. La cagna nera
229 Giovanni Boccaccio, Francesco Petrarca. Griselda
230 Adriano Sofri. L'ombra di Moro
231 Diego Novelli. Una vita sospesa
232 Ousmane Sembène. La Nera di...
233 Eugenio Battisti. Il ricordo d'un canto che non sento
234 Wilkie Collins. Il truffatore truffato
235 Carlo Lucarelli. L'estate torbida
236 Michail Kuzmin. La prodigiosa vita di Giuseppe Balsamo, conte di Cagliostro
237 Nelida Milani. Una valigia di cartone
238 David Herbert Lawrence. La volpe
239 Ghassan Kanafani. Uomini sotto il sole
240 Valentino Bompiani. La conchiglia all'orecchio
241 Franco Vegliani. Storie di animali
242 Irene Brin. Le visite
243 Jorge de Sena. La finestra d'angolo
244 Sergio Pitol. Valzer di Mefisto
245 Cesare De Marchi. Il bacio della maestra
246 Salvatore Nicosia. Il segno e la memoria
247 Ramón Pané. Relazione sulle antichità degli indiani
248 Gonzalo Fernández de Oviedo. Sommario della storia naturale delle Indie
249 Pero Vaz de Caminha. Lettera sulla scoperta del Brasile
250 Felipe Guamán Poma de Ayala. Conquista del Regno del Perù
251 Gabriel-François Coyer. Come il prospero Chinki s'immiserì per la ricchezza della nazione
252 David Hume. Il caso di Margaret, detta Peg, unica sorella legittima di John Bull
253 José Bianco. Ombre
254 Marcel Thiry. Distanze
255 Geoffrey Holiday Hall. Qualcuno alla porta
256 Eduardo Rebulla. Linea di terra
257 Igor Man. Gli ultimi cinque minuti
258 Enrico Deaglio. Il figlio della professoressa Colomba
259 Jean Rhys. Smile please
260 Pierre Drieu la Rochelle. Diario di un uomo tradito
261 J. E. Austen-Leigh. Ricordo di Jane Austen
262 Caroline Commanville. Anche mio zio Gustave Flaubert era un letterato
263 Christopher Morley. Il Parnaso ambulante
264 Christopher Morley. La libreria stregata
265 Madame de Grafigny. Lettere di una peruviana
266 Roger de Bussy-Rabutin. Storia amorosa delle Gallie
267 Antonio Tabucchi. Sogni di sogni
268 Arnold Toynbee. Il mondo e l'Occidente
269 Ugo Baduel. L'elmetto inglese

270 Apuleio. Della magia
271 Giacomo Debenedetti. 16 ottobre 1943
272 Antonio Faeti. L'archivio di Abele
273 Maria Messina. L'amore negato
274 Arnaldo Fraccaroli. Tomaso Largaspugna uomo pubblico
275 Laura Pariani. Di corno o d'oro
276 Luisa Adorno. La libertà ha un cappello a cilindro
277 Adriano Sofri. Le prigioni degli altri
278 Renzo Tomatis. Il laboratorio
279 Athos Bigongiali. Veglia irlandese
280 Michail Kuzmin. Le avventure di Aymé Leboeuf
281 Concetto Marchesi. Il libro di Tersite
282 Lorenza Mazzetti. Il cielo cade
283 Marcella Olschki. Terza liceo 1939
284 Maria Occhipinti. Una donna di Ragusa
285 Steno. Sotto le stelle del '44
286 Antonio Tosti. Cri-Kri
287 Daniel Defoe. La vita e le imprese di Sir Walter Raleigh
288 Ronan Sheehan. Il ragazzo con la ferita all'occhio
289 Marcella Cioni. La corimante
290 Marcella Cioni. Il Narciso di Rembrandt
291 Colette. La gatta
292 Carl Djerassi. Il futurista e altri racconti
293 Voltaire. Lettere d'amore alla nipote
294 Tacito. La Germania
295 Friedrich Glauser. Oltre il muro
296 Louise de Vilmorin. I gioielli di Madame de ***
297 Walter De la Mare. La tromba
298 Else Lasker-Schüler. La gatta rossa
299 Cesare De Marchi. La malattia del commissario
300
301 Zlatko Dizdarević. Giornale di guerra
302 Giuseppe Di Lello. Giudici
303 Andrea Camilleri. La forma dell'acqua
304 Andrea Camilleri. La stagione della caccia
305 Robert Louis Stevenson. Lettera al dottor Hyde
306 Robert Louis Stevenson. Weir di Hermiston
307 Dashiell Hammett. La ragazza dagli occhi d'argento
308 Carlo Bini. Manoscritto di un prigioniero
309 Vittorio Alfieri. Mirandomi in appannato specchio
310 Silvio d'Amico. Regina Coeli
311 Manuel Vázquez Montalbán. Il pianista
312 Ugo Pirro. Osteria dei pittori
313 Irene Brin. Cose viste 1938-1939
314 Enrique Vila-Matas. Suicidi esemplari
315 Sergio Pitol. La vita coniugale
316 Luis G. Martín. Gli oscuri
317 William Somerset Maugham. La villa sulla collina

318 James Barlow. Torno presto
319 Israel Zangwill. Il grande mistero di Bow
320 Pierluigi Celli. Il manager avveduto
321 Renato Serra. Esame di coscienza di un letterato
322 Sulayman Fayyad. Voci
323 Alessandro Defilippi. Una lunga consuetudine
324 Giuseppe Bonaviri. Il dottor Bilob
325 Antonio Tabucchi. Gli ultimi tre giorni di Fernando Pessoa
326 Denis Diderot. Il sogno di d'Alembert. Seguito da Il sogno di una rosa di Eugenio Scalfari
327 Marc Soriano. La settimana della cometa
328 Sebastiano Addamo. Non si fa mai giorno
329 Giovanni Ferrara. Il senso della notte
330 Eduardo Rebulla. Segni di fuoco
331 Andrea Camilleri. Il birraio di Preston
332 Isabelle, Véronique e Marc Soriano. Il Testamour o dei rimedi alla malinconia
333 Maurice Druon. Il bambino dai pollici verdi
334 George Meredith. Il racconto di Cloe
335 Sergio Marzorati. Ritorno a Zagabria
336 Enrico Job. Il pittore felice
337 Laura Pariani. Il pettine
338 Marco Ferrari. Alla rivoluzione sulla Due Cavalli
339 Luisa Adorno. Come a un ballo in maschera
340 Daria Galateria. Il tè a Port-Royal
341 James Hilton. Orizzonte perduto
342 Henry Rider Haggard. Lei
343 Henry Rider Haggard. Il ritorno di Lei
344 Maurizio Valenzi. C'è Togliatti!
345 Laura Pariani. La spada e la luna
346 Michele Perriera. Delirium cordis
347 Marisa Fenoglio. Casa Fenoglio
348 Friedrich Glauser. Morfina
349 Annie Messina. La principessa e il wâlî
350 Giovanni Ferrara. La sosta
351 Romain Colomb. Stendhal, mio cugino
352 Vito Piazza. Milanesi non si nasce
353 Marco Denevi. Rosaura alle dieci
354 Robert Louis Stevenson. Ricordo di Fleeming Jenkin
355 Andrea Camilleri. Il cane di terracotta
356 Francesco Bacone. Saggi
357 Wilkie Collins. Testimone d'accusa
358 Santo Piazzese. I delitti di via Medina-Sidonia
359 Patricia Highsmith. La casa nera
360 Racconti gialli
361 L'almanacco del delitto
362 Baronessa Orczy. Il vecchio nell'angolo
363 Jean Giono. La fine degli eroi

364 Carlo Lucarelli. Via delle Oche
365 Sergio Atzeni. Bellas mariposas
366 José Martí. Il processo Guiteau
367 Marcella Olschki. Oh, America!
368 Franco Vegliani. La frontiera
369 Maria Messina. Pettini-fini
370 Maria Messina. Le briciole del destino
371 Maria Messina. Il guinzaglio
372 Gesualdo Bufalino. La luce e il lutto
373 Christopher Morley. La macchina da scrivere
374 Andrea Camilleri. Il ladro di merendine
375 Pino Di Silvestro. Le epigrafi di Leonardo Sciascia
376 Francis Scott Fitzgerald. La crociera del Rottame Vagante
377 Franz Kafka. Sogni
378 Andrea Camilleri. Un filo di fumo
379 Annie Messina. Il banchetto dell'emiro
380 Lucio Anneo Seneca. Alla madre
381 Tommaso Di Ciaula. Acque sante, acque marce
382 Giovanni Papapietro. L'amica di mia madre
383 Ignazio Buttitta. La vera storia di Salvatore Giuliano
384 Giovanni di Alta Selva. Dolopato ovvero Il re e i sette sapienti
385 Andrea Camilleri. La bolla di componenda
386 Daphne du Maurier. Non voltarti
387 Daphne du Maurier. Gli uccelli
388 Daphne du Maurier. L'alibi
389 Julia Kristeva. Una donna decapitata
390 Alessandro Perissinotto. L'anno che uccisero Rosetta
391 Maurice Leblanc. Arsène Lupin contro la Mafia
392 Carolyn G. Hart. Morte in libreria
393 Fabrizio Canfora, Gotthold Ephraim Lessing. L'educazione del genere umano
394 Maria Messina. Ragazze siciliane
395 Maria Messina. Piccoli gorghi
396 Federico De Roberto. La sorte
397 Federico De Roberto. Processi verbali
398 Andrea Camilleri. La strage dimenticata
399 Andrea Camilleri. Il gioco della mosca
400
401 Andrea Camilleri. La voce del violino
402 Goliarda Sapienza. Lettera aperta
403 Marisa Fenoglio. Vivere altrove
404 Luigi Filippo d'Amico. Il cappellino
405 Irvine Welsh. La casa di John il Sordo
406 Giovanni Ferrara. La visione
407 Andrea Camilleri. La concessione del telefono
408 Antonio Tabucchi. La gastrite di Platone
409 Giuseppe Pitrè, Leonardo Sciascia. Urla senza suono. Graffiti e disegni dei prigionieri dell'Inquisizione

410 Tullio Pinelli. La casa di Robespierre
411 Mathilde Mauté. Moglie di Verlaine
412 Maria Messina. Personcine
413 Pierluigi Celli. Addio al padre
414 Santo Piazzese. La doppia vita di M. Laurent
415 Luciano Canfora. La lista di Andocide
416 D. J. Taylor. L'accordo inglese
417 Roberto Bolaño. La letteratura nazista in America
418 Rodolfo Walsh. Variazioni in rosso
419 Penelope Fitzgerald. Il fiore azzurro
420 Gaston Leroux. La poltrona maledetta
421 Maria Messina. Dopo l'inverno
422 Maria Cristina Faraoni. I giorni delle bisce nere
423 Andrea Camilleri. Il corso delle cose
424 Anthelme Brillat-Savarin. Fisiologia del gusto
425 Friedrich Christian Delius. La passeggiata da Rostock a Siracusa
426 Penelope Fitzgerald. La libreria
427 Boris Vian. Autunno a Pechino
428 Marco Ferrari. Ti ricordi Glauber
429 Salvatore Nicosia. Peppe Radar
430 Sergej Dovlatov. Straniera
431 Marco Ferrari. I sogni di Tristan
432 Ignazio Buttitta. La mia vita vorrei scriverla cantando
433 Sergio Atzeni. Raccontar fole
434 Leonardo Sciascia. Fatti diversi di storia letteraria e civile
435 Luisa Adorno. Sebben che siamo donne...
436 Philip K. Dick. Le tre stimmate di Palmer Eldritch
437 Philip K. Dick. Tempo fuori luogo
438 Adriano Sofri. Piccola posta
439 Jorge Ibargüengoitia. Due delitti
440 Rex Stout. Il guanto
441 Marco Denevi. Assassini dei giorni di festa
442 Margaret Doody. Aristotele detective
443 Noël Calef. Ascensore per il patibolo
444 Marie Belloc Lowndes. Il pensionante
445 Celia Dale. In veste di agnello
446 Ugo Pirro. Figli di ferroviere
447 Penelope Fitzgerald. L'inizio della primavera
448 Giuseppe Pitrè. Goethe in Palermo
449 Sergej Dovlatov. La valigia
450 Giulia Alberico. Madrigale
451 Eduardo Rebulla. Sogni d'acqua
452 Maria Attanasio. Di Concetta e le sue donne
453 Giovanni Verga. Felis-Mulier
454 Friedrich Glauser. La negromante di Endor
455 Ana María Matute. Cavaliere senza ritorno
456 Roberto Bolaño. Stella distante
457 Ugo Cornia. Sulla felicità a oltranza

458 Maurizio Barbato. Thomas Jefferson o della felicità
459 Il compito di latino. Nove racconti e una modesta proposta
460 Giuliana Saladino. Romanzo civile
461 Madame d'Aulnoy. La Bella dai capelli d'oro e altre fiabe
462 Andrea Camilleri. La gita a Tindari
463 Sergej Dovlatov. Compromesso
464 Thomas Hardy. Piccole ironie della vita
465 Luciano Canfora. Un mestiere pericoloso
466 Gian Carlo Fusco. Le rose del ventennio
467 Nathaniel Hawthorne. Lo studente
468 Alberto Vigevani. La febbre dei libri
469 Dezső Kosztolányi. Allodola
470 Joan Lindsay. Picnic a Hanging Rock
471 Manuel Puig. Una frase, un rigo appena
472 Penelope Fitzgerald. Il cancello degli angeli
473 Marcello Sorgi. La testa ci fa dire. Dialogo con Andrea Camilleri
474 Pablo De Santis. Lettere e filosofia
475 Alessandro Perissinotto. La canzone di Colombano
476 Marta Franceschini. La discesa della paura
477 Margaret Doody. Aristotele e il giavellotto fatale
478 Osman Lins. L'isola nello spazio
479 Alicia Giménez-Bartlett. Giorno da cani
480 Josephine Tey. La figlia del tempo
481 Manuel Puig. The Buenos Aires Affair
482 Silvina Ocampo. Autobiografia di Irene
483 Louise de Vilmorin. La lettera in un taxi
484 Marinette Pendola. La riva lontana
485 Camilo Castelo Branco. Amore di perdizione
486 Pier Antonio Quarantotti Gambini. L'onda dell'incrociatore
487 Sergej Dovlatov. Noialtri
488 Ugo Pirro. Le soldatesse
489 Berkeley, Dorcey, Healy, Jordan, MacLaverty, McCabe, McGahern, Montague, Morrissy, Ó Cadhain, Ó Dúill, Park, Redmond. Irlandesi
490 Di Giacomo, Dossi, Moretti, Neera, Negri, Pariani, Pirandello, Prosperi, Scerbanenco, Serao, Tozzi. Maestrine. Dieci racconti e un ritratto
491 Margaret Doody. Aristotele e la giustizia poetica
492 Theodore Dreiser. Un caso di coscienza
493 Roberto Bolaño. Chiamate telefoniche
494 Aganoor, Bernardini, Contessa Lara, Guglielminetti, Jolanda, Prosperi, Regina di Luanto, Serao, Térésah, Vertua Gentile. Tra letti e salotti
495 Antonio Pizzuto. Si riparano bambole
496 Paola Pitagora. Fiato d'artista
497 Vernon Lee. Dionea e altre storie fantastiche
498 Ugo Cornia. Quasi amore
499 Luigi Settembrini. I Neoplatonici
500
501 Alessandra Lavagnino. Una granita di caffè con panna
502 Prosper Mérimée. Lettere a una sconosciuta

503 Le storie di Giufà
504 Giuliana Saladino. Terra di rapina
505 Guido Gozzano. La signorina Felicita e le poesie dei «Colloqui»
506 Ackworth, Forsyth, Harrington, Holding, Melyan, Moyes, Rendell, Stoker, Vickers, Wells, Woolf, Zuroy. Il gatto di miss Paisley. Dodici racconti gialli con animali
507 Andrea Camilleri. L'odore della notte
508 Dashiell Hammett. Un matrimonio d'amore
509 Augusto De Angelis. Il mistero delle tre orchidee
510 Wilkie Collins. La follia dei Monkton
511 Pablo De Santis. La traduzione
512 Alicia Giménez-Bartlett. Messaggeri dell'oscurità
513 Elisabeth Sanxay Holding. Una barriera di vuoto
514 Gian Mauro Costa. Yesterday
515 Renzo Segre. Venti mesi
516 Alberto Vigevani. Estate al lago
517 Luisa Adorno, Daniele Pecorini-Manzoni. Foglia d'acero
518 Gian Carlo Fusco. Guerra d'Albania
519 Alejo Carpentier. Il secolo dei lumi
520 Andrea Camilleri. Il re di Girgenti
521 Tullio Kezich. Il campeggio di Duttogliano
522 Lorenzo Magalotti. Saggi di naturali esperienze
523 Angeli, Bazzero, Contessa Lara, De Amicis, De Marchi, Deledda, Di Giacomo, Fleres, Fogazzaro, Ghislanzoni, Marchesa Colombi, Molineri, Pascoli, Pirandello, Tarchetti. Notti di dicembre. Racconti di Natale dell'Ottocento
524 Lionello Massobrio. Dimenticati
525 Vittorio Gassman. Intervista sul teatro
526 Gabriella Badalamenti. Come l'oleandro
527 La seduzione nel Celeste Impero
528 Alicia Giménez-Bartlett. Morti di carta
529 Margaret Doody. Gli alchimisti
530 Daria Galateria. Entre nous
531 Alessandra Lavagnino. Le bibliotecarie di Alessandria
532 Jorge Ibargüengoitia. I lampi di agosto
533 Carola Prosperi. Eva contro Eva
534 Viktor Šklovskij. Zoo o lettere non d'amore
535 Sergej Dovlatov. Regime speciale
536 Chiusole, Eco, Hugo, Nerval, Musil, Ortega y Gasset. Libri e biblioteche
537 Rodolfo Walsh. Operazione massacro
538 Turi Vasile. La valigia di fibra
539 Augusto De Angelis. L'Albergo delle Tre Rose
540 Franco Enna. L'occhio lungo
541 Alicia Giménez-Bartlett. Riti di morte
542 Anton Čechov. Il fiammifero svedese
543 Penelope Fitzgerald. Il Fanciullo d'oro
544 Giorgio Scerbanenco. Uccidere per amore
545 Margaret Doody. Aristotele e il mistero della vita

546 Gianrico Carofiglio. Testimone inconsapevole
547 Gilbert Keith Chesterton. Come si scrive un giallo
548 Giulia Alberico. Il gioco della sorte
549 Angelo Morino. In viaggio con Junior
550 Dorothy Wordsworth. I diari di Grasmere
551 Giles Lytton Strachey. Ritratti in miniatura
552 Luciano Canfora. Il copista come autore
553 Giuseppe Prezzolini. Storia tascabile della letteratura italiana
554 Gian Carlo Fusco. L'Italia al dente
555 Marcella Cioni. La porta tra i delfini
556 Marisa Fenoglio. Mai senza una donna
557 Ernesto Ferrero. Elisa
558 Santo Piazzese. Il soffio della valanga
559 Penelope Fitzgerald. Voci umane
560 Mary Cholmondeley. Il gradino più basso
561 Anthony Trollope. L'amministratore
562 Alberto Savinio. Dieci processi
563 Guido Nobili. Memorie lontane
564 Giuseppe Bonaviri. Il vicolo blu
565 Paolo D'Alessandro. Colloqui
566 Alessandra Lavagnino. I Daneu. Una famiglia di antiquari
567 Leonardo Sciascia scrittore editore ovvero La felicità di far libri
568 Alexandre Dumas. Ascanio
569 Mario Soldati. America primo amore
570 Andrea Camilleri. Il giro di boa
571 Anatole Le Braz. La leggenda della morte
572 Penelope Fitzgerald. La casa sull'acqua
573 Sergio Atzeni. Gli anni della grande peste
574 Roberto Bolaño. Notturno cileno